인터뷰 특강

1등만 기억하는 더러운 세상

일곱 번째 인터뷰 특강

무한 경쟁 사회를 향한 발칙한 외침

1등만 기억하는 더러운 세상

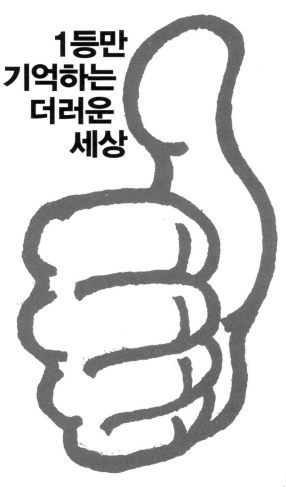

노회찬 | 앤디 비클바움 | 공지영 | 마쓰모토 하지메 | 김규항

한겨레출판

1등이 아닌 모두를 생각해보자

얼마전 일본인 마쓰모토 하지메가 인천공항에서 입국심사에 걸려 일본으로 강제 출국당했다. 마쓰모토 하지메가 누구인고 하니, '가난뱅이의 별' '스트리트 게릴라'로 불리는 빈민운동가다. 대학시절 '호세 대학의 궁상스러움을 지키는 모임'을 만들어 식당 밥값 20엔 인상 반대 데모를 한 이후 가난한 사람들을 위한 '재미있는 데모'를 벌이며 살아가는 사람이다. '롯폰기힐스를 불바다로!'라는 무시무시한 전단지를 뿌리고는 역 앞에서 찌개를 끓이고 "무슨 일이냐"며 모여드는 사람들한테는 "기무라 다쿠야(일본 최고 인기 배우)가 온대요"라고 말하는 식이다. 《가난뱅이의 역습》이라는 저서가 국내에도 소개된 그는 지난 4월 〈한겨레21〉의 제7회 인터뷰 특강 연사로 참여하기 위해 입국한 적도 있다. 특별히 위험인물로 보이지 않는 그가 왜 입국을 거부당했을까?

　마쓰모토 하지메는 인천공항에서 조사관한테 "당신은 블랙리스트에 올라 있다"는 말을 들었다고 한다. 주요 20개국(G20) 서울 정상회의를 앞두고 모종의 조처가 내려진 것이라는 의심이 강하게 드는 대목이다. 그는 "큰 국제회의라는 게 결국 부자 나라가 모여서 자기들끼리 결정해버리는 거 아닌가. 그러니 '가난뱅이'들 생각을 하겠는가"라고 말한다.

〈한겨레21〉의 제7회 인터뷰 특강 주제는 '1등만 기억하는 더러운 세상'이었다. 모두를 1등으로 만들어줄 생각은 하지 않고, 1등부터 꼴찌까지 줄을 세우고는, 1등이 아닌 사람들에게 1등의 논리와 가치관을 끊임없이 강요하는 세상에 대한 탄핵과 풍자의 마당이었다. 마쓰모토 하지메 역시 아무도 알아주지 않는 '가난뱅이 활동가'다. 그런데 당국은 그를 알아주고 기억해준 것이다. 6개월 만에 다시 한국을 찾은 그를 정확히 딱 집어내 돌려보냈으니 말이다. 평소에는 하류 인생 취급하며 절대로 기억해주지 않다가 필요할 때면 이렇게 놀라운 기억력으로 하류 인생들을 걸러내는 것이야말로 '1등만 기억하는 더러운 세상'의 참모습 아닐까. 이번 인터뷰 특강에서는 여섯 명의 연사가 '1등만 기억하는 더러운 세상'의 본질을 한꺼풀씩 벗겨냈다.

첫 번째 연사는 별도의 소개가 필요 없는 '어록의 정치인' 노회찬 전 진보신당 대표. 그는 직장 다니고 월급 받아 생활하는, 정상적이고 보편적인 방법으로는 1등·1등급이 될 가능성이 없는 우리 사회를 '로또 외에 방법이 없는 동물의 왕국'이라고 정의한다. 이를 인간의 사회로 돌려놓기 위해 진보 정치가 어떤 일을 해야 할지 그의 해법에 귀기울여볼 일이다.

두 번째 연사로 나선 앤디 비클바움은 약간의 소개가 필요하겠다. 그는 미사여구로 치장한 채 추악한 일을 벌이는 자들의 본질을 통쾌

하게 드러내는 '명의 보정' 작업을 하는 사회운동가다. 예를 들면, '자유무역'을 내세우며 실제로는 '다국적기업 마음대로 무역'을 보호하는 세계무역기구(WTO)의 명의를 보정하기 위해 가짜 WTO 사이트를 만든다. 이를 공식 사이트로 오인한 이들이 전자우편을 보내 의견을 묻거나 강사로 초청한다. 앤디 비클바움은 WTO 관계자로 위장하고 기꺼이 강연에 나가 WTO의 기조를 뒤엎는 주장을 편다. 일대 소동이 벌어진다. 그는 이런 투쟁을 하다보면 언젠가 결정적인 순간을 맞게 될 것이라고 한다. 1등만 기억하는 세상이 더럽다면, 자기만의 방식으로 "더럽다"고 말하라는 게 그의 제안이다.

'국민 사회자' 김제동 씨가 이번 인터뷰 특강의 세 번째 연사로 참여했다는 사실도 이 자리를 빌어 밝혀야겠다. 그는 "경직된 사회는 숨통과 소통이 트이는 걸 두려워한다. 웃음은 경직된 모든 것에 대한 타격"이라며 1등만 기억하는 더러운 세상을 향해 웃음의 펀치를 날리자고 했다. 강연 내용이 책으로 묶이는 것을 끝내 고사하는 바람에 여기에 함께 실리지 못하지만, 그가 변함없이 전하는 웃음을 통해 우리는 그의 메시지를 거듭 확인할 수 있을 것이다.

네 번째 연사로 초청된 소설가 공지영 씨는 "1등에서 10등까지 엘리트들이 우리를 부당하게 지배하려고 할 때 그것과 싸우는 대다수의 편에 서야 하는" 소설가의 운명에 대해 말한다. 그것은 모든 위대한 예술가의 운명이자, 나아가 우리 독자도 공유하는 운명이 아닐까 생각해본다.

다섯 번째 연사 마쓰모토 하지메 씨에 이어, 마지막 연사를 맡은 'B급 좌파' 김규항 씨는 1등만 기억하는 더러운 세상의 가장 큰 피해자라고 할 우리의 아이들에 대해 이야기한다. '보수적인 부모는 자기 아이가 일류대 학생이 되길 바라고, 진보적인 부모는 자기 아이가 진보적인 일류대 학생이 되길 바란다'는 1등주의의 아이러니 속에서 우리 아이들을 행복하게 하는 교육은 어떤 것인지 함께 고민해보는 기회가 될 것이다.

깊어가는 가을에 첫사랑만 추억하지 말고 세 번째, 네 번째 사랑은 누구였던가 기억해보자. 어젯밤 회식에서 1차를 쏜 부장님 말고 3차 노래방을 계산한 이는 누구였는지 가물거리는 기억을 더듬어보자. 1등이 아닌 모두를 생각해보자. 거기에 우리가 있을 것이고, 이 책은 그 우리들에게 내미는 여섯 연사의 손이다. 바쁜 일정에도 인터뷰 특강에 흔쾌히 참여해준 연사 제현, 그리고 좌중의 이목을 끌어 잡는 입담으로 특강에 활기를 불어넣어준 사회자 김용민 씨께 다시 한 번 감사의 말씀을 전한다.

〈한겨레21〉 편집장
박용현

차례

머리말
박용현
한겨레21 편집장

1등이 아닌 모두를 생각해보자 **5**

제1강
노회찬

당신은 진정 '동물의 왕국'을 원하는가? **11**
– 1등만 살아남는 더러운 세상에서 벗어나는 길

제2강
**앤디
비클바움**

초특급 거짓말로 '자본의 본색'을 까발려라 **63**
– 1등급 거짓말쟁이의 세상 구하기 대작전

제3강
공지영

타락한 시대의 타락한 양식, 소설 **91**
– 소설가가 되어 비인간화된 1등들과 싸우기

제4강
**마쓰모토
하지메**

결국, 한가한 사람이 이긴다 **143**
– 가난뱅이들이 똘똘 뭉쳐 1등주의에 맞서는 방법

제5강
김규항

행복은 스펙순이 아니잖아요 **179**
– 1등 좇지 않고도 근사하고 부러운 인생을 위하여

사회 **김용민**

극동방송 · 기독교TV PD, 한양대 신문방송학과 겸임교수 등을 지냈다. 지금은 하니TV '김어준의 뉴욕타임스–김용민의 시사장악퀴즈'를 비롯해 이 방송 저 방송 기웃거리며 생계를 이어가는 시사평론가라고 자기를 소개한다. '시사평론계의 홍금보' 또는 '뉴스의 김구라'로 불리며 각종 방송을 통해 시사적인 내용들을 분석 종합하여 전하는데, 알기 쉽고 속 시원한 멘트로 인기가 높다. 《MB 똥꾸 하이킥》《블로거 명박을 쏘다》 등의 책을 통해서도 그의 통렬한 풍자를 만날 수 있다.

제1강

당신은 진정
'동물의 왕국'을
원하는가?

1등만 살아남는 더러운 세상에서 벗어나는 길

노회찬

2010년 3월 22일 월요일 늦은 7시

노회찬　　　　　　　　　　　　　　　진보신당 전 대표. "50년 된 불판을 갈아보자"
등 수많은 어록을 남긴 인기 정치인. 하지만 선거에서는 1등과 거리가 멀다. 1970년대부터 반
독재 민주화운동과 노동운동을 했고, 1990년대 들어서 진보정당 활동을 시작했다. 2004년 17
대 국회의원(비례대표)이 됐으나 지난 2008년 총선에서는 서울 노원(병) 지역에 출마, 2등으
로 낙선했다. 요새는 트위터를 통해 젊은이들과 말길을 트며 소통의 정치를 선보이고 있다.
《진보의 재탄생》《나를 기소하라》《힘내라 진달래》《노회찬과 함께 읽는 조선왕조실록》 등의
책을 지었다.

사회자　〈한겨레21〉을 사랑하시는 독자 여러분, 이 자리에 함께해 주신 참석자 여러분, 눈길을 헤쳐 오시느라 고생이 많으셨습니다. 〈한겨레21〉 창간 16돌 기념, 제7회 인터뷰 특강에 오신 것을 환영합니다.

여기 모인 우리는 모두 자유인입니다. 이유 없이 다른 사람에게 '조인트 까일 일' 없고, '현모양처 콤플렉스'에 시달릴 필요 없으며, 악성댓글로 '인터넷 테러' 당할 걱정 없는 우리는, 진정 자유인입니다. 지금부터 자유인을 위한, 목마른 시대의 깊은 우물 같은, 인터뷰 특강을 시작하겠습니다.(청중 박수)

인사드립니다. 어제 저녁 8시 6분부터 한 딸아이의 아빠가 된 시사평론가 김용민입니다. 제 딸아이는 한 조산원에서 태어났습니다. 폭력 없는 탄생을 강조하며 인격적인 출산을 도모하는 곳으로 알려져 있습니다. 다른 출산 장소가 아이를 빨리 낳게 하기에 급급한 데 반해, 이 조산원은 아이가 인격적으로 탄생할 수 있도록 도와주었습니다. 그래서 딸아이와의 첫 만남을 의미 있게 치를 수 있었습니다.

이곳에선 갓 태어난 아이를 엄마 가슴에 기대게 합니다. 엄마 뱃속에서 느꼈던 맥박을 그대로 느낄 수 있도록 말입니다. 이때 아빠는 아이 앞에서 준비해온 편지를 읽습니다. 한마디로 '인생 환영사'를 낭독하는 시간입니다. 저는 이렇게 편지를 썼습니다.

"엄마 아빠는 너를 무지막지한 경쟁의 세상에 편입시키지 않을 것이다. 이 시대가 이야기하는 경쟁이란 게 무엇이냐? 나 살자고 남 죽이는 것 아니겠느냐? 엄마 아빠는 강자들의 연전연승을 위해 만들어 놓은 사악한 덫으로부터 널 보호할 것이다."

네, 여기서 한 번쯤 박수가 나올……(청중 박수) 어떻습니까, 이런 게 개념 가득한 유머 아니겠습니까?(청중 웃음)

참고로 저는 초중고교, 대학교, 대학원을 다녔던 20년 동안, 한 번도 1등을 해본 적이 없습니다. 저야말로 이번 인터뷰 특강에 가장 적합한 사회자가 아닐까 합니다.(청중 웃음) 여러분들, 이번 특강의 주제를 다 같이 외쳐볼까요?

청중   1등만 기억하는 더러운 세상!

사회자   네, '1등만 기억하는 더러운 세상'입니다. 이번 특강의 첫 번째 주인공은 우리나라 정치사에서 1등과 가장 거리가 먼 분입니다.(청중 웃음) 지난 17대 선거에서는 민주노동당 비례대표 8번이었고, 18대 국회의원 선거에서는 지역구 2위였습니다. 지금은 원내 최저 의석을 보유한 당의 대표입니다. 서울시장 선거에 출사표를 던졌지만 지지율은 하위권에 맴돌고 있습니다. 가진 건 힘밖에 없다고 힘자랑만 하는 '받들어, 서!' 정권에 질려서인지, 의식 있는 유권자들도 '이번 선거에서는 야당이 꼭 이겨야 한다'고, '그러려면 힘 있는 후보 중심으로 뭉쳐야 한다'고 목소리를 높입니다. 이들은 이분에게도 '기왕이면 선거연합 꼭 이뤄라'고 말합니다. 이명박 정권에 브레이크를 걸어야 한다는 일념 때문입니다. 이런 와중에 이

분은 '야권 대연합 논의는 일단락됐으며 독자 출마로 완주를 하겠다'고 다짐했습니다. "역시 시류에 영합하지 않는 분이야"라는 평가와 "정말 분위기 파악 못 하는 분이야"라는 평가를 동시에 받고 있는 분,(청중 웃음) 바로 노회찬 진보신당 대표를 모시겠습니다.(청중 박수)

사회자　아까 노회찬 대표 명함을 받았는데요, "대한민국을 바꿀 서울시장 노회찬" 아래에 17대 국회의원, 진보신당 대표, 그리고 전기용접기능사 '2급'이라고 써 있습니다.(청중 웃음) 꼭 쓰셨어야 했나요?

노회찬　글쎄요. 명함 만드는 등의 일은 실무자들이 알아서 잘 해주시니까요. 그분들 재량에 다 맡기고 있습니다.(청중 웃음)

사회자　알겠습니다. 노회찬 대표 하면 '비유의 달인'으로 널리 알려져 있습니다. 많은 사람들이 "50년 된 불판 갈아야 한다"는 발언을 기억하지만, 저는 BBK 검찰 수사 종료 후 "검찰이 과학적 수사를 하지 않고, 문학적 수사를 했다. 한마디로 수사 결과가 소설이었다"(청중 웃음)는 발언이 더 기억에 남습니다. 최근 김우룡 방송문화진흥회 이사장의 "큰집에서 조인트를 깠다", 최시중 방송통신위원장의 "여자가 직업은 무슨, 현모양처나 돼야지", 안상수 한나라당 원내대표의 "좌파 김길태, 좌파 명진스님", 김태영 국방부 장관의 "아프리카에 사는 무식한 흑인" 등을 들으면서 한나라당과 이명박 정부가 가진 두뇌의 잃어버린 10년을 체감하는데요.(청중 웃음) 이들의 레토릭 수준을 어떻게 보십니까?

노회찬　레토릭으로 보긴 어려울 거 같고요. 일종의 증세죠.(청중 웃음) 증세 또는 증상에 가깝다고 봅니다. 일찍이 한나라당과 현 정부가 '잃어버린 10년'을 얘기했을 때부터, 저는 그들이 잃어버린 것은 정신이라고 말한 적이 있기에 별로 놀라지는 않고 있습니다.

감동 있는 과정에서 시너지가 나온다

사회자　네.(웃음) 현역 정치인으로 활동하는 분을 모셨기에, 정치 현안에 대해서 묻지 않을 수 없습니다. 야권 연대를 제일 먼저 꼭 파기했어야 했는지에 대해 의문을 갖는 사람들이 많습니다.

노회찬　그 지적에 대해서는 우선 사실 관계를 말씀드리고 싶습니다. 먼저 파기한 건 아니라고 생각합니다. 3월 4일자 언론 보도에는 자세히 나와 있지 않지만 이전부터 야 5당 명의로 중간 합의들이 있었습니다. 하지만 그것들이 계속 협상 테이블에서 무시되고, 사실상 파기되었습니다. 물론 우리 쪽은 계속 문제 제기를 했고요.
　중간 합의의 핵심 내용은 광역단체장 선거 협상이었습니다. 처음 합의 내용은 "기초단체장은, 어느 지역은 어느 당이 하고, 일부는 협상해서 나누고, 나머지는 경쟁력 있는 쪽으로 단일화한다"였습니다. 그런데 광역단체장 문제로 설왕설래가 있었습니다. 우리 쪽은 광역단체장도 기초단체장과 같은 방식으로 하지 않는다면 참여하지 않겠다는 뜻을 밝혔습니다. 그래서 원래 3월 2일에 예정되어 있던 중간 합의 발표가 미뤄졌습니다. 그사이 진보신당을 제외한 다른 야당들이 모여 진보신당 의견을 받아주자고 합의했고, 광역단체장도 기초단체장과 같은 방식으로 한다는 내용으로 중간 합의문을 작성했습니다. 그래서 우리 쪽도 협상에 계속 참여했습니다. 하지만 최종 합의문은 광역단체장은 다른 방식으로 한다고 작성됐습니다. 비록 우리 쪽이 힘은 적지만, 공당으로서 분명하게 의견을 제시했고, 중간 합의까지 이루었습니다. 그러므로 중간 합의대로 진행하다가 도저히 합의점을 찾지 못해 나왔다고 하면 모를까, 먼저 파기했다는 말은 잘못된 것입니다. 처음부터 우리 쪽 의견을 무시해온 것은 결국 나가라는 얘기와 똑같다고 생각합니다. 우리 쪽은 방출 또는 축출당했다는 심정입니다. 굉장히 유감스럽게 생각합니다.

사회자 　광역단체장 후보를 경쟁 방식으로 택한다는 언론 보도를 봤는데, 실상은 좀 달랐습니까?

노회찬 　중간 합의에는 그렇게 안 되어 있습니다. 하지만 중간 합의 초안에는 그렇게 되어 있었습니다. 우리 쪽이 문제 제기를 하니까 광역단체장도 기초단체장과 같은 방식으로 하겠다고 명문화한 것입니다. 공개 합의서에 나와 있었는데, 그에 입각한 논의조차 이루어지지 않은 채, '광역단체장은 경쟁 방식이다' '어떤 지역은 그냥 추대로 하자'고 몰아쳤습니다. 우리 쪽은 중간 합의대로 가지 않는다면 세부 논의에는 참여하지 않겠다 했지만, 참여하지 말라는 말만 들었습니다. 결국 우리 쪽은 기초단체장 나누는 데 참여하지 않았습니다. 그렇게 참여하지 않은 채 진행은 계속 되었습니다. 결국 나머지 야당들 뜻에 따르든지 아니면 마음대로 하라는 통보를 받은 셈이었습니다.

사회자　물론 진보가 '이기면 그만' 이란 식의 보수와 달라야 한다는 것은 분명합니다. 누구도 부정하지 않습니다. 하지만 반(反)한나라당 유권자들은 크게 실망하고 분노했습니다. 다른 때라면 몰라도 지금은 '멋진 패배'를 선택할 수 없다고, 원칙과 명분을 차치하고서라도 정치력을 발휘해야 할 때라고 지적합니다.

노회찬　네, 그 어느 때보다도 정치력이 절실한 시점입니다. 하지만 야권 단일화는 그 자체로 하나의 모순입니다. 정당은 정책과 이념이 다르기 때문에 존재합니다. 그리고 정당의 힘이 크든 작든, 그러한 정책과 이념을 알리고 지지를 얻는 과정이 정치입니다. 정치에서 후보 단일화는 정상이 아닙니다. 예외적이고 비정상입니다. 어느 나라에서 후보 단일화를 합니까? 전 세계를 찾아봐도 없습니다. 선거는 선거대로 치르고 그 후에 각 정당이 얻은 결실로 비슷한 정당끼리 연합을 합니다.

　그러나 우리는 후보 단일화라는 예외적인 일이 대단히 중요하고 필요한 상황에 처해 있습니다. 하지만 나가서 심판을 받아야 될 필요성과 또 연합을 해야 될 필요성이 서로 모순됩니다. 이것을 통합하는 것이 정치력입니다. 저절로 자기 것이 만들어진다면 무슨 정치가 필요하겠습니까?

　이번 합의가 결렬되긴 했지만, 아직 낙망할 때는 아닙니다. 시간이 많이 남았습니다. 후보 단일화가 지상 최고의 목표는 아닙니다. 수단일 뿐입니다. 목표는 승리입니다. 승리를 보장하는 단일화인지 검토해야 합니다. 이기든 지든 무조건 단일화해놓고 보자는 식의 셈법은 현실 정치에서 통하기 어렵습니다.

작년 안산 재보궐 선거에서는 후보 단일화가 실패했던 쓰라린 경험이 있습니다. 이처럼 국회의원 한 명 뽑는 선거에서도 단일화가 쉽지 않았습니다. 그런데 지금 단일화는 2,000개가 넘는 선거구에 출마할 후보들을 다섯 개 정당이 연합 공천 방식으로 단일화하는 겁니다. 그때보다 천 배는 힘든 공사를 벌여놓은 겁니다. 쉽지 않은 일입니다.

한국 정치사에서 후보 단일화 같은 선거 연합은 이례적입니다. 역사적 경험이 축적되지 않은 상태에서 엄청나게 큰 문제를 풀려고 덤빈 겁니다. 서울시장이나 경기도지사 후보 단일화는 오히려 쉽습니다. 하지만 전국 후보를 단일화하려면 국민을 설득할 명분이 있어야 합니다. '우리 쪽이 이걸 줬더니, 다른 쪽이 저걸 주더라'는 식으로 연합 공천을 했다고 말한다면, 야합이라는 소리밖에 듣지 못합니다. 그래서 정책과 가치를 따지고 어느 정도 공통분모를 만들어가야 합니다.

물론 단일화가 조기에 빨리 되었으면 좋겠다는 마음도 충분히 이해를 합니다만, 저는 이런 생각도 갖습니다. 지금 단계에서 단일화가 성사된다고 우리 국민들이 과연 감동했겠는가. "드디어 야 5당이 단일화했다. 이제 더러운 세상은 끝났다. 정말, 이제 밥을 두 그릇씩 먹어야겠다. 힘이 솟구친다." 과연 그렇게 생각했겠느냐는 것이죠. 혼자서 안 되니까, 힘없는 야당들이 자기끼리 그냥 나눠먹었다. 이

노회찬

렇게 보는 경우도 사실 있을 것입니다. 실제로 각종 여론조사를 보면 지금 단계에서는 단일화를 하더라도 지는 걸로 나옵니다. 저는 단일화를 하더라도 그것이 국민들에게 감동을 주고, 그런 과정에서 훨씬 더 많은 어떤 새로운 기대와 희망과 동력을 끌어내야 한다고 봅니다. 근데 과연 그러했느냐는 겁니다.

사실 지금 우리 정치에서, 정치적 효과라는 것은 한 달 이상 가는 경우가 거의 없습니다. 일주일만 가도 오래가는 것인데, 지금 칠십 일 남았습니다. 이번에 무산된 과정에서 우리가 교훈으로 삼아야 되고 서로 성찰해야 될 대목들이 많이 있습니다. 그러나 아직 막이 내려진 건 아니라고 생각합니다. 무엇보다 상식과 양식에 기반해 국민이 진정 바라는 것이 무엇인지 우리가 정확하게 수용한다면 결과가 나쁘지 않으리라 낙관합니다.

사회자 진보신당도 멋진 패배가 아니라, 완전한 승리가 지상 과제임을 확인하게 되는 발언이군요. 특히, "아직 낙망할 때가 아니다. 시간이 많이 남았다"라고 하셨는데, 그렇다면 만약 결정적인 시점, 선거시점에 다다라서, "양보할 수도 있다" 이런 뜻으로 해석해도 되는 건지 물어보고 싶은데요.

노회찬 제 답변은 "양보 받을 수도 있다"입니다.

사회자 양보 받을 수도 있다.(웃음)

노회찬 받을 수도 있다, 이겁니다.(청중 웃음) 모든 가능성은 열려 있습니다.

사회자　네, 알겠습니다. 오늘은 1등주의에 대해서 이야기를 나누고 있는데 말이죠. 지난 총선에서 내용으로 보나 인물 됨됨이로 보나 여러 면에서 우월했던 노회찬 대표께서 한 가지 일 때문에 낙선했다고 사람들은 얘기합니다. "훈남 상대 후보에게 외모에서 밀렸다"(청중 웃음) 이렇게 얘기하는 사람들이 많던데요. 이런 의견에 동의하십니까?

노회찬　저희 어머니는 결코 동의하지 않습니다.(청중 웃음)

사회자　앞서 노회찬 대표를 1등주의의 최대 피해자라고 했는데, 노 대표가 1등 신문을 자처하는 조선일보 창간 90주년 기념연에 참석한 것을 두고 논란이 벌어졌습니다. 너무나도 어울리지 않는다는 평이 많았는데요. 조선일보와 여러 모로 비슷한 동아일보가 만우절인 4월 1일에 창간 90주년을 맞습니다.(청중 웃음) 동아일보에서 같은 방식으로 참가 제안을 한다면 응하시겠습니까?

노회찬　동아일보에서 초청장은 보냈는데, 전화는 안 했기에…….

사회자　전화가 온다면요?

노회찬　전화를 안 받아야 되겠죠.(청중 웃음) 다시 갈 생각은 없습니다. 물론 그 문제에 대해서 할 말이 있지만, 지금 제 처지에서 그

런 사고를 두 번이나 치는 것은 감당하기 어렵습니다.(청중 웃음)

사회자　　사고라고 하셨습니다.(웃음)

1등만 사는 세상, 로또 외에 방법 없다?

사회자　　그럼 지금부터는 우리 사회에 만연한 1등주의를 어떻게 바라보고 돌파해야 할지에 대해 노회찬 대표와 이야기를 나눠보겠습니다. 노 대표님, 강연 부탁드립니다.(청중 박수)

노회찬　　뜻깊은 특강에 초청해주셔서 감사합니다. 조금 전에 어떤 분이 제 트위터에 "눈이 와서 차를 버리고 오느라고 늦는데, 좀 늦게 시작했으면 좋겠다"고 글을 남기셨는데요. 오셨나요? 다행이네요. 반갑습니다.

2008년 4월 총선에서 노원구 상계동에 출마할 당시였습니다. 상계동에는 로또 복권 1등 당첨자가 가장 많이 나온 가게가 있습니다. 주말이면 로또를 사려는 자동차들이 줄을 서 있고, 지방에서 돈을 송금해서 로또를 발급받기도 합니다. 어느 날 가게에 인사하러 갔는데 순찰차 한 대가 서 있었습니다. 무슨 사고가 났나 하고 안에 들어가 보니 정복을 입은 순경 두 분이 로또를 사고 있었습니다. 선거 유세를 할까 했지만 민망해 하실까봐 돌아 나왔습니다. 가게 밖 현수막에는 "로또 외에 방법 없다"라고 써 있었습니다. 참 서글프면서도 가슴에 와 닿는 말입니다.

© 정영일

왜 사람들이 로또 당첨에 목을 맬까요? 큰돈을 벌려는
단순한 이유 때문만은 아닐 겁니다. 오히려 정상적인
방법으로는 1등 하기 어려운 사회 구조 때문 아닐까
요? 그나마 로또는 몇 만 분의 일이라도 가능성이 있지
만, 다른 쪽은 그만큼의 가능성도 없으니까 말이죠.

왜 사람들이 로또 당첨에 목을 맬까요? 큰돈을 벌려는 단순한 이유 때문만은 아닐 것입니다. 오히려 정상적인 방법으로는 1등 하기가 어려운 우리 사회 구조 때문 아닐까요? 그나마 로또는 몇 천, 몇 만, 몇 십만 분의 일이라는 가능성은 있지 않습니까? 다른 쪽은 그만큼의 가능성도 없으니까 상대적으로 가능성이 더 높은 로또에 기대겠다는 생각인 것입니다.

오히려 여기에서 문제 해결법을 찾아볼 수 있습니다. 로또는 당첨율이 높으면 당첨 금액이 작아지고, 당첨률이 낮으면 당첨 금액이 커집니다. 만약 이것을 우리 사회에 적용해서, 정상적인 방법으로 1등이 되는 사람 수가 많아진다면, 혜택이 적더라도 보다 많은 사람들이 행복하게 살 수 있지 않을까요?

우리 사회를 표현하는 레토릭 중에 제가 가장 많이 사용하는 것이 '동물의 왕국'입니다. 이 말은 경쟁에서 살아남는 자만이 과실을 따먹을 권리가 있다는 식으로 무한 경쟁을 찬양하고, 이 논리를 무조건 부추기고 합리화하는 시장주의자들에게 제가 하고 싶은 말이기도 합니다. 그토록 무한 경쟁이 좋다면 규제 없이 무한 경쟁이 보장되는, 한마디로 완벽한 시장의 자유가 살아 있는 곳, '동물의 왕국'을 권하고 싶습니다. 하지만 분명 살고 싶어 하지 않을 것입니다. 그래서 적절한 규제가 필요한 것입니다. 헌법 제119조는 시장을 보장하지만 시장에 대한 민주적인 통제 또한 가능하다고 말하고 있습니다. 1987년 민주화 운동의 성과로 헌법이 시장에 대한 통제를 명시한 것입니다. 통제와 규제가 모두 악이라면 맹견은 왜 묶어놓습니까? 풀어놓고 마음껏 사람을 물 수 있도록 해야 하지 않을까요? 만일 모든 규제가 악이라면, 맹견도 풀어놓아야 됩니다. 하지만 현실

사회에서 맹견이 사람을 물었을 때는 맹견 주인에게 관리 책임을 묻습니다.

　고(故) 노무현 대통령이 남긴 글 중에서 지금도 가슴에 남는 것이 있습니다. 바로 노동시장 유연화에 대해서, "이것은 좀 잘못한 거 같다"라고 말한 진솔한 평가였습니다. 이 문제는 지금 우리에게도 가장 중요합니다. '노동시장의 유연화'라는 말에는 레토릭의 정치가 숨어 있습니다. 제가 정치인으로 살아가면서 알게 된 것이 '레토릭 정치'의 무시무시함입니다. 만약 누가 시장이 유연한 게 좋냐, 경직된 게 좋냐고 물으면 뭐라고 얘기해야 합니까? 경직된 게 좋다고 말하기엔 뭔가 어색합니다. 말 자체에 이데올로기가 들어 있는 것입니다. 처음부터 반대하지 못하게 만들어버립니다. 한미주둔군지위협정, '소파'도 마찬가지입니다. 소파 하면 떠오르는 푹신푹신하고 안락한 이미지는 반대하는 사람들의 입을 막습니다. 하지만 한미주둔군지위협정을 영어로 풀어쓰면 단번에 소파라는 단어가 나오지 않습니다. 주요 명사의 첫 알파벳만을 따서는 만들 수 없어 구석에 있는 전치사까지 끌어다 조합했습니다. 여기에는 '주한미군의 전략적 유연화' 즉 우리나라의 동의를 받지 않고도 다른 나라의 전쟁에 개입해 우리나라까지도 전쟁의 불바다로 만들 수 있다는 뜻이 담겨

소파(SOFA)
정식명칭은 '대한민국과 아메리카합중국 간의 상호방위조약 제4조에 의한 시설과 구역 및 대한민국에서의 합중국 군대의 지위에 관한 협정'(Agreement under Article 4 of the Mutual Defence Treaty between the Republic of Korea and the United States of America, Regarding Facilities and Areas and the States of United Armed Forces in the Republic of Korea)으로 약칭 SOFA(Status of Forces Agreement)라고 부른다.

있습니다. 이런 내막을 모르는 사람에게 전략이 유연한 게 좋냐, 경직된 게 좋냐고 물으면 대부분 유연한 전략이 좋다고 대답할 것입니다.

노동시장은 노동과 자본이라는 두 요소로 구성된, 노동력을 사고파는 자리입니다. 노동을 사는 자본은 강자이고, 자본에게 팔려야하는 노동은 약자입니다. 그러므로 약자일 수밖에 없는 노동자를 위해서 엄청난 제도적 규제가 있는 것입니다. 근로기준법 1항부터 마지막 항까지는 모두 자본에 대한 간섭과 규제, 통제로 가득합니다. 자본이 아무리 자유로운 대화를 통해 노동과 합의를 이루었다 해도 법이 정한 기준에 미달하면 무효입니다. 자유의사에 의한 합의도 무효라는 것입니다. 실로 정말 엄청난 규제 아닙니까?

자본주의 역사는 자본에 대한 규제 강화의 역사라고 할 수 있습니다. 하지만 1970년대 이래로 번성한 신자유주의는 무엇입니까? 새로운 자유가 아니라, 자본만의 자유입니다. 초기 자본주의에 자본이 누렸던 무한한 자유, 하지만 자본주의 발달과 더불어 규제당해 왔던 그 자유를 회복하자는 것입니다. 인간의 기본권으로서의 자유를 얘기하는 게 절대 아닙니다.

가장 먼저 할 일은 좋은 일자리 만들기

지금 우리 사회의 가장 큰 문제는 고용 문제입니다. 비정규직이 60퍼센트에 이르고 있습니다. 다른 나라보다 몇 배나 많습니다. 그 이유는 비정규직에 대한 차별이 널리 용인되기 때문입니다. 다른 나라에서는 비정규직을 고용했을 때 실익이 크지 않습니다. 반면 우리나라에서는 비정규직을 고용했을 때 실익이 매우 큽니다. 이런 상황이 계속되면 비정규직이 줄어들 리 없습니다.

호주에서는 비정규직에게 시간당 임금을 더 주기도 합니다. 복지제도가 정규직보다 불리하기 때문입니다. 반면 우리나라는 임금을 절반밖에 안 줍니다. 일례로 공덕동에 있는 폴리텍 대학 교수들은 학력, 경력, 수업 시간이 같음에도 정규직 월급의 48퍼센트를 받고 있습니다. 일본에서는 하토야마 정권이 파견 노동을 금지하는 방향으로 정책을 펼치겠다고 발표했습니다. 반면 우리나라에서는 대통령이 파견 노동을 확대하겠다고 나서고 있습니다.

고용이 망가졌습니다. 실제 고용자 수가 줄었고, 20대 30대 경제활동 인구는 지난 5년 동안 지속적으로 줄어드는 추세입니다. 심각한 문제가 되고 있습니다. 이에 따라 자영업자는 600만 명을 넘어섰습니다. 우리나라 자영업자는 전체 경제활동 인구의 36퍼센트를 점하고 있습니다. 미국은 7퍼센트입니다. OECD 평균은 12~15퍼센트입니다. 미국의 5배입니다. 서울에서 신장개업한 음식점이 1년 이내 폐업하는 경우가 80퍼센트입니다. 우리나라 미용사 수는 60만 명입니다. 우리나라 국군이 60만 명입니다.(청중 웃음) 이들을 먹여 살리려면 우리나라 여성들이 이틀에 한 번씩 미용실에 가주어야 합니다. 자영업이 중산층 붕괴의 현장이 되고 있습니다. 이렇듯 고용 문제는 실업자나 비정규직만의 문제가 아니고, 국가적·국민적인 문제입니다.

우리 사회가 이렇게 된 것은 여러분도 잘 알고 계시듯 '약육강식' 논리 때문입니다. 교육부터가 그렇습니다. 우리나라 교육은 교육의 가장 중요한 기능인 '기회의 균등 원칙'이 완전히 망가졌습니다. 결과로서의 평등은 바라지도 않습니다. 최소한 기회는 균등하게 주어져야 되는 거 아닙니까? 기회조차 균등하게 주어지지 않는 사회를 민주주의 사회라고 부를 수 있을까요? 의무교육은 중등 교육까지이고, 돈이 없으니 좋은 성적을 얻기도 힘듭니다. 부잣집에서 우등생이 나오고, 가난한 집에서 열등생이 나옵니다. 부와 가난은 노력 여하에 따라 얼마든지 달라질 수 있어야 하는데, 교육 제도가 오히려 자본의 편을 들어 강자 위주의 사회를 굳건히 하고 있습니다.

단군 이래의 최대 경제 위기였다는 IMF를 돌아봅시다. 위기를 극복하는 데는 비용이 듭니다. 즉 위기 극복에 따르는 고통을 배분해야 합니다. 당시 기업들은 수억대 공적 자금으로 살아났습니다. 하지만 소규모 자영업자들은 은행에서 10원도 빌리지 못했습니다. 중소기업들도 마찬가지입니다. 은행에서 돈 한 푼 못 빌린 중소기업들이 TV에 나와 눈물 흘리면서 자금만 있으면 잘 돌아가는 회사라는 것을 누누이 강조하면 ARS 성금 금액이 마구 올라갑니다. 그때 누가 전화를 거는 걸까요? 다 서민들입니다. 강자가 약자를 살리는 것이 아니라, 약자가 강자를 살려주었습니다. 현대자동차에서는 1998년에 정리해고 등으로 만여 명이 일자리를 잃었습니다. 그로부터 10년이 지나 현대자동차는 비교할 수 없을 정도로 커졌습니다. 하지만 그때 희생된 약자들은 복구되지 않았습니다.

1등만 기억하는 세상이라고 하는데, 아닙니다. 1등만 사는 세상입니다. 해결책은 두 가지입니다. 양극화가 심해지는 것에 브레이크를 걸어야 합니다. 가장 좋은 방법은 일자리 확보입니다. 이명박 정부는 "일자리를 왜 우리가 만들어야 하냐? 정부가 바쁜데"(청중 웃음)

"젊어서 고생은 사서도 한다" "외국에 비해 실업률이 높지 않다"고 얘기합니다. 하지만 지금 노량진에서 공무원 시험 준비하는 사람이 약 30만 명입니다. 이들은 학생, 즉 비경제활동 인구로 분류합니다. 그러니까 실업률이 적게 나오는 것입니다.

먼저 나쁜 일자리를 줄이고 좋은 일자리를 만들어내야 합니다. 공공 부문에서 먼저 해야 됩니다. 가장 하기 힘든 곳이 중소기업일 것입니다. 대기업은 하고 남습니다. 대기업은 지금 정규직에게는 어느 정도 양보하고 비정규직을 압박하는 방식으로 하고 있습니다. 은행에 근무하는 비정규직이 100만 원도 못 받고 있습니다. 경력 4~5년 차에, 졸업할 곳은 다 졸업한, 군대까지 갔다 온 사람에게 100만 원도 안 되는 돈을 지급합니다. 고임금 은행원은 소수입니다. 그렇기 때문에 나쁜 일자리를 좋은 일자리로 바꿔내고, 좋은 일자리를 더 많이 만들어내는 것을 공공 부문에서부터 시작해서 대기업에 강제하고, 중소기업 부분은 밖에서 도와서라도 나쁜 일자리를 줄여내는 일을 해야 합니다.

우리나라 국내총생산(GDP)은 굉장히 좋은 수준입니다. 경제성장률도 좋습니다. 올해 경제성장률은 굉장히 좋을 겁니다. 올해 수출은 진짜 좋을 겁니다. 작년에 좀 안 좋았는데, 노무현 대통령 집권 4년 동안에 평균 경제성장률이 4퍼센트를 상회했습니다. 세계적인 수준입니다. 영국에서 노동당이 지금 14년째 집권하고 있는데, 그 비결이 경제 성장입니다. 그런데 그 성장률이 연평균 2퍼센트입니다. 프랑스는 1퍼센트, 독일은 0퍼센트입니다. 그런데 이명박 대통령은 747을 말했습니다. 거의 범죄 행위죠.(청중 웃음) 7퍼센트 성장은 해서도 안 됩니다. 7퍼센트 성장하려면 연기금 털고 주식을 3,000포인트로 올리거나 또는 나중에 엄청난 대가를 지불해야 하는 비정상적인 방법을 써야 합니다.

하지만 이런 좋은 경제성장률에도 내수시장은 망가졌습니다. 박정희 대통령 때 달성한 100만 불의 40배를 지금 수출하고 있습니다. 노무현 대통령 말기인 2006년도에 3,000억 달러 수출할 때, 그때 3,000억 달러의 4분의 1인 750억 달러를 조선업 3개 회사에서 수출했습니다. 예전에 한 나라 전체에서 수출하던 것의 일곱 배 반을 현대, 삼성, 대우 3개 회사에서, 20만 명도 고용 안 하는 상태에서 수출했습니다. 수출 성과가 경제에 엄청난 영향을 주는 시대는 지나갔습니다. 한국은행에서도 우리나라 경제에 미치는 규정력 제1순위가 수출이던 시기는 이미 지나갔다고 공식적으로 인정하고 있습니다.

그래서 내수시장이 중요한 것입니다. 양극화가 계속 벌어지다 보니 국민 다수의 구매력은 떨어집니다. 10년 동안 비정규직이 두 배로 늘었습니다. 구매력이 감소하니까 물건 적게 사고, 적게 팔리니까 적게 만들고, 채산성이 안 맞으니까 고용을 악화시키는 악순환에서 못 벗어나고 있습니다. 이런 현상이 이명박 정부 이후에 훨씬 심화되었습니다.

우리나라에서만 '거꾸로 가는' 복지

두 번째 방법은 복지입니다. 이제 복지는 돈이 남으면 하는 것으로 생각해서는 안 됩니다. 중학교 무상교육을 시작하면서 1년에 53만 원씩 내던 학비가 줄었습니다. 그 53만 원 가지고 뭐합니까? 시장에 가서 물건 사지 않겠습니까? 53만 원 임금 인상 효과가 있는 셈입니다. 이런 사람들이 10만 명이면 530억이 시장에 투입됩니다. 유통 단계를 지날 때마다 530억씩 매출을 늘여놓고 최종적으로 노동 비용으로 소진이 되는 것입니다. 그러므로 복지비용은 그 금액만큼 생산 요소로 투입되는 것으로 봐야 합니다.

그럼 복지비용은 어디에다 투입해야 할까요? 1. 교육, 2. 의료, 3. 주택입니다. 이것은 지난 백 년 동안 여러 국가에서 시행착오를 거쳐 완성한 시스템입니다. 교육부터 시작해야 합니다. 프랑스 국립대학 소르본 대학 등록금은 1년에 한 번 내는데, 30만 원입니다. 전 세계에서 대학 등록금이 가장 비싼 나라는 미국이고, 두 번째가 일본입니다. 그런데 3년 전부터 우리나라가 일본을 따라잡고 2위에 올랐습니다. 사실 미국 학생들은 30퍼센트가 장학금 등 공적 부조를 받고 있기 때문에 우리와는 또 상황이 다릅니다.

노르웨이 오슬로 국립대에 초청을 받아 간 적 있었습니다. 한국 학생들이 몇 명 있기에 노파심에 학비와 생활비를 어떻게 감당하느냐고 물었습니다. 학생들이 방실방실 웃으며 모두 무료라고 하더군요. 학사, 석사, 박사 모두 무료입니다. 유학 와도 무료입니다. 게다가 대학 장학생은 학비 무료에다가 매월 65만원씩 따로 받습니다. 한마디로 과외나 아르바이트 하지 말고 공부에 전념하라는 겁니다. 물론 노르웨이가 잘 사는 나라이긴 하지만 미국보다 잘 살지는 않습니다. 결국은 사람이 먹고 살아가는 시스템을 어떻게 설계하느냐 하는 문제입니다.

프랑스 대학 등록금 30만 원은 거저 얻어진 것이 아닙니다. 엄청난 투쟁과 사회적 토론과 합의를 거쳐서 만들어졌습니다. 프랑스는 지금도 부유세를 냅니다. '내가 낸 세금으로 가난하지만 똑똑한 학생들을 공부시키고, 그 학생이 잘 되어 프랑스 사회에 기여하면, 그 혜택이 내게도 돌아온다'라고 생각합니다. 독일도 전체 주의 반인, 8개 주가 대학 무상 교육을 지금까지 실시하고 있습니다. 우리나라에 와 있는 스리랑카 노동자들, 얼마나 어렵습니까? 스리랑카는 1인당 국민소득이 1년에 900달러입니다. 우리나라는 2만 달러입니다. 하지만 스리랑카는 고등학교까지 의무교육, 무상교육입니다. 이것은 돈이 많고 적음의 문제가 아닙니다. 철학의 문제입니다. 이러한 철학의 유무에서 보수와 진보가 갈립니다. 소수의 1등 또는 1등급만을 위한 사회로 갈 것이냐, 아니면 알아서 잘 살아가는 1등급보다 나머지 사람들을 소외시키지 않으며 살아갈 것이냐, 공부할 의사가 있고 공부할 능력이 있다면 마지막까지 공부할 수 있게 해주는 사회를 만들 것이냐. 홍길동이 왜 가출 했습니까? 과거 시험을 볼 수 없었기 때문입니다. 서자들에게는 기회가 균등하게 주어지지 않았기 때문입니다. 지금도 수많은 홍길동들을 양산하고 있으면서 민주사회라고 부를 수 있을까요?

의료도 마찬가지입니다. 현재 우리나라 의료 제도는 여러 복지 분야 중에서 가장 우수합니다. 제가 주관적으로 성적을 매긴다면 B급 정도입니다. 미국 의료 제도는 D급입니다. 그래서 지금 개혁하려고 하는 겁니다. 작년 여름 버락 오바마가 우리나라 의료보험제도에 대해 설명을 듣고 "Fantastic!"이라고 말했습니다. 발음 괜찮았나요?(청중 웃음) 미국은 지금 하고 있는 의료 개혁이 성공해도 C급입니다.

대만은 국민들이 잘 걸리는 주요한 질병 치료가 모두 무료입니다.

우리나라처럼 암 보험 들 필요도 없습니다. 대만이 하는 걸 우리는 왜 못 합니까? 우리가 대만보다 못 삽니까? 그쪽으로 방향을 정하고 마음만 먹으면 더디더라도 됩니다. 그런데 이명박 정부는 오히려 반대 방향으로 가고 있습니다. '왜 우리는 D급인 미국처럼 못 하냐, 우리도 D급 한 번 해보자'라고 합니다.(청중 웃음) 의료 영리 법인 인정하고, 의료시장 개방하자고 합니다.

OECD에서 한 국가나 사회가 좋은가 나쁜가를 평가할 때 가장 빈번하게 사용하는 지표가 있습니다. GDP를 얼마나 나누어 썼는지입니다. 우리나라는 약 28퍼센트 정도입니다. 미국은 35퍼센트입니다. 프랑스는 50퍼센트입니다. 스웨덴은 57퍼센트입니다. 인류가 도달한 최고 수치가 57퍼센트입니다. 물론 0퍼센트인 나라도 있습니다. 자기가 번 것을 자기가 다 갖는 나라, 한 푼도 나눠 쓰지 않는 나라, 바로 '동물의 왕국'입니다.(청중 웃음) 우리는 인간의 왕국으로 가야 할까요? 동물의 왕국으로 가야 할까요?

그렇다면 우리나라의 28퍼센트, 이것은 누가 정했습니까? 여러분들이 정했습니까? 아니면 누구에게 위임해줬습니까? 우리는 동의를 해준 적이 없는데, 28퍼센트가 되었습니다. 앞으로 3퍼센트씩 올려 인간의 왕국으로 갈지, 아니면 3퍼센트씩 낮춰 동물의 왕국으로 갈지에 대해서는 국민의 의견이 가장 중요합니다. 그게 민주주의입니다.

동물의 왕국 vs 인간의 왕국

김대중 정권 5년, 노무현 정권 5년 사이에 민주주의가 많이 진척되었습니다. 작년에 국방부 장관이 불온 도서 목록을 발표했을 때를 돌이켜봅니다. 오히려 대형 서점에서 불온 도서 목록에 있는 책들을 모아 제일 좋은 위치에 놓고 판매했습니다.(청중 웃음) 하나의 정권이 민주주의를 쉽게 후퇴시킬 수 없습니다. 하지만 방심해서는 안 됩니다. 앞으로 사회경제적 민주주의를 추진해야 합니다. 그러려면 추진력, 즉 힘이 필요합니다. 진보신당은 그 힘의 주축이 되고자 합니다. 하지만 아직 부족합니다. 진보신당 혼자만으로 그 역할을 하기 어렵습니다. 그러므로 복지국가를 화두로 크게 모여야 합니다. 그것이 제가 말씀 드리는 진보대통합입니다. 정치인들이 자기 이해관계를 위해 모이면 그것이 설사 대통합이라 하더라도, 국민들을 위한 대통합이 아닙니다. 그러나 국민들이 먹고사는 문제, 즉 살림살이 문제를 중심으로 모인다면 진정 국민들을 위한 대통합일 것입니다. 이제 와서 무슨 '주의'가 뭐 그리 중요하겠습니까? 진보적 방향에 초점을 둔 핵심 정책을 중심으로 해서 크게 넓게 보아야 합니다. 진보신당이 민주노동당과 헤어진 데는 이유가 있었습니다. 그러나 헤어짐이 목표는 아니었습니다. 이래서는 진보정당이 더 클 수 없다는 고민으로 나온 것입니다. 그 고민이 해결될 전망이 보이면 얼마든지 같이 할 수 있습니다. 이번 지방선거가 끝나면 진보신당에서는 이 문제를 본격적으로 논의할 것입니다.

다음 국회의원 선거까지 2년이 남았습니다. 그동안 한국 정치 지형을 바꿔야 합니다. 정치가 바뀌지 않고서는 경제가 바뀔 수 없기 때문입니다. 3김 시대가 막을 내린 지 오랜데, 실제로 정치하는 하드웨어는 '호남에 하나, 충청에 하나, 영남에 하나' 하는 식입니다. 그대로입니다. 2008년 국회의원 선거에서 부산 19개 선거구 중 18개를 한나라당이 가져갔습니다. 94퍼센트 의석을 차지했습니다. 너무 한 게 아닌가 싶어 부산 시민들이 어떻게 투표했는지 조사했습니다. 한나라당을 찍은 부산 시민은 54퍼센트입니다. 그런데도 의석은 94퍼센트를 가져갔습니다. 2004년에는 한나라당을 찍은 부산 시민이 52퍼센트였는데, 의석은 역시 94퍼센트를 가져갔습니다. 한 선거구당 한 명을 뽑기 때문입니다. 그래서 2등을 찍은 표는 죽는 표, 없어지는 표가 됩니다. 어느 선거구에서나 30퍼센트라는 고른 지지율을 얻는 정당이라고 해도 지역구 한 석도 가져가지 못합니다. 우리나라 국회의원들이 약 45퍼센트 지지율로 당선된다고 치면, 유권자 3,600만 명 중에서 55퍼센트를 차지하는 유권자들이 찍은 후보는 당선이 안 됩니다. 그럼, 이 55퍼센트의 민의는 쓰레기통으로 갑니다. 이것이 1등만 키워내는 더러운 선거법입니다. 이 선거제도를 바꾸는 것이 굉장히 중요합니다. 부산 사람, 광주 사람을 탓할 일이 아닙니다. 지역주의 세력들이 낡은 선거 제도를 이용해 허망한 기득권을 유지하고 있습니다. 이제 우리는 1등 내지 1등급만을 위한 사회가 아닌, 적절한 경쟁을 보장하되 소수가 다수를 수탈하는 불공정한 경쟁을 규제하면서 사회적 간극을 좁혀내는 사회로 가야 합니다. 이렇게 합리적인 경쟁을 할 수 있는 시스템으로 가기 위해서는 1차적으로 정치권이 바뀌어야 합니다. 보수라고도 부르기 힘든 수구가 존재하는 한 합리적인 진보가 서기 힘듭니다. 지금은 수구와 보수가 경쟁하다 보니, 보수와 진보가 경쟁할 때보다 정책 결정 수준이 훨씬 기득권

중심이 됩니다. 그래서 비정규직이 다른 나라에 비해 늘어나고 있으며, 자영업자들이 다른 나라에 비해 설 자리가 없어지고, 대기업 슈퍼가 동네 슈퍼를 다 죽이고도 규제를 받지 않는 것입니다. 이것은 대통령 한 명 때문이 아닙니다. 구조를 바꾸는 노력은 더 이상 미룰 수 없습니다.

저는 진보신당에 대한 자부심이 있지만, 모든 사람들이 진보신당에 가입해야 한다고 생각하진 않습니다. 진보신당을 크게 키우겠다는 게 목표가 아닙니다. 그럴 수도 없거니와 그것이 가장 좋은 길이라고 생각하지도 않습니다. 우리나라 정치권을 변화시키는 데 추동력으로 기능하는 것이 목표입니다. 비록 진보신당이 n분의 1로 참여하더라도, 그보다 못한 대접을 받더라도, 그게 중요한 건 아닙니다. 진보신당이 우리나라 정치권이 환골탈태하는 데 촉매 작용을 했다면 진보신당의 창당 목표는 구현된 것입니다.

진보신당은 창당하면서 '제2창당'을 내걸었습니다. 마치 집을 지으면서 '재건축이 목표다'라고 얘기한 것과 비슷합니다.(청중 웃음) 제2창당은 처음 만들어놓은 집이 부실하니까 칸 수나 늘리겠다는 것과 다릅니다. 가치의 재구성, 세력의 재편이라는 두 가지 문제의식을 각별하게 받아들이겠다는 것입니다. 이제 진보 세력들도 칙칙하고 낡은, 시대에 뒤떨어진 부분을 과감하게 벗어 던지고 부족한 것이 있다면 상대방에게 배우고 과감하게 수용하면서 진보의 현대화를 이루어야 한다는 것입니다. 그래야만 국민들에게 다가설 수 있습니다. 국민들을 훈계하는 엘리트의식을 버리고 보다 낮은 곳으로 가겠다는 것입니다. 그 길로 가려면 많은 힘을 모아야 합니다.

마지막으로 드리고 싶은 말씀은 '흐르는 강물처럼'입니다. 영화

제목이기도 하지만, 노자의 《도덕경》에도 나오는 얘기입니다. 물은 높은 데서 낮은 데로 흐릅니다. 정치가 흘러가야 할 곳은 높은 곳이 아니라 낮은 곳입니다. 가장 낮은 곳에 자리한 물은 바로 바다입니다. 물은 서로 다른 곳에서 출발하지만 계속 모여 바다까지 갑니다. 실개천이 모여 개울을 이루고 개울이 모여 개천을 이루고, 개천이 모여 강을 이루고, 강이 모여 바다를 이루는 슬기로운 통합의 정신을 배워야 합니다. 또한 물은 멈추지 않습니다. 절벽을 만났다고 멈추지 않으며, 태산을 만났다고 포기하지 않습니다. 휘돌아가더라도 가고야 맙니다. 물을 채워 넘어버리는 한이 있더라도 멈추지 않습니다. 이 과정을 제대로 겪고, 제대로 거치는 것이 진보신당이 나아갈 길입니다. 그러려면 진보 세력은 견지할 것보다 버릴 것이 더 많은지도 모릅니다. 저는 초심과 정치성 빼고는 다 버릴 수도 있다는 생각을 늘 합니다. 여러분들도 주변에 계신 분들에게 이렇게 물어보시기 바랍니다. '동물의 왕국으로 갈 것인가, 인간의 왕국으로 갈 것인가' 그리고 '둘 중 하나만 택해라, 중간은 없다'(웃음). 저는 로또가 필요 없는 사회를 만들고 싶은 희망이 있습니다. '로또 외에 방법 없다'라는 현수막이 '진보정당 외에 방법 없다'는 현수막으로 바뀔 날을 기대합니다. 감사합니다.(청중 박수)

사회자 제7회 인터뷰 특강 '1등만 기억하는 더러운 세상' 오늘은 노회찬 진보신당 대표와 함께하고 있습니다. 제가 좀 여쭙고 싶은 말이 있습니다. 노회찬 대표는 본인 명함에 "일자리 시장"이라는 수식어를 달았는데요. 이명박 대통령은 대기업에 수없이 고용을 강조했지만 뜻을 이루지 못했습니다. 노 대표의 일자리 창출 전략이 궁금합니다.

노회찬   국제적인 업적을 남긴 외국의 시정을 오랫동안 연구해왔습니다. 선진국 대도시 시장의 가장 중요한 공약은 일자리입니다. 아주 구체적으로 몇 개 만들겠다고 합니다. 반면 우리나라 지방자치단체장은 오페라하우스를 짓겠다 혹은 중랑천에 배를 띄우겠다고 합니다.(청중 웃음) 일단 저는 나쁜 일자리를 없애는 데 기여하겠습니다. 서울시 공공기관과 투자 기업까지 포함하여 서울시 관련 비정규직을 정규직으로 전환하겠습니다. 나쁜 일자리를 좋은 일자리로 전환시키는 것이 없는 일자리를 새롭게 만드는 것보다 쉽습니다. 대기업은 외국에서도 일자리 만들기가 쉽지 않습니다. 그러므로 대기업 고용 정책은 다른 방식을 찾아야 합니다.

새로운 일자리를 만들 때는 제대로 된 일자리를 만들어야 합니다. 구청에서 4년제 대학 졸업자들을 인턴으로 채용해서 복사기 옆에 앉혀놓고 걸리는 종이 빼내는 일이나 시키는 방식은 안 됩니다.(청중 웃음) 그러므로 시가 공공사업을 일으켜야 합니다. 건설, 토목 말고 시가 직접 세우는 회사 같은 것 말입니다. 그런 회사들이 나쁜 회사들과 경쟁하게 만들어야 합니다. 예를 들어, 시가 직접 청소하는 회사를 만들어 노동 3권을 보장하고 중간 착취를 없애면 임금 향상이 될 것입니다.

또한 이른바 신성장 동력 분야는 정부나 지방자치단체가 투자해서 산업을 일으키고 일자리를 창출하는 것이 가장 바람직합니다. 독일은 정부가 주도해 환경 산업을 일으켜 100만 개 일자리를 만들었습니다. 이명박 정부가 올해 안에 20만 개 일자리를 만든다고 했지

만 본인들도 믿지 않습니다.(청중 웃음)

　마지막으로 서울시가 23조 예산을 쓰고 있는데, 그 속에 연결된 민간 기업, 납품 기업, 용역 기업들이 얼마나 많겠습니까? 이들 기업에게 공정한 고용에 대한 테스트를 해서 예를 들어 여성과 장애인 고용 비율이 얼마인지, 비정규직의 비율이 얼마나 높은지 등을 점수로 매겨, 고용 환경이 나쁜 기업들은 아예 배제시키는 정책을 만든다면 좋은 일자리를 창출할 수 있습니다.

사회자　　시정 차원에서도 나쁜 일자리를 좋은 일자리로 바꿀 수 있는 방안이 있다는 말씀이었습니다. 지금부터는 청중 여러분께 마이크를 넘기겠습니다. 질문하실 분은 손을 들어주세요.

30~40조 사교육비로 얻은 것은 '줄 세우기' 뿐

청중 1　　서울에 사는 40대 중반 주부입니다. 사회자께서 조산원에서 갓난아이에게 쓴 편지를 저도 1992년 11월 5일 오전 8시 49분에, 1995년 4월 18일 오전 6시 20분에 두 번 썼습니다.(청중 웃음) 그 아이들이 지금 고3, 중3입니다. 제 딸 표현에 따르면, 인간의 반대말은 고3이라고 합니다. 인간은 사회생활을 해야 하는데, 고3은 사회생활을 할 수 없기 때문이랍니다. 그 말을 듣고 굉장히 슬펐습니다. 제 딸이 고3이 될 때까지 정말 개 발에 땀 나듯 키웠습니다.(웃음) 약육강식 논리를 몸으로 체득하여 문신처럼 새긴 선생님들과 그들을 추앙하는 학부모들, 그리고 그들에게 배우는 아이들 사이에서 키우면서도, 제 딸이 거기에 동참하지 않기를 바라면서 키워왔습니다. 오늘도 제 딸을 데리고 왔어요. 고3인데 야간 자율 학습, 보충 수업을 다 안 합니다. 방학 보충 학습도 안 시킵니다.(청중 박수) 저는 어릴 때부터 제 딸에게 인류가 멸망하지 않고 생존해온 가장 큰 이유가 바보가 많았기 때문이라고 말해왔습니다. 제 아이도 바보로 컸으면 했는데, 제 생각보다 똑똑하게 컸습니다.(청중 웃음)

사회자　　혹시 1등입니까?(청중 웃음)

청중 1　　1등은 아닙니다.(웃음) 요즘 경기도 행정이 돌아가는 것을 보면, 교육감이 아무리 훌륭해도 시장이 도와주지 않으면 제대로 일할 수 없다는 것을 많이 느낍니다. 노회찬 대표께서 서울시장 후보로 나오면서 교육감과 러닝메이트를 할 수 없는지 궁금합니다. 그래서 교육감이 하고자 하는 것을 단체장이 전폭적으로 지지해주어 진보화에 대한 한 마음을 교육 정책에 펼 수는 없는 건지 말입니다.

국민들도 국회의원, 대통령 선거는 많이 해봐서 어느 정도 기준이 있는데요. 하지만 교육감, 교육위원 선거는 많이 해보지 않아서 아무런 정보가 없습니다. 1등부터 꼴등까지 줄 세우는 식으로 키우지 않기 위해서, 저 나름대로는 학교 운영위원회, 운영위원장, 학부모 대표까지 손수 해가면서 학부모와 선생님과 싸우면서 아이들을 키워왔습니다. 그런데 왜 이런 것을 꼭 부모가 해야 하는지, 단체장이나 국회의원들이 해줄 수는 없는 건지 하는 서글픔이 있었습니다. 지금 중3인 작은 아이가 고등학교를 갈 때에는 다른 환경의 학교로 보낼 수 있었으면 좋겠습니다. 지금 생각으로는 고등학교에 진학을 시키지 않고 홈스쿨링만 하려고 합니다. 큰 아이도 그렇게 하고 싶었지만 본인이 가겠다고 해서 보냈거든요. 중학교는 대안학교를 보냈어요. 근데 대안학교도 지금 우리가 알고 있는 대안학교가 아니에요. 대안학교도 많이 변질되고, 다양한 종류가 생겼기 때문에 믿을 수가 없습니다. 이제는 어떤 교육 정책과 교육 전문가도 믿을 수가 없어요. 그런데 경기도 교육감이 소신을 가지고 학생 조례를 만들려고 할 때, 단체장 또는 교육위원회가 방해하는 것을 보고 치졸하다는 생각을 했습니다. 그래서 경기도로 이사를 가서 운영위원장도 하려고 했습니다.(청중 웃음) 노 대표님이 시장이 되신다면 교육감하고 뜻을 맞춰 교육 정책만이라도 약육강식 논리가 스며들지 않도록 하실 수 없을까요? 아이들이 눈 가리고 마구 뛰어가는, 무엇을 향해 가는지도 모르고 뛰어가는, 경주마 같습니다. 자신들이 무슨 얘기를 하고, 뭘 배우는지, 뭘 배설하고 있는지 모릅니다. 자신들이 뭘 하고 있는지만이라도 아는 것이 중요하다고 생각합니다.

노회찬　　아주 훌륭한 학부모님이십니다. 고맙습니다. 일단 결론부터 말씀 드리면, 당연히 러닝메이트 해야죠. 물론 법적으로는 안 되게 되어 있습니다.(청중 웃음) 그러므로 선관위가 적발하지 못 하게 재주껏 해야죠.(청중 웃음) 경기도뿐만 아니라 모든 지역에서 그렇게 해야겠지요. 물론 교육이 단체장과 교육감 한 사람이 모두 해결할 수 있는 분야는 아닙니다. 일단 국회를 통해 법을 바꿔야 하고 정권을 잡아서 추진 방향을 완전히 바꿔야 합니다. 우리가 하고 있는 가장 미친 짓 중에 하나가 교육 아닙니까? 정말 너무 큰 문제입니다. 사교육비를 1년에 30~40조 쓰는 나라가 어디 있습니까? 근데 더 큰 문제는 그렇게 많은 돈을 써서 학력이라도 높아지면 다행이겠는데, 전 세계 100위권 대학에 우리나라 대학이 단 한 개도 들어가 있지 못한 것이 현실입니다. 핀란드 교육 문화를 많이 얘기합니다. 핀란드는 대학 갈 때 거의 무시험입니다. 하지만 고등기관 학문 경쟁력 평가를 하면 핀란드 대학이 부동의 1위를 차지합니다. 우열반도 없는 핀란드 고등학교도 부동의 1위를 차지하고 있습니다. 그럼 우리나라가 쓴 사교육비 30~40조는 무엇을 위해 쓴 돈입니까? 우리 아이들 경쟁시켜 줄 세우는 데 쓴 것입니다. 누구는 서울대, 누구는 연세대, 이렇게 정하는 데 돈을 쓰는 동안, 핀란드는 돈 안 쓰고도 적합한 대학 정해서 보낸다는 겁니다.

우리나라 대학 진학률이 높은 것이 좋아 보이지만, 반드시 그런 것만도 아닙니다. 국민 소득이 가장 높다는 스위스는 대학 진학률이 우리의 절반입니다. 나쁘게 말하면, 스위스에서는 고등학교만 나와서 하는 일을 우리나라는 대학까지 나와서 하는 것입니다. 우리가 바보입니까? 뭐가 모자란다고 그 많은 돈과 시간을 들여 이런 비효율적인 일을 합니까? 여기에는 오랫동안 문화적으로 내려오는 학벌에 대한 편견이 뒤섞여 있어 간단하게 풀 수 없습니다. 하지만 먼저 대학 입시 서열화부터 풀어야 합니다.

또 한 가지 풀기 어려운 문제가 사립대가 너무 많다는 것입니다. 전체 대학의 80퍼센트나 됩니다. 이승만 정권부터 이명박 정권까지 고등교육을 포기해온 결과입니다. 정부가 못 하니 민간이 알아서 하라는 식으로 온갖 특혜를 주면서 사학을 발달시켜 왔습니다. 사립 중학교들을 공립 중학교로 흡수해온 것처럼 사립대도 그렇게 해야 할 것입니다. 그전에 먼저 국공립대를 상향평준화해야 합니다. 서울대가 국립대에 대한 지원금을 거의 가져갑니다. 지방 국립대는 예산이 부족합니다. 모든 대통령 후보들이 약속했지만 안 지킨 GDP 1퍼센트 수준으로 고등교육기관을 살려내야 합니다. 그래서 서울대가 1개가 아니라 16개 이상이 되는, 그래서 이 학교를 졸업해서 저 학교에 입학하고 또 다른 학교에서 졸업할 수 있는 통합 학사 관리 제도를 만들어야 합니다. 마치 베를린대에 입학해서 프랑크푸르트대에서 졸업할 수 있는 것과 마찬가지입니다. 이렇게 해서 대학에 들어가는 비용을 줄여야 합니다.

지금 학교 교육은 아동 학대에 가깝습니다. 우리나라 아이들은 전 세계에서 가장 적게 잡니다. 어른이 돼서는 전 세계에서 가장 긴 시간 동안 노동을 합니다. 우리나라는 30년간 장시간 노동하는 나라 1등을 뺏긴 적이 없습니다. 어느 나라도 이 분야에서 1등을 하겠다고 덤벼들지 않습니다.(청중 웃음) 더 비극적인 1등도 많지만 생략하겠습니다. 그래서 저는 서울시장이 이명박 정부와 싸워야 한다고 생각합니다. 이명박 정부가 후퇴시키고 있는 주요 정책들을 반대 방향으로 발전시키면서, 서울시장이 대통령하고 맞짱 뜨는 그래서 청와대와 서울시청 사이에 있는 광화문에 항상 전운이 감도는 상황이 돼야 한다고 생각합니다.(청중 박수) 그래서 국민들이 '저러다 서울시장 잡혀가지 않겠나' '무슨 고발당하지 않겠나' 하고 생각하다가, '결국 둘 중 하나는 물러나야 나라가 되지 않겠어' 하고 생각하는 정도까지 가야 한다고 생각합니다.

지금 서울시가 서울시립대에 1년에 800억씩 쏟아붓고 있는데, 그 돈 아끼려고 특수법을 만들어 독립채산제로 내팽개치려고 하고 있습니다. 저는 오히려 서울시립대 등록금을 연 100만 원으로 공짜나 다름없이 낮추고, 추가로 300억씩 지원해서 세계적인 우수 대학으로 만들어 공교육의 좋은 모델로 만들고 싶습니다. 그리고 서울시립대 들어갈 때는 외고나 자사고 나왔다고 해서 이익은커녕 손해나 안 보면 다행이라는 생각이 들 정도로 입시제를 바꾸겠습니다. 수능, 논술 안 보고, 뒷돈 많이 들어가는 사정관제도 재검토해서 그야말로 제명부터 교원 확충, 학교 투자, 학교 운영까지 대학 사회 구성원들이 주체로 참여할 수 있는 민주적인 대학을 만들어 그 파급 효과를 다른 시도로 퍼지게 하고 싶습니다. 이렇게 이명박 정권이 안 하는 일을 해서 잘못된 교육 제도의 주춧돌부터 흔들어대야 합니다. 서울 시장의 권한이 적다고들 하지만 찾아보면 많습니다. 서울시와 연관되지 않은 것은 거의 없습니다.

김상곤 경기도 교육감이 큰 역할을 했습니다. 무상급식은 우리 시대에 딱 들어맞는, 좀 늦긴 했지만 더 이상 미룰 수 없는 주제였습니다. 정치가 무엇에 관심을 두어야 하는지, 우리 사회가 더불어 살아가는 철학을 어떻게 바꿔야 하는지를 건드리는 아주 중요한 계기입니다. 이번 지방 선거에도 훌륭한 분들이 많습니다. 그런 분들이 적극적으로 나설 수 있도록 많이 북돋아주십시오.(청중 웃음, 박수)

변화의 지름길은 결국 '참여'

청중 2   우리나라 1등 도시 서울에서만 여는 더러운 인터뷰 특강에 참여한 대학생입니다.(청중 웃음) 얼마 전 부산에서 택시를 탔는데, 기사님께서 "정당 지지 같은 거 하지 마라"고 하셨습니다. 제 생

다만 '그렇게 살아서 무엇이 바뀌겠는가' 묻고 싶습니다. 1등이 되는 것도 어렵거니와 1등이 된다고 문제를 근본적으로 해결할 수도 없습니다. '차라리 룰을 바꾸자' 라고 말하고 싶습니다. 룰이 잘못됐으면, 룰을 바꿔야 합니다. 잘못된 룰에 우리를 맞출 수는 없습니다.

각에 우리나라는 정치적 자유가 보장되어 있지만 현실에서는 그렇지 않은 것 같습니다. 예를 들어, 주성영 한나라당 의원이 고대녀로 알려진 김지윤 학생의 뒷조사를 해서 민주노동당 당원이라서 안 된다는 발언을 한 것처럼 말입니다. 그래서 비밀이 보장되는 투표로 개인 의사를 전달하는 것이 가장 좋은 방안이라고 생각합니다.

우리나라처럼 감시받는 사회에서 노회찬 대표가 속한 진보신당이나 그 외 진보 정치 집단을 지지할 수 있는 방안을 여쭤보고 싶습니다. 이런 질문을 한 이유는 오늘 노 대표가 말씀하신 정책들은 다수의 지지를 얻어야 이룰 수 있기 때문입니다. 투표권을 행사는 것 외에 제가 할 수 있는 것들이 무엇이 있을까요?

또 〈한겨레21〉 관계자 여러분께 여쭤보고 싶은 것이 있습니다. 제가 몇 년째 서울에 올라와서 인터뷰 특강을 듣고 있는데, 부산에서 하실 생각은 없는지요?

노회찬　오늘 특강을 들으면서 어떤 분들은 '좋은 얘긴데 과연 실현될 수 있을까' 라고 생각했을 수도 있습니다. 충분히 그렇게 느낄 수 있습니다. 하지만 같은 꿈을 꾸는 사람이 많아지면 그 꿈이 현실이 된다는 말이 있지 않습니까? 같은 꿈을 천만 명이 꿔보십시오. 그게 계속 꿈으로만 남아 있겠습니까? 수개월 내에 현실이 되지 않겠습니까?

투표하는 것, 물론 중요합니다. 하지만 투표는 매일 하는 것이 아니라 4년에 한 번 또는 2년에 한 번 합니다. 제가 생각하는 보다 적극적인 방법은 정당에 가입하는 것입니다. 같은 꿈을 꾸는 사람들이 무리를 짓는 것입니다. 민주주의는 참여를 통해서만 성숙합니다. 우리나라는 오랫동안 제대로 된 정당들이 없었고, 보스 몇 사람을 위한 정당처럼 운영되어왔고, 정당에 들어가서도 좋은 모습을 보지 못하고, 다른 사람들의 이목도 좋지 않고, 정치에 대한 불신이 크기 때문에, 정당을 기피합니다. 그래서 선거 때 돈 주고 입당서 쓰는 정도에 머뭅니다. 그래서 우리나라는 정당 당원이 600만 명이 넘는 희한한 나라가 됐습니다.

여러분, 진보신당에 입당하십시오. 진보신당이 싫으면, 민주노동당에 입당하십시오. 국민참여당도 있습니다. 당에 적극적으로 참여해 우리 자신에 대해 깨닫고, 힘을 모으고, 널리 알려야 합니다. 세상에 공짜는 없습니다. 우리는 지금 누리고 있는 것들을 공짜로 얻어서 잘 모르지만, 투표권을 얻기까지 50~60년이 걸렸습니다. 우리는 그 투표권을 쓰지도 않고 버리기도 하지만 이전 세대들은 그것을 갖지 못해서 수없이 싸웠습니다. 여성들이 투표권을 얻은 때는 2차 세계대전 이후입니다. 모두 최근에 획득한 권리입니다. 노동시간 1시간을 줄이는 데 30년이 걸렸다는 말처럼 모두 어렵게 얻은 것입니다.

유럽 유명 정치인들은 대부분 고등학교 때부터 특정 정당의 청년동맹이나 학생동맹에서 회장을 한 사람들입니다. 어려서부터 훈련을 받았기 때문에 나이에 비해 정치 경력이 깁니다. 그렇게 리더십을 키워온 사람들이 앞장서기 때문에 당이 발전합니다.

만약 정당에 가입하자니 마음이 썩 동하지 않는다면 시민단체들 많잖아요. 후원회원으로 가입하고 행사에도 참여하고, 〈한겨레21〉 인터뷰 특강 같은 강좌에 나오는 것도 좋습니다. 이런 것들도 정당 참여와 마찬가지입니다. 실제로 정당에 가입해도 하는 일은 비슷합니다. 이런 식으로 참여를 통해 세상을 바꾸자, 그 길이 힘들지만 지름길이다, 그렇게 생각합니다.

사회자　헌법에 참정권이 보장된 자유민주주의 국가에서 진보신
당을 지지하는 방법을 물었습니다. 이런 질문을 해야 하는 더러운
세상입니다.(청중 웃음)

청중 3　게임업계에서 1등하는 회사에 근무하는 직장 여성입니다.
40살 남편과 단둘이 살고 있습니다. 회사에서 팀원 한 명을 들이려
고 구인 공고를 내면 하루에 최고 320개 이력서가 들어옵니다. 반면
직원이 20명 남짓한 중소기업을 운영하는 남편은 한 달 동안 구직
공고를 내도 이력서 한 개가 들어오지 않습니다. 양극화를 피부로
느낍니다.
　노회찬 대표께서 서울시장이 되면 공공 부문에서부터 나쁜 일자
리를 퇴출시키고 좋은 일자리를 만들어주신다고 하셨는데, 그렇게
되면 제 남편 같은 사람들은 더욱 직원을 뽑기 힘들지 않을까요? 요
즘 젊은이들은 워낙 무한 경쟁에 익숙하다 보니 규모 있는 회사에만
지원하고, 소위 '듣보잡' 회사에는 지원하지 않습니다. 1등만 쫓기
바쁩니다. 제 남편처럼 영세 기업을 꾸리는 사람들에게 '1등만 기억
하는 더러운 세상'이라는 멘트는 진짜 현실입니다. 주류가 되지 못
한 마이너리티들이 지금 현실을 이겨나가는 데 도움이 될 만한 말씀
을 해주시면 집에 돌아가 남편 어깨를 두드리면서 한마디 건넬 수
있을 것 같습니다.

노회찬　대기업과 중소기업에 각각 10억을 투자했을 때, 몇 개의

일자리가 만들어지는지 연구한 사례가 있습니다. 중소기업에서 3~4배 정도 많은 일자리가 만들어진다는 연구 결과가 있습니다. 우리나라는 전체 고용 인구 중에서 대기업 고용 인구가 10퍼센트가 안됩니다. 오히려 100인 이하 중소기업 고용 인구가 90퍼센트를 넘습니다. 때문에 우선적으로 보다 많은 사람들이 똑같이 어려운 상황에 놓인 중소기업 고용 문제를 해결해야 합니다. 물론 기술력이 떨어지거나 시장에서 경쟁할 수 없는 중소기업들은 고려 대상이 안 됩니다. 하지만 어느 정도 유지할 수 있는 중소기업에는 특별한 지원이 필요합니다.

첫째는 중소기업이 봉착하고 있는 억울한 현실과 부당한 관계를 해소해야 합니다. 대기업의 수직 계열화된 하청 문화 때문에 중소기업에서 개발한 기술이 인정되지 않고 너무 싸게 가격이 매겨지는 상황을 바꿔야 합니다. 그렇게 대기업의 횡포는 중소기업 고용 인구에 전가됩니다. 그래서 중소기업이 점점 어려워지고 사람을 구하기 어려워집니다. 악순환입니다. 중소기업이 열심히 일해서 풀 수 있는 문제로만 돌릴 수 없습니다. 어음제도를 없애야 됩니다. 현찰이 많은 곳은 대기업입니다. 현찰이 아쉬운 곳은 중소기업입니다. 그런데 현찰로 물건을 만들어서 주면, 물건 받고 현찰을 안 주고 어음을 줍니다. 서너 달 후에 현찰이 들어오면 그 사이 이자는 누가 감당합니까? 이런 잘못된 거래 관행들을 바로잡아야 합니다. 중소기업이 노력의 대가를 받을 수 있게 만들어야 중소기업 고용 인구도 삶이 나아집니다.

둘째는 중소기업에 대한 지원입니다. 중소기업은 기술개발에 막대한 자금이 필요하므로 정부가 중소기업 금융지원금 또는 기술개발 지원금을 만들어줘야 합니다. 지진이 나면 대나무숲이 가장 안전하다는 말처럼, 경제 위기가 닥칠 때 가장 안전한 곳은 중소기업이 촘촘히 발달한 나라입니다. 한국, 인도네시아 등 아시아 국가들이 IMF를 겪을 때, 대만이 유일하게 겪지 않았던 것은 대외투자 개방 때문이기도 하지만 중소기업에 기초한 경제 시스템이 큰 역할을 했기 때문입니다. 대기업은 지원 안 해도 먹고 살 수 있으며 이미 우리나라 대기업들은 한국 자본이라고 부르기 힘들게끔 국제화되어 있습니다. IMF 당시 대우그룹 김우중 회장이 내린 지시가 뭡니까? 전 세계에 있는 대우그룹 관련사들에게 '달러, 한국으로 보내지 말라'였습니다. 우리나라는 달러가 말라서 쓰러지게 생겼는데 많은 국민들의 존경을 받는 재벌 총수가 개인 달러가 묶일까봐 조국에 대한 달러 송금 중단을 지시했습니다. 이미 우리나라 자본은 한국만을 가지고 먹고사는 자본이 아닙니다. 이미 국제화된 자기 생명을 가지고 움직이는 자본입니다. 그러니 우리나라 국민들이 낸 세금으로 어디에 지원을 해줘야 하겠습니까? 정부가 삼성그룹에 1~2조를 융자해준들 그들은 그런 돈에는 콧방귀도 안 뀔 것입니다. 그런 돈들을 중소기업을 육성하는 데 투자해야 합니다.

룰이 잘못됐으면, 룰을 바꾸자

청중 4　　서울에 사는 대학생입니다. 오늘 특강 제목 '1등만 기억하는 더러운 세상'을 보고 저는 '1등이 없어지는 건 불가능하고, 무엇을 기억하느냐가 중요하다'는 생각을 했습니다. 제가 다니는 대학은 작년 겨울에 전임 총학생회장이 선관위장을 맡아 몇몇 사람들과 모여 투표함도 까본 곳입니다. 불과 몇 개월이 지난 지금, 학우들이 기억하고 있는 것과 기억하지 못하는 있는 것을 보면서 굉장히 실망했습니다.

정치인으로서 대학생들이 기억해야 하는 것이 무엇인지, 사회 참여를 유도할 수 있는 방법은 무엇인지 말씀해주시면 좋겠습니다.

노회찬　　요즘 대학생들이 보수화된 것에 대해 어떻게 생각하느냐는 질문을 자주 받습니다. 그때마다 동의하지 않으려고 애씁니다. 사실 동의가 잘 안 됩니다. 개인적인 문제에만 관심 있고 사회적인 문제에는 관심이 없다고 진단할 수 있습니다. 어떤 면에서는 그럴 수 있습니다. 피상적으로는 사실입니다. 하지만 왜 그렇게 되었는지 파고들어야 합니다. 과거에 대학생들은 지금처럼 경쟁에 내몰리지 않았습니다. 대학 수가 적었고 지금보다는 보장이 잘 되어 있는 일자리를 얻을 수 있었습니다. 그래서 대학 4년을 개인적인 문제를 넘어서서 '인생이란, 역사란, 철학이란 무엇인가'를 질문하며 소중하게 보냈습니다. 하지만 지금은 삶의 조건이 팍팍해 거기서 오는 압박으로 당면 문제만을 고민하게 된 것입니다. 대학생들의 생각이 변해서, 가치관이 변해서 보수화된 것이 아닙니다. 그렇게 1등 즉 좋은 스펙을 만들기 위한 경주에 내몰리고 거기에 온 힘을 기울이면서 대학 4년을 보내는 것입니다. 이런 상황에서 경쟁하지 말라고 하기도 어렵습니다. '당신이 나 먹여 살릴 것이냐?'라는 대답을 들을 수 있습니다.

저는 다만 '그렇게 살아서 무엇이 바뀌겠는가'라고 묻고 싶습니다. 1등이 되는 것도 어렵거니와 그렇게 1등이 된다고 해서 문제를 근본적으로 해결할 수도 없지 않습니까? '차라리 룰을 바꾸자'라고 말하고 싶습니다. 룰이 잘못됐으면, 룰을 바꿔야 합니다. 잘못된 룰에 우리를 맞출 수는 없습니다. 한 명의 힘으로 금방 바뀌지 않기에, 자신을 구제하고 살아남기 위한 노력도 하면서, 동시에 룰을 바꾸는 노력을 해야 합니다. 우리가 안 하면 다음 세대가 더 힘들게 이 일을 해야 합니다. 이런 논리로 주변 사람들을 설득해야 합니다. 쉽지 않겠죠. 사람 설득하는 게 어디 쉽습니까? 그래서 대학 안에서도 정당이나 시민단체 활동들을 지속적으로 해야 합니다. 조건이 어렵지만 그것을 극복하고 더욱 활성화시켜야 합니다. 왕도는 따로 없다고 생각합니다.

사회자　　요즘 젊은 세대들이 겪고 있는 문제가 한쪽만이 짊어져야 하는 숙제는 아닌 것 같다는 생각이 듭니다. 다음 질문하실 분 말씀해주십시오.

청중 5　　저는 일본에서 대학을 다니고 있습니다. 지난 학기부터 이번 학기까지 휴학을 했는데, 그 이유는 이번 지방선거의 판을 뒤집어보고 싶어서입니다. 물론 제가 있다고 해서 크게 달라지진 않겠지만 말입니다. 특히 4대강 사업은 몸부림쳐서 막지 않으면 나중에 너무 후회할 것 같습니다. 노회찬 대표님은 4대강 사업에 대해 어떻게 생각하십니까? 이명박 정부가 4대강 사업에 22조가 든다고 말했는데요, 만약 노 대표님이 22조를 갖고 있다면 지속 가능한 미래를 위해 어디에 쓰고 싶으십니까? 그리고 광고 말씀드리겠습니다. 저는

'지속가능한 청년모임' 및 '우리강물 지키는 젊은 것들 네트워크'에서 활동하고 있는데, 혹시 같은 뜻을 갖고 있는 분들이 있다면, 싸이클럽에서 검색해서 들어오세요.

노회찬 　네, 좋은 단체에 참여하고 계십니다. 4대강을 어떻게 생각하느냐, 글쎄요. 강이 무슨 잘못이 있겠습니까?(청중 웃음) 오늘이 물의 날인데, 물에게 미안한 날입니다. 원래 4대강 하면, 나일 강, 인더스 강, 티그리스 유프라테스 강, 황하 아닙니까?(청중 웃음)

그리고 이명박 정부가 한반도 대운하를 하지 않겠다면서 이런 말을 했습니다. "한반도 대운하의 핵심은 낙동강과 한강을 잇는 것이다." 그러고는 그것을 안 하면 한반도 대운하를 안 하는 거랍니다. 마치 밥 한 공기를 먹다가 마지막 한 숟가락만 남기고 다 먹어놓고는 '밥 다 먹었냐' 하고 물으면, '다는 안 먹었다' 하는 것과 뭐가 다릅니까?(청중 웃음)

사실 한반도 대운하를 거의 다 해놓는 겁니다. 그러면서도 한반도 대운하가 아니라고 하는 것은 정직하지 못한 것입니다. 한반도 대운하든 4대강이든, 자신의 잘못된 취향 내지 믿음 때문에 국가를 절단내는 것은 막아야 합니다. 마치 삼성그룹 이건희 전 총수가 자신의 취미를 위해 자동차 회사 하나 만들어서 공적 자금을 모두 날려버렸던 일과 뭐가 다릅니까?

게다가 자금도 22조 이상이 들어갈 수 있습니다. 지금 공사하는 것을 보면 강 살리기가 전혀 아닙니다. 우리나라 방울토마토 생산량의 3분의 1을 담당하는 금강 유역의 토마토 생산 단지를 다 매수했습니다. 그곳은 강도 아니고 강 옆의 땅인데, 갈대밭을 만든다며 사놓은 것입니다. 지금 우리나라 국민들이 광활한 갈대밭을 못 봐가지고 환장을 했습니까?(청중 웃음) 좋은 먹을거리를 생각하는 땅을 갈아엎고는 갈대밭을 만든다는 것입니다. 팔당에 있는 유기농 단지도 갈아엎고 유기농 기념 공원을 만든다고 합니다. 전국을 리조트 산업화하겠다는 것입니다. 여기서 개발 이익을 얻는 사람들이나 이익을 얻을 뿐입니다.

만약 22조가 있다면, 저는 이 돈으로 무엇을 할지를 놓고 국민적인 대토론을 하고 싶습니다.(청중 박수) 저 혼자 '짜잔' 하고 묘안을 내놓으며, '여러분은 고민을 많이 안 해봤을 테니까, 제가 고민했습니다. 이게 답입니다'라고 말하고 싶지 않습니다. 우리 집에 들어온 20만 원도 아니고, 우리나라 국민을 위해서 써야 할 22조입니다. 이것을 어떻게 쓸까 갑론을박하고, 직장, 학교, 가정에서 토론하고 거기서 우리의 꿈과 희망이 뭔지가 서로 확인되고, 그렇게 합의해가는 과정이 중요합니다. 어떤 시장님처럼 천만 원짜리 가로등을 세우는 데는 쓰지 않을 것입니다. 철저하게 일자리를 만들고 교육을 바로잡고 보육을 지원하는 데 쓸 것입니다. 오늘도 뉴스에 나오더군요. 아이 한 명 키우는 데 한 달에 100만 원 이상이 든답니다. '낳기만 해라. 나머지는 국가가 책임지겠다'라는 말을 하는 데 22조를 쓸 수 있지 않겠습니까?

사회자 아까 지방에서도 〈한겨레21〉 인터뷰 특강을 하는 것은 어떻겠냐는 말씀해주신 분께 답변 드리겠습니다. "지금은 곤란하다. 기다려 달라."(청중 웃음) 시간 관계상 지금부터는 질문 몇 개를 한꺼번에 들은 후에 노회찬 대표의 답변을 듣겠습니다.

청중 6　저는 작년까지 인간이 아니었다가 올해 인간이 된 대학 신입생입니다.(청중 웃음) 아까 프랑스에서는 등록금을 30만 원 낸다고 하셨는데요. 저는 한 학기에 470만 원을 냈습니다. 노회찬 대표께서 저를 이명박 대통령과 독대시켜주시면, 대통령 선거 당시 공약이었던 반값 등록금을 이행하라고 강요하고 싶습니다.(청중 웃음)

저는 지금 사학과에 다니고 있는데, 많은 동기생들이 이명박 대통령의 뇌를 분석하고 싶어 합니다. 독도 문제와 동북공정 문제를 보면 역사의식이 전혀 없는 것 같습니다. 한 번쯤 저희 사학과에 오셔서 김구 선생님에 대해 수업을 듣고 가시면, 역사의식이 좀 생기실까 싶고요.(청중 웃음)

질문 드리겠습니다. 저는 아까 말씀하셨던 입학사정관제로 대학을 들어왔습니다. 이명박 대통령이 교육 기회를 균등히 하고 대학교육을 개혁하는 데 입학사정관제가 아주 좋은 방법이 될 거라고 하는데, 제 생각에는 아니었습니다. 저는 고등학교 때 논문을 두 편 쓰고, 국사대회에 모조리 다 나가고, 수능시험 공부하면서 만날 혼나고, 80장짜리 리포트를 써서 냈습니다. 앞서 노 대표님은 입학사정관제에 수정이 필요하다고 하셨습니다. 어떤 방향으로 수정하실 생각인지 궁금합니다. 입학사정관제로 합격한 대학생으로서 후배들 때문에 굉장히 고민이에요.(청중 웃음)

청중 7　저는 고3 다음으로 살기 힘들다는, 이명박 대통령 직속 후배입니다. 먼저 동년배인 20대들에게 할 말이 있습니다. 앞서 말한 시장님, 학장님 같은 분들은 언젠가 돌아가실 거니까요. 우리 마음만 변치 않고 한 30년 살면 우리가 꿈꾸는 세상이 올 거예요. 그러니

까 마음 변치 말자고요.(청중 박수)

그리고 노회찬 대표님이 정당에 참여하라고 하셨는데, 저는 국제엠네스티에서 활동하고, 국민참여당에 온라인당원으로 가입했어요. 지금 대학교 4학년인데 이런 경력들을 이력서에 쓸 수가 없습니다. 썼다가는 노조 만드는 거 아니냐, 하겠지요.(청중 웃음) 그러니까 정치적 권리를 제대로 보호받을 수 있게 신경 써주시면 좋겠습니다.

질문하겠습니다. 제가 볼 때, 가난한 10퍼센트가 한나라당을 지지하는 것 같습니다. 비기득권층이 오히려 보수 정당에 투표하는 면이 있다고 봅니다. 이것을 어떻게 극복하실지 궁금합니다.

오히려 한국어 몰입 교육이 필요한 사람들

청중 8　　저는 1등 도시, 서울에 사는 서울시민입니다. 저는 질문 대신 노회찬 대표께서 서울시장이 됐다는 가정하에 부탁을 드리고 싶습니다. 저는 대안학교 졸업생과 탈학교 청소년들에게 대안적인 외국어 학습을 시켜보려고 여러 가지 실험을 하고 있습니다. 언젠가 대안학교 학생들에게 영어 학습을 어떻게 해왔냐고 물었습니다. 토플 또는 토익 위주로 공부했다는 대답이 많았습니다. 다른 과목은 대안적인 학습 방법으로 공부했는데, 영어만은 유독 주입식 학습 방법으로 공부했다고 합니다. 대안학교 학생들에게 "영어는 너의 스펙을 높이기 위한 것이 아니다. '영어 공부=1등주의'가 아니다. 영어는 네 마음을 담아서 영어를 사용하는 사람과 소통하기 위함이다"라고 하면 조금 따라 옵니다. 그래도 가끔 학생들이 "정말 그렇게 해도 돼요?"라고 물어봐요. 불안한 거예요. 영어 공부와 1등주의가 결부되어 있기 때문입니다. 하지만 그렇게 즐겁게 영어 공부를 한다고 해도 검정고시를 볼 때는 주입식 학습이 도움이 되고, 취업 시험을 볼 때는 토플 토익이 필요합니다. 노회찬 대표님이 홍정욱 씨한테 선거에서 진 이유가 홍정욱 씨가 잘 생겨서라고 했는데,(청중 웃음) 저는 그 이유가 홍정욱 씨가 영어에 대한 학부모들의 욕망을 건드렸기 때문이라고 생각합니다. 그래서 첫째로 부탁드리고 싶은 것은, 지금 우리나라에서는 영어 잘 하는 사람의 이미지를 홍정욱 씨 같은 분들이 갖고 있는데, 노 대표께서 가끔 영어를 써주시면서 그렇지 않다, 발음이 나빠도 얼마든지 소통할 수 있다는 것을 보여주셨으면 좋겠습니다.(청중 웃음) 둘째로 서울시 공공 부문 협력업체에서는 영어 시험 없이 직원들을 뽑게 해주셨으면 좋겠습니다. 지금 대학생들이 힘든 이유 중 하나가 영어 학원을 다녀야 하기 때문인 것으로 알고 있어요.

청중 9 저는 짧게 질문하겠습니다. 얼마 전 고대 자퇴녀 선언문을 읽고 많은 생각을 했습니다. 저도 학교 다니기 싫은데, 어떻게 할까요?(청중 웃음, 박수)

노회찬 굉장히 뜨겁고 진지한 질문들입니다. 시간 관계상 짧게 짧게 연이어 답변하겠습니다. 첫 번째 질문은 입학사정관제의 폐해를 어떻게 고쳐나갈 것이냐는 것이었습니다. 사실 입학사정관제 자체는 나쁜 제도가 아닙니다. 하지만 우리나라에 사교육으로 입학사정관제를 돌파해보겠다는 집념을 가진 사람들이 많습니다. 이것은 입학사정관제의 본래 취지를 왜곡하는 것입니다. 그들은 자본으로 스펙을 만들거나 학원의 힘을 빌리기 때문입니다. 이렇게 특수한 우리나라 상황에서는 악용될 여지가 많은 입학사정관제를 아예 포기하지 않는 한, 그것을 제대로 실현할 방법은 없다고 생각합니다.

두 번째 질문은 가난한 10퍼센트가 한나라당을 지지하는 것을 어떻게 극복해야 할지였습니다. 이러한 현실은 동서고금에서 늘 있어 왔던 일입니다. 놀라운 일이 아니지요. 심지어 계급 혁명을 하던 시대에도 최극빈층은 혁명에 가담하지 않았습니다. 너무 살기 힘들기 때문입니다. 존재를 유지하는 것 자체가 힘들었기에 다른 일을 할 수 없었습니다. 왜 노동시간 1시간을 줄이는 데 30년이 걸렸냐면 노동시간이 너무 길어서 노동자들이 생각할 수도 단결할 수도 없었기 때문입니다. 시간 여유가 있어야 책도 보고 대화도 하고 토론도 합니다. 그러면서 단결의 필요성도 알게 됩니다. 어느 날 오후 3~4시쯤 식당에 갔습니다. 보통 식당에서 일하시는 아주머니들은 그때쯤 식사를 하시는데, 그때도 그랬습니다. 그런데 일고여덟 명쯤 되는 아주머니들 모두가 저를 몰라 봤습니다. 그러자 식당 주인이 저보고 TV에 나오는 유명한 사람이라고 말해주는 겁니다. 식당 아주머니들은 미안해하시며 이렇게 말씀하셨습니다. "저희들은 모를 수밖에 없어요. 9시 뉴스를 본 적이 없어요. 저녁에 일찍 자야 새벽에 일하러 나오지요." 생활 조건이 이런 분들이 많습니다. 18대 총선 당시 상계동을 누빌 때 일입니다. 그때 만났던 어떤 유권자는 솔직히 정치인은 박근혜밖에 모른다고 했습니다. 참 안타까운 일이지요. 이런 말을 하는 이유는 그런 분들을 포기하자는 뜻이 아닙니다. 워낙 어려운 분들이라 그럴 수 있다는 말입니다. 그리고 그 위로 조금 덜 어렵지만 뭔가 현실에서 얻을 게 있을 것 같다는 기대만으로 한나라당을 지지하는 사람들도 있습니다. 사실 하위층 30퍼센트가 그렇습니다. 울산에서 여론조사를 해도 월수입 150만 원 이하층에서 압도적으로 한나라당 지지표가 많습니다. 진보신당이나 민주노동당 지지표는 주로 월수입 150~200만 원이나 250~350만 원 층에서 나옵니다. 아직은 그렇습니다. 그래서 진보 정당들은 더 아래로 내려가야 합니다. 더 힘든 사람들, 정치권으로부터 단 한 번도 도움을 받지 못한 사람들, 그래서 정치에 대한 기대가 원초적으로 없는 사람들, 정치의 가능성에 대해서 한 번도 교육받지 못한 사람들에게 다가가 대화하고 부딪쳐야 합니다. 그렇게 그들을 원래 위치로 복원시켜는 것, 그것이 정치를 살리는 길입니다. 그런 점에서 그들을 놓고, 의식이 계급을 배반했다고 함부로 규정할 문제는 아닙니다. 그들도 얼마든지 변화할 수 있다, 그들을 변화시키지 않고서는 우리 사회도 변화시킬 수 없다는 생각을 가져야 합니다.

세 번째 질문은 서울시 공공 부문 협력업체에서는 영어 시험 없이 직원을 뽑았으면 좋겠다는 부탁이었습니다. 사실 이것이 제 공약입니다.(청중 웃음) 저는 한글에 굉장히 애착이 강합니다. 말글에도 생명이 있어 쓸수록 발전하고 쓰지 않을수록 도태한다고 생각합니다. 예를 들어, 이메일 주소 앞에 '앳(@)'을 '골뱅이'라고 부르잖아요. 프랑스에서는 국민들이 이 정도로 빈번하게 사용하면 프랑스어로 정합니다. 강제적으로 쓰게 만들어요. 만약 우리나라에서 국민들이 알아서 골뱅이라고 부르다가 어느 날부터 안 부르면 그냥 '앳'으로 갑니다. 우리나라 말로 대체해왔던 말들이 사라집니다. 인간이 만들어낸 언어 중에서 사라진 것이 현존하는 것보다 많습니다. 우리나라 말이라고 없어지지 말란 법 없습니다. 저는 오히려 영어 과소비가 문제라고 생각합니다. 우리나라 유명 은행에서 20년간 근무한 후배가 이런 말을 했습니다. "이 은행에 들어가기 위해서 영어 공부 정말 많이 했는데, 은행에서 근무하는 20년간 영어 한 번 제대로 써먹어 본 적 없다." 제가 서울시장이 되면 서울시 공무원 임용시험에서 영어를 없애겠습니다. 대신 서울 시정에서 영어가 꼭 필요한 분야에는 높은 임금을 주더라도 제대로 영어를 구사하는 인재를 채용하겠습니다. 제가 볼 때 이명박 대통령은 한국말을 제대로 구사하지 못하고 있습니다. 그래서 문제가 자꾸 생깁니다.(청중 웃음, 박수) 그들에겐 한국어 몰입 교육이 절실합니다.(청중 웃음) '아' 하고 '어' 가 어떻게 다른지, '좌파' 란 말을 왜 함부로 사용해서는 안 되는지를 알아야 합니다. 저는 우리나라 말을 잘하는 사람이 다른 것도 다 잘할 수 있다고 생각합니다. 물론 세계화 시대에 전문성과 견문을 높이기 위해 영어를 공부하는 건 굉장히 중요합니다. 아까 질문하신 분의 말씀처럼, 영어를 공부함으로써 다른 문화 사람과의 소통이 활발해지고, 다른 문화를 보다 쉽게 접하게 되는 등 장점이 얼마나 많습니까? 하지만 이런 능력을 자연스럽게 길러야지, 지금처럼 1등주의에 편승하기 위해 영어가 굳이 필요 없는 직업에까지 영어 시험을 진입 장벽으로 설치하는 것은 비효율적입니다. 우리나라 사교육비 40조의 절반이 영어 구매 비용입니다. 그러다 태교를 영어로 하는 상황까지 온 것입니다. 불필요한 영어 시험 폐지는 반드시 공약으로 정해서 하겠습니다.

네 번째 질문은 학교 다니기 싫다는 것이었습니다.(청중 웃음) 음, 한 번 더 생각해보십시오.(청중 웃음) 근데 생각을 너무 많이는 하지 말고, 그럴 때는 한숨 푹 자는 게 좋습니다.(청중 웃음) 푹 자면, 심리적인 상태가 달라지거든요. 그런데 푹 자고 나서도 똑같은 생각이 든다면 그만두세요. 그만두시면 제가 학교 다니는 것보다 의미 있는 일들을 책임지고 소개해드리겠습니다.(청중 박수)

사회자　철없는 함박눈이 쏟아지는 3월 말입니다. 춘래불사춘(春來不似春), 봄은 왔는데 봄이 봄 같지 않습니다. 빼앗긴 들에도 봄은 온다는데 우리의 진정한 봄은 언제쯤 올까요. 민주주의도 경제도 취업도 아직 한겨울입니다. 1등이 아닌 사람들의 움츠러든 어깨가 아직 펴지지 않고 있습니다. 그래도 오늘 특강 내내 자리를 뜨지 않으신 여러분들에게 희망이 있습니다. 오늘 열띤 그리고 뼈 있는 특강을 해주신 노회찬 진보신당 대표께 진심으로 감사 말씀드립니다.(청중 박수)

초특급 거짓말로 '**자본의 본색**'을 끼발려라

1등급 거짓말쟁이의 세상 구하기 대작전

앤디 비클바움

2010년 3월 23일 화요일 늦은 7시

앤디 비클바움   부모님이 주신 이름은 '자크 세르빈'이고, '레이 토머스'란 이름도 썼다. 대학에서 수학을 전공하고, 문예창작 전공으로 석사 학위를 받았다. 잠시 게임 프로그래머로 활동하기도 했으며, 지금은 대학에서 강의를 하고 있다. 그의 공식적이지 않은 또 다른 직업은 '명의 보정사'다. 우리를 대표한답시고 이런저런 못된 짓을 하고 다니는 개인이나 단체에게 제대로 된 이름을 찾아주는 것이 '명의 보정사'가 하는 일이다. 〈예스맨 프로젝트〉라는 영화와 책을 통해 그가 하는 일의 실체를 확인할 수 있다.

사회자　　반갑습니다. 인터뷰 특강 두 번째 날입니다. 방금 앤디 비클바움 씨가 연출한 〈예스맨 프로젝트*The Yes Men Fix the World*〉의 한 부분을 보셨습니다. 재밌게 보셨죠?(청중 박수)

　재밌게 보신 분들도 있겠지만 저러다 무슨 일 나는 거 아닌가 싶어 조마조마하신 분들도 많았을 것입니다.(청중 웃음) 이게 우리가 처한 현실입니다. 〈예스맨 프로젝트〉와 같은 일이 이 땅에서 벌어진다면 어떨까요? 성대모사의 달인인 배칠수 씨가 이명박 대통령 목소리로 이동관 청와대 홍보수석에게 전화를 해서 각 언론사에 '4대강과 세종시 수정 계획 포기한다. 종교계까지 반발하는 데 대통령으로서 도의적 책임을 느낀다. 사업비는 저소득층 무상 급식에 쓰겠다'라고 발표하라고 말한다면 어떻게 될까요?(청중 웃음) 세상이 뒤집어질 겁니다. 먼저, 이동관 청와대 홍보수석이 조인트를 까일 겁니다.(청중 웃음) 두 번째로, 배칠수 씨가 체포 및 구속당할 겁니다. 방송 출연 정지는 기본이고, 온갖 뒷조사를 당할 겁니다. 이때 안상수 한나라당 원내대표가 최후의 일격을 가할 겁니다. 배칠수 씨에게 좌파 낙인을 찍고 사회적으로 매장시키면서 사건이 종결될 겁니다.(청중 웃음) 본의 아니게 오보를 내게 된 조중동은 업무 방해 혐의까지 제기할 텐데요. 안 봐도 비디오입니다.

　정말 우리나라에서 안 되겠죠? 하지만 미국이나 유럽에서는 할 수 있습니다. 〈예스맨 프로젝트〉에 나오는 주인공들이 실제로 했습니다. 먼저 신자유주의의 첨병 역할을 하는 악덕 기업들의 가짜 홈페이지를 만들었습니다. 홈페이지를 통해 방송 출연이나 강연 요청이 오면 달려가서 악덕 기업들의 검은 속내를 폭로합니다. "사람 목숨이 중요하냐? 돈벌이가 장땡이다. 문제가 생기면 우리가 다 책임지겠다. 제일 중요한 것은 돈이다." 놀라운 것은 이런 말을 들은 사람들의 반응입니다. 그들은 참신한 아이디어라며 감탄합니다.

이렇게 〈예스맨 프로젝트〉는 돈만 생긴다면 양심과 도덕 따위는 안중에도 없는 더러운 세상을 향해 똥침을 날립니다. 난공불락 같던 신자유주의의 코털을 건드리면서 마음껏 조롱합니다. 주인공들은 홈페이지 태그언어, 익살과 예우 같은 조촐한 무기를 가지고 이 모든 일을 해냅니다. 오늘 열리는 두 번째 특강의 주인공은 바로 이 영화의 각본, 연출, 출연을 맡은 앤디 비클바움 씨입니다.

우리나라 국민들은 사람들로 하여금 투쟁하게 만드는 사람들에게 무척 짜증이 나 있습니다. 하지만 투쟁하는 사람들을 보면서 착잡해지기도 합니다. 왜 꼭 머리띠를 두르고 구호를 연발해야만 뜻을 관철시킬 수 있는 것인지, 왜 꼭 매 맞고 쫓겨나고 굶어야만 하는지 말입니다. 이렇게 하지 않고서는 다른 방법이 없는 것인지, 살려고 나선 길에 죽어서는 안 되는 것 아닌가 합니다. 이렇게 우리는 신자유주의에 주눅 들고 낙담해왔습니다. 그리고 서서히 저항의식도 문제의식도 잃어가면서 절망의 내면화로 향합니다.

오늘 모신 앤디 비클바움 씨의 이야기를 들으면서 새로운 돌파구를 찾길 희망해봅니다. 많은 분들이 질문하길 원하셨는데요. 다 담지 못하는 아쉬움에 제 휴대전화로 문자를 받겠습니다. 질문은 저희가 선정하겠습니다. 박수로 앤디 비클바움 씨를 모시겠습니다.(청중 박수) 우선 한국에 오신 소감을 말씀해주세요.

앤디　　한국이 매우 흥미롭고 배울 것이 많은 곳이라고 느꼈습니다. 한국도 우리가 대항하고 있는 문제에 대항하고 있는데 방법이 좀 다른 것 같습니다. 우리들은 농담으로 대항하고 있는데 한국에서는 진지하게 대항하는 것 같습니다. 그리고 어떤 문제에 대해서는 그 방법이 더 효과적인 것 같습니다.

'자본의 본색'을 끌어내는 비법

사회자　　영화를 잘 봤습니다. 그런데 영화 속 내용이 모두 사실입니까? 꾸며낸 건 전혀 없는 겁니까?

앤디　　네. 전부 다 사실이고, 실제 있었던 일입니다. 유일하게 실제가 아닌 것은 엑손 석유회사 사람들이 우리를 쫓아낸 게 아니라, 관중 중에 누군가 절 알아봐서 물러나게 된 것입니다.

사회자　　알아보는 사람이 없었다면 완전 범죄도 가능했겠네요.

앤디　　네, 저도 그렇게 생각합니다.(청중 웃음)

사회자　　이 영화를 본 우리나라 사람들은 아마 십중팔구는 다우,

WTO, 엑손, HUD 등이 영업 방해 및 명예 훼손으로 소송을 걸진 않았을까 하는 우려를 할 겁니다. 실제로 그런 일을 겪진 않으셨나요?

앤디   영화에서 한 일 때문에 고소당한 적은 한 번도 없습니다. 다우에서도 고소하지 않았고요. 그 이유는 고소를 하면 언론의 관심이 더 커지고 그러면 더 많이 노출되므로 그랬던 게 아닌가 합니다.

사회자   다우, WTO, 엑손, HUD 등 공작 때 사용했던 기업과 기관의 관계자와 나중에 만난 적은 없었나요?

앤디   그런 대기업들이 어떻게 생각하는지, 어떻게 반응하는지는 상관 안 합니다. BBC에 다우 대변인으로 출연했을 때 보상 얘기를 하자 다우 주가가 갑자기 떨어졌는데, 거짓인 게 알려지면서 곧 다시 올랐습니다. 만약 다우에서 옳은 일을 했다면 다우 주가가 폭락해서 회사가 망했을 거고 다우 사장은 해고됐을 겁니다. 회사가 옳은 일을 하고 싶어도 할 수 없는 상황인 것입니다. 그래서 상황을

다우, WTO, 엑손, HUD
'예스맨'의 활약으로 골탕을 먹은 대표적인 단체들. 다우(DOW)는 미국의 종합화학업체로 인류 역사상 최악의 산업재해로 불리는 인도 보팔 참사의 원인이었던 유니언 카바이드를 인수한 회사이다. 예스맨은 다우의 대변인 행세를 하며 보팔 참사에 대한 보상을 하겠다는 기자회견을 한 바 있다. 세계무역기구 WTO에 대해서는 GATT.org라는 가짜 사이트를 만들어 이들을 괴롭혔으며, 굴지의 석유회사 엑손모바일에서는 엉터리 프레젠테이션을 선보였지만 좌중이 그 엉터리를 알아차리지 못해 난처했던 에피소드가 있다. HUD는 미국주택도시개발청을 말하는데, 예스맨은 허리케인 카트리나 재해 1년 뒤 한 토론회에 HUD의 대변인 모습을 하고 나타나 허황찬란한 신도시계획을 발표했다.

이렇게 만든 제도 자체를 바꿔야 합니다. 기업들을 직접 공격할 게 아니라 기업들이 활동하고 있는 제도와 규칙과 법을 바꿔야 합니다. 나중에라도 기업 대변인이나 관계자가 협박을 해왔나 걱정하시는데, 그냥 법적인 문제 때문에 '이제 그만 해라'라는 경고장 정도만 받았고 그 외는 없었습니다.

사회자 그만 하라고만 한다네요.(일동 웃음)

앤디 Never.(청중 웃음)

사회자 알겠습니다. 문자가 와 있는데요. 2552님, 저와 비슷한 생각을 하셨군요. "활동을 할 수 있는 건 잘생긴 외모 덕이 아닌지, 활동 자금은 어디서 나오나요?"(청중 웃음) 8987님은 "그 액션의 실질적인 결과물이 있었는지, 향후 활동 계획과 타 조직과의 공조 계획이 있는지?"를 물어오셨습니다.(청중 웃음)

앤디 돈이 그렇게 많이 들진 않았습니다. 대부분의 경비는 여행비였습니다. 컨퍼런스 등에 참석할 때는 당연히 따로 비용을 내진 않았습니다. 카메라맨들은 모두 자원봉사자들이었습니다. 컨퍼런스에 참여할 때는 개최지 근처에 있는 악덕 기업 반대 조직이나 단체의 초대를 받아서 갔습니다. 엑손 프로젝트를 진행할 때는 근처 조직원 30명이 도와줬습니다. 영화엔 나오지 않았지만 가짜 〈뉴욕 타임스〉를 10만 부 찍은 적도 있었습니다.(청중 웃음) 6,000달러가 들었는데, 'theyesmen.org'에 이름을 올린 친구들에게 "우리가 지금 뭔가를 준비하고 있는 게 있다. 지원해줄 수 있는가?"라는 이메일을 보내어 돈을 받았습니다. 본업은 대학에서 강의하는 것이고요.

사회자　　아, 대학 교수님이시군요. 어느 대학인지?(청중 웃음)

앤디　　저는 파슨스 디자인 스쿨에서 강의하고, 또 한 명의 예스맨인 마이크는 뉴욕 랜셀레어 공대(R.P.I)에서 강의합니다.

사회자　　네, 좋은 학교군요.(청중 웃음) 언제부터 지구촌을 옥죄는 자본지상주의에 대해 문제의식을 갖게 되었습니까?

앤디　　언제부터였는지는 기억이 안 나지만, 돈을 가장 많이 갖고 있는 부자들이 자기 맘대로 돈을 쓰게 내버려두는 것이 결코 좋지 않다는 것은 늘 알고 있었습니다. 이런 경제 시스템은 지난 30∼40년간 지속되어왔는데 최근에 경제 위기 때문에 부정적인 시각이 많아진 것입니다. 그래도 이런 경제 시스템이 지금까지 세계를 돌아가게 만들었고, 지금도 계속 돌아가게 만드는 데 결정적인 역할을 하고 있습니다.

사회자　　지금 많은 분들이 문자를 보내주고 계십니다. 8258님, 9260님, 5943님, "한국에서는 활동 계획이 없으신가요?"(청중 웃음) 많은 분들의 염원인 것 같습니다.

앤디　　한국에서 활동할 계획은 없지만, 저희가 자본에 대항한

만약 다우에서 옳은 일을 했다면 다우 주가가 폭락해
서 회사가 망했을 겁니다. 회사가 옳은 일을 하고 싶어
도 할 수 없는 상황입니다. 상황을 이렇게 만든 제도 자
체를 바꿔야 합니다. 기업들을 직접 공격할 게 아니라
기업들이 활동하고 있는 제도와 규칙과 법을 바꿔야
합니다.

방법들은 모두 알려드리고 있습니다. 알고 싶으신 분들은 아까 말씀 드린 'theyesmen.org'에 자주하는 질문(FAQ)을 보시면, 컨퍼런스에 참석하는 방법, 가짜 대변인으로 방송에 출연하는 방법, 가짜 신문 발행하는 방법, 그리고 가짜 연기를 하는 방법 등이 나와 있습니다. 사실 연기력이 그다지 필요한 것은 아닙니다.(청중 웃음) 한국에는 어떤 문제들이 있는지 모르겠습니다만, 여러분들이 잘 아실 것입니다. 사실 우리가 한 일이 그렇게 어려운 것은 아니었습니다. 여기 굉장히 똑똑하게 생기신 분들이 많은 것 같은데, 충분히 하실 수 있을 겁니다.

사회자　혹시 삼성을 아십니까? 외국에서는 어떤 이미지인지 궁금합니다.

앤디　텔레비전.(청중 웃음)

사회자　많은 우리나라 사람들에게 삼성은 사실상 비자금과 탈세, 노동 탄압의 온상이고 그러면서도 '국민들은 정직해야 한다'고 말하는 표리부동의 대명사로 인식되어 있습니다. 이곳에도 삼성에 대해 궁금하신 분들이 많은 것 같습니다. 제 생각에 동의하십니까?

청중　네.

사회자　지금 많은 분들이 문자를 보내주고 계십니다.(청중 웃음) 모두 소개해드리지 못해서 죄송합니다. 먼저 우리나라에 대해 질문

드리겠습니다. 우리나라에서는 얼마 전 네티즌이 만든 동영상이 장관을 부정적으로 묘사했다며 네티즌을 고소한 일이 있었습니다.(청중 웃음) 앤디 비클바움 씨는 어떤 기업으로부터도 고소당하지 않았다고 하셨습니다. 우리나라의 지금 상황을 어떻게 보시는지요?

앤디　　장관이 그 사건을 진지하고 심각하게 받아들였기 때문에 오히려 더 널리 알려지지 않았나 싶습니다. 바로 이런 이유로 우리는 악덕 기업의 협박성 이메일과 공개적인 반박 발언들을 끌어내려고 합니다. 한번은 세계 최고의 경제 규모를 가진 기구인 미국 상공회의소가 국민 건강 관련 법안을 통과시키지 못하게 하거나, 지구온난화 규제 정책을 만들지 못하게 할 때 가짜 대변인으로 기자회견을 열었습니다. 거기서 탄소 배출 규제안을 만들어 세금을 물리겠다고 발표하자 진짜 상공회의소 직원이 나타나 기자들 앞에서 삿대질을 하면서 소리를 지르고 물건을 집어 던지려 했습니다. 그 바람에 언론에 크게 노출되었습니다.(청중 웃음) CNN, NBC 등에 모두 나왔습니다. 그래서 우리는 늘 이런 반응을 이끌어내려고 합니다.

사회자　　한마디로 정부가 바보짓을 했군요.(웃음) 방금 미국의 국민 건강 관련 법안에 대해 말씀하셨는데, 드디어 미국에서 건강보험 법안이 통과됐습니다. 100년이 걸렸다고 합니다. 그동안 미국 국민의 6분의 1이 의료 서비스의 사각지대에 놓여 있었습니다. 어려운 사람들이 최소한 인간답게 살 수 있기까지 이렇게 오랜 시간이 걸렸다는 것이 놀랍습니다.

앤디　　통과된 건강보험 법안이 미국에서 실제로 필요한 수준에는 훨씬 못 미치지만, 그 정도라도 된 것이 다행입니다. 다들 한국만큼 훌륭한 의료보험 제도를 원하지만 그렇게 되긴 힘들고, 된다 해도 굉장히 오래 걸릴 겁니다. 미국에서는 대기업들이 국회의원들을 상대로 로비를 할 수 있기 때문입니다. 그래서 많은 미국 국민들이 원해도 그것을 할 수 없게끔 되어 있습니다. 대기업이 로비하는 것을 불법으로 만든다면 가능할 텐데 지금은 그렇게 하지 못하고 있습니다.

사회자　　많은 분들이 문자로 질문을 보내주시고 계시는데요. 강연 시간이 정해져 있기 때문에 먼저 강연을 듣고요. 질문은 계속 받아서 질문 시간에 반영하겠습니다. 지금부터 강연을 시작하겠습니다. 기대가 많이 됩니다. 앤디 비클바움 씨, 부탁드리겠습니다.(청중 박수)

〈예스맨 프로젝트〉는 어쩌다 탄생하였나

앤디　　지금부터 말씀드리는 내용은 아마도 많은 분들의 질문에 대한 대답이 될 텐데요. 바로 '우리가 왜 이런 일을 하는가?' 입니다. 처음부터 대기업 대변인을 사칭하려고 계획한 것은 아니었습니다. 우리 둘 다 장난기가 있는 사람들인데요, 변호사나 정치인들을 불러 모아볼까, 무대에서 광대처럼 우스꽝스러운 행동을 해볼까 하다가 지금과 같은 방법이 나온 것입니다. 하고 싶은 말은 하면서도 무언가 변화를 이끌어내고 싶었습니다. 먼저 우리 두 사람이 맨 처음 어떻게 만나게 됐는지, 다음으로는 어떻게 〈예스맨 프로젝트〉를 결성하게 됐는지를 말씀 드리겠습니다.

저는 대학에서 수학을 전공했는데, 졸업 후 먹고 살아야 했기에 글을 쓰기 시작했습니다. 오랫동안 소설을 준비하고 있었습니다. 계약직이나 임시직으로 일을 하기도 했고, 컴퓨터 프로그래머로도 일을 했습니다. 관련 공부를 하진 않았지만 수학을 잘했기 때문에 가능했습니다. 그러면서 계속 정치적인 것에 관심을 가졌고, 그러다 보니 화가 났습니다. 세상을 변화시키고 싶다는 생각을 했는데, 그렇다고 대규모 운동에 참여하거나 다른 여러 사람들이 이끄는 일에는 참여하고 싶지 않았습니다. 그러다 1996년에 우연히 기회가 생겼습니다.

당시에 '맥시스'라는 컴퓨터 회사에서 프로그래머로 일하고 있었습니다. '심시티'와 '더심스'를 만든 곳입니다. 저는 더심스의 첫 번째 편에 참여했습니다. 그러다 '심쿼터'라는 게임에 참여하게 되었는데, 재미가 없어서 예전만큼 즐겁지 않았습니다. 그때 마침 남자 친구까지 떠나가서 너무나 고통스러운 나날을 보냈었고 폐인이 되었습니다. 그래서 회사에 며칠 휴가를 내겠다고 말했더니 절대 안 된다고 했습니다. 너무 열이 받아 복수를 결심했습니다. 그리곤 게임 속에서 갑자기 수영복을 입은 수백 명의 남자들이 서로 키스하는 프로그램을 만들었습니다.(청중 웃음) 그 게임은 그 상태로 8만 부가 나갔는데 마침 회사 사장이 집에서 딸들과 그 게임을 하다가 깜짝 놀라게 되었습니다. 다음 날 사장은 조용하게 말했습니다. "당신 해고야."(청중 웃음)

회사를 그만두고 싶었는데 좀 독특한 방법으로 그만두고 싶었습니다. 그 후 기자 일을 하는 친구에게 이야기를 했더니 "놀라운데!" 라면서 웹에 기사를 올렸습니다. 그때부터 큰 화제가 되어 신문, TV에 소개되었습니다. 수십 명의 기자들에게 연락이 오고 비행기로 뉴욕까지 가서 TV 쇼에 출연도 했습니다. 그때 이런 생각이 들었습니다. '이렇게 엄청난 기삿거리를 만들어낼 수도 있구나. 만약 의도적으로 이런 일을 꾸며본다면 어떤 결과가 나타날까?' 그래서 재미있고 웃긴 방법으로 하고 싶은 말을 해야겠다고 생각했습니다. 당시에 사람들이 게임에 왜 수영복 차림의 남자들이 나오게 만들었냐고 물어오면, 게이들을 위한 콘텐츠가 너무 없기 때문이라고 지어내서 대답했거든요.(청중 웃음) 자세한 것은 제가 쓴 책《예스맨 프로젝트》에 다 나와 있습니다.

마이크는 친구가 소개해서 알게 되었는데, 서로 하는 일이 비슷했습니다. 마이크는 군인 모양의 지아이조 인형과 바비 인형의 목소리를 바꿔 서로 대사를 하게 게임을 만들었습니다.(청중 웃음) 그 역시 엄청난 화제가 되었습니다.

1999년에는 웹사이트가 그리 많지 않았습니다. 그래서 장난삼아 이런 저런 웹사이트를 베껴서 가짜 웹사이트를 만들었습니다. 대기업 웹사이트를 베껴 제가 하고 싶은 말로 콘텐츠만 바꿔서 만들었습니다. 당시에 시애틀에서 세계무역기구(WTO)에 반대하는 사람들이 시위를 열기로 했는데, 우리는 시애틀까지 갈 수 없었습니다. 그래도 뭔가는 해야겠기에 WTO 웹사이트를 베껴서 가짜 웹사이트를 만들었습니다. 큰 기대를 걸고 시작한 일은 아니었고, 지속적으로 사람들을 속이려고 한 일도 아니었습니다. 사람들이 조금만 읽어보면

'아, 이건 WTO 비판하는 글이네' 할 정도로 만들었습니다.

　그런데 깜짝 놀랄 일이 생겼습니다. 아까 말씀하셨던 한국의 장관님처럼 WTO도 유머 감각이 전혀 없었습니다. 제가 만든 가짜 WTO 웹사이트를 발견하고는 심각하게 반응했습니다. 자신들의 공식 사이트에 제가 만든 가짜 WTO 사이트를 언급하면서 "도저히 그냥 봐줄 수 없는 일이다"라며 신랄하게 비판했습니다. 그런데 참 어리석게도 글을 올리는 것으로 끝내지 않고 우리에게 이메일까지 보냈습니다. 그래서 우리는 아주 기쁜 마음으로 여러 기자들과 지인들 수천 명에게 이메일을 전달했습니다.(청중 웃음) 그러자 많은 사람들이 이 사건에 대해 글을 쓰고 댓글을 달게 되었고, WTO는 유머 감각도 없다며 비웃었습니다. 심지어 알타비스타에서 WTO를 검색하면 자연스럽게 우리가 만든 가짜 WTO 사이트로 들어오게까지 되었습니다.(청중 웃음) 그렇게 우리 사이트로 들어온 사람들이 진짜 WTO인 줄 알고 열심히 이메일을 보내왔고 우리는 열심히 답변을 해줬습니다. WTO보다 더 잘 대답했습니다.(청중 웃음) 어느 날 오스트리아에서 법률 학회 초청 이메일이 왔고, 며칠 고민하다가 수락했습니다. 처음에는 높은 분이 와주셨으면 좋겠다고 했지만 우리가 "그분이 바쁘셔서 대신 보좌관을 보내겠다"고 답변했습니다. 가서는 WTO보다 훨씬 정직하게 말하기로 결심했습니다. 그때부터 '예스맨'이 되기로 한 것 같습니다. 그때 저는 "기업들을 민영화해야 한다. 기업들이 자

알타비스타
미국의 대표적인 인터넷 검색 엔진(http://www.altavista.com/)

기 마음대로 운영하게끔 내버려둬야 한다. 민주주의 역시 민영화해야 한다. 투표권도 살 수 있게 해줘야 한다. 투표 옥션 사이트에 대해서도 말하면서 여러 가지 표도 보여줬습니다.(청중 웃음) 우리는 당연히 우리를 두들겨 패고 쫓아내거나 체포할 거라고 예상했기 때문에 그 반응을 카메라에 담으려고 촬영팀까지 같이 갔습니다. 그런데 정반대로 박수까지 받았습니다.(청중 웃음) 그때 '이건 도저히 영화로 만들지 않고는 안 되겠다'는 생각을 했습니다.

그 외에 우리가 한 일들은 책과 우리의 첫 번째 영화인 〈예스맨 프로젝트〉에 나옵니다. 두 번째 영화에는 이후 활동에 대해 나오는데 보다 계획적이고 의도적인 것들이었습니다. 우리는 우연히 이 일을 시작하게 되었습니다. 하지만 결과를 예측하거나 원하는 결과를 끌어내기는 힘듭니다. 실질적인 변화를 이끌어내려면 법조계에 들어가서 법을 바꾸는 것이 좋겠지만, 그럴 생각이 없다면 우리가 한 방법을 사용해도 될 것입니다. 기회가 오면 주저하지 말고 덥석 잡고, 지속적으로 찾아보고, 어떤 상황이 발생했을 때 그걸 어떻게 이용할지 생각해보는 것이 좋습니다. 'theyesmen.org'에 올라온 우리의 아이디어를 모두 가져다 쓰셔도 좋고, 더 좋은 아이디어가 있으면 올려주셔도 좋습니다.(청중 박수)

사회자　　9809님의 질문입니다. "이런 행동으로 세상을 바꿀 수 있을까요? 앤디 비클바움 씨가 자신의 삶을 즐기는 것 정도가 아닐까요?"

앤디　　예스!(청중 웃음) 네, 맞습니다. 하지만 두 가지 다 가능합니다. 실제로 결과를 끌어내는 사람들이 있습니다. 우리가 하는 일은 언론이 중요한 이슈들에 관심을 갖게 만드는 것입니다. 예를 들어 다우의 가짜 대변인 행세를 했을 때, 미국에서만 BBC 사건에 대한 600여 개 기사가 쓰였고, 다우의 잘못된 행동에 대한 자세한 내막이 밝혀졌습니다. 이처럼 결과를 이뤄낸 일들이 꽤 있습니다. 그 예로, 부시 전 미국 대통령이 집권 말기에 보존해야 할 중요한 야생 토지를 유타 주에 있는 석유 및 가스 업계에 경매를 한 적이 있었습니다. 한마디로 부시가 자신을 지지해준 사람들한테 일종의 선물을 주는 것이었습니다. 원래는 거기 가서 소리 지르고 훼방 놓으려 했는데, 들어서자마자 "아, 입찰하러 오셨군요" 하면서 입찰할 때 쓰는 부채처럼 생긴 것을 주더군요. 퍼뜩 재미난 생각이 나서 입찰을 해서 토지 가격을 엄청나게 올려놓고는(청중 웃음) 결국 12개 토지를 입찰받았습니다. 계속 그러다 보니, 주최 측에서 뭔가 이상한 낌새를 느끼고 경매를 취소해버렸습니다. 뒤이어 오바마 대통령이 당선돼서 경매 자체가 아예 없어졌습니다. 그래서 그 아름다운 야생 토지는 안전합니다. 대기업들이 사가지도 않았고 야생 토지를 버려놓지도 않았습니다. 입찰할 때 쓰는 부채 같은 것을 받아듦으로 해서 이런 엄청난 일을 해낸 것입니다.

물론 이런 방법이 가장 좋은 방법이라고 말씀드리는 건 아닙니다. 실질적으로 정책을 바꾸기 위한 행동에 참여하는 것도 좋고 연구나 조사를 하는 것도 좋습니다. 그리고 문제가 있다는 생각이 들면 행동에 옮겨야 합니다. 자신을 위해 자녀를 위해 그리고 세계를 위해 그렇게 해야만 하는 책임이 있습니다. 물론 그것만으로 엄청난 변화를 가져올 순 없겠지만, 여러 사람들이 함께 일을 한다면 변화를 일으킬 수 있다고 생각합니다. 그나마 이런 활동들을 벌이는 사람들이 없었다면 세상이 그리고 지구가 지금보다도 더 안 좋아졌을 것입니다.

사회자 또 다른 질문이 들어왔네요. "이제는 얼굴이 너무 많이 알려져 활동을 계속할 수 있을지 우려하는 분들이 많습니다. 앞으로는 후진양성을 하실 것인지요?"(청중 웃음)

앤디 앞서 말씀드렸듯이 'theyesmen.org' FAQ에 가시면 저희 비밀들이 공개되어 있습니다. 또 'yeslab'이라는 사이트를 준비 중입니다. 이곳은 지금까지 우리에게 도움을 청해온 단체들과 아이디어를 교환하고, 그 아이디어를 개발하고, 행동으로 옮기는 것에 대해 함께 논의하는 곳입니다. 현재 세 가지 프로젝트를 준비 중입니다. 이렇게 우리는 지금까지 쌓아온 지식과 경험을 계속해서 사람들에게 말해주고 있습니다. 최종 목적은 언론의 관심을 끌 수 있는 웃긴 이야기를 만들어내는 겁니다.

투쟁에 지친 당신, '재미'를 찾아라

사회자 7566님이 이런 격려 말씀을 보내주셨습니다. "세상을 악하게 만드는 것이 사람인데, 세상을 선하게 만드는 것도 사람이군요." 8609님은 "운도 좋아야겠네요. 선진국에서나 가능할 것 같습니다"라고 하셨습니다. 7766님과 9220님은 "우리나라처럼 언론 통제,

사법 보복이 심한 나라에서는 하고 싶어도 무섭습니다." 8946님은 "우리나라에서는 이렇게 하면 공산주의자나 좌파라면서 이념적으로 낙인 찍습니다"라고 하셨습니다. 우리나라에서는 좀 적용하기 힘들지 않느냐는 질문들입니다.

앤디　　안 그래도 〈코리아헤럴드〉를 읽으면서 한쪽으로 치우친 내용들이 많아 '도대체 이게 무슨 소리인가?' 하는 생각이 들었습니다. 사실 미국 언론이라고 해서 보다 발전된 모습을 갖춘 건 아닙니다. 대부분 중립을 지키는 즉, 현상 유지를 원하는 내용들입니다. 하지만 이런 제도권 언론사에도 열정을 가지고 중요한 이슈들을 쓰고 싶어 하는 기자들이 있습니다. 저는 이런 기자들이 핑계 삼아 기사를 쓸 수 있는 그런 웃긴 얘기들을 제공하고 싶습니다. 이런 기자들이 그런 웃긴 이야기를 쓰기 위해서는 중요한 이슈들을 다시 설명해야 합니다. 그렇게 해서라도 기자들이 원래부터 쓰고 싶어 했던 기사들을 쓸 수 있게 해주는 것입니다. 왜 쓰게 됐는지는 그리 중요하지 않다고 생각합니다.

사회자　　용기를 좀 내라는 말씀이신 것 같습니다. 맞나요?

앤디　　예스!(청중 웃음) 대중의 지지를 받고 있으면 막기가 더 힘들어집니다.

사회자　　한마디로 '대중의 지지를 얻으면 된다. 사법적인 보복, 이런 것들에 대해 너무 걱정하지 말라' 는 말씀이신 것 같습니다. 지금 정권이 아무리 길어봐야 시한부 아닙니까? 3년 남았습니다. '대중의 지지를 받고(청중 웃음) 역사를 만들어봐'라는 모종의 압력인 것 같습니다.

'다큐멘터리 제작팀은 어떻게 꾸리느냐' '한 기업에게 두 번 액션을 취한 적이 있느냐' 등 구체적인 노하우를 묻는 문자가 많았는데요. 말씀하신 대로 'theyesmen.org' FAQ를 이용하시면 될 것 같습니다.(청중 웃음) 자, 이제부터는 직접 질문을 받도록 하겠습니다. 영어로 하셔도 괜찮습니다만, 한국어로 하셔도 무방합니다.(청중 웃음) 부담 갖지 마시고 손 들어주세요.

청중 1 땡큐.(청중 웃음) 책이나 영화 수익금은 어떻게 쓸 계획이신지요?

앤디 사실 수익금은 거의 없습니다. 한국에서는 당연히 수익금이 나올 거라고 생각하지 않고 있습니다. 영화는 지금 두 개 회사를 통해 배급되고 있기 때문에 우리가 직접 돈을 받지는 않습니다. 돈을 벌려고 온 게 아니라 한국도 구경하고 강연할 기회도 있어서 왔습니다. 판권은 우리가 계속 갖고 있으니까 DVD를 많이 팔아서 전용기도 사고,(청중 웃음) '예스맨' 후원을 할 겁니다. 사실 영화에서 얻은 수익금은 영화 만드는 데 들인 비용과 맞먹습니다. 촬영할 때는 비용이 거의 들지 않았지만, 후반부에 필름 만들고 프린트 찍어내는 데 30만 달러가 들었으므로 남는 게 없다고 봐야 합니다.

사회자 2533님이 문자로 질문하셨습니다. 여기 계신 많은 분들이

미국 언론 역시 대부분 현상 유지를 원하고 있습니다.
하지만 이런 언론사에도 열정을 가지고 중요한 이슈들
을 쓰려는 기자들이 있습니다. 이런 기자들이 핑계 삼
아 이용할 그런 웃긴 얘기를 제공하는 겁니다. 웃긴 이
야기를 쓰기 위해서라도 그 이슈들을 다시 설명해야
하니까요.

공감할 내용입니다. "너무나 힘들고 지칩니다. 극복하는 방법이 있습니까?" 사회를 변화시켜보겠다는 의지는 강한데, 탄압으로 위축되다 보니 절망하는 경우가 많죠. 스스로 해소하는 방법이 있을까요?

앤디   재미있는 도전 과제로 생각하면 될 것 같습니다. 재미있게 즐겁게 하려면 어떻게 해야 하는지 생각해봐야 합니다. 우리는 사람들을 속이고 TV에 나와서 딴 사람 행세하는 것으로 재미를 찾습니다. 그리고 이것이 더 재미있는 이유는 의미 있는 목적이 있기 때문입니다. 물론 변화를 일으키면 10배는 더 재미있어집니다. 하지만 일단 자신이 지금 이 순간 재미있어 하는 일을 찾아 어떻게 하면 즐겁게 할 수 있는지를 생각해보면 됩니다. 전혀 변화를 일으킬 수 없다고, 가망이 없다고 생각이 들어도 해봐야 합니다. 왜냐하면 역사는 굉장히 빠르게 변하고 어떻게 변하는지는 아무도 모르기 때문입니다. 특히 한국은 정말 너무나 빨리 변하고 있습니다. 아무도 소련이 무너질 거라는 것을, 미국에서 노예 제도나 인종 차별 제도가 없어질 것을 예상하지 못했습니다. 이러한 것을 위해 오랫동안 투쟁한 사람들은 많았지만, 언제 이루어질 거라는 걸 알았던 사람은 없었습니다. 여러 사람들이 계속 싸워나가면 결국 변화를 일으킬 수 있습니다. 하지만 안 올 수도 있습니다.(일동 웃음)

청중 2   시민단체나 그 외 좋은 뜻으로 시작한 단체들이 처음에는 굉장히 혁신적이고 진보적인 아이디어로 사업을 해나가지만, 규모가 커질수록 초심을 잃고 변질되어 대기업이나 자본주의 논리로 사업을 해나가는 경우가 굉장히 많은 것 같습니다. 지금 '예스맨' 도 우리나라에까지 널리 알려졌으니까 그만큼 규모가 커질 텐데요. 초심을 지켜갈 수 있을까요?

앤디   규모가 그렇게 커질 것 같진 않습니다. 지금까지 계속 소규모를 유지해왔습니다. 프로젝트에 따라서 여러 사람과 일을 하기도 했지만 근본적으로는 소규모였습니다. 이젠 다른 사람들도 우리처럼 일하게 도와주려고 합니다. 그래서 워크숍도 진행하고, 새로운 방식을 도입하고, 아까 말씀드린 'yeslab'도 시작하는 것입니다. 하지만 이건 처음 해보는 거라 어떻게 될지는 잘 모르겠습니다. 제가 어떤 단체를 이끌거나 기관을 운영해보지 않아서 어떻게 될지는 잘 모르겠습니다. 처음에 순수했는지조차 잘 모르겠습니다.(청중 웃음) 그렇지만 신선하다는 것은 말씀드릴 수 있습니다. 지금 하고 있는 프로젝트 역시 새로운 일이고, 전략도 계속 바꾸기 때문에 매번 새롭게 느껴집니다. 지금 시도하고 있는 것도 역시 새로운 접근 방법입니다.

청중 3   저는 연극영화과 학생입니다. 요즘 인권 수업을 듣고 있거든요. 앤디 씨에게 인권이란 무엇이고, 인권을 지키기 위해서 가장 중요한 것은 무엇이라고 생각하십니까?

앤디   궁극적으로 인권은 사람들이 어디에서 살든 자기가 되고 싶은 존재로서 차별받지 않고 살게 해주는 것이라고 생각합니다. 미국에서 흑인으로 살거나 한국에서 동성애자로 살거나 대기업이 지배하는 사회에서 인간으로 살거나 우리는 지배층의 권력에 의해 인권을 침해당하고 있습니다. 대기업들은 수단과 방법을 가리지 않고 돈을 벌려고 하기 때문에, 미국에서는 모두가 원하는 건강 보험을 대기업들이 막고 있습니다. 결국 미국에 사는 모든 사람들이 인권을 침해당하고 있는 것입니다. 인권이란 굉장히 광범위한 것입니다.

사회자　3790님이 문자로 질문하셨습니다. "지금처럼 유머러스한 자기 자신을 만드는 데 영향을 끼친 사람이나 책이 있다면?"

앤디　꼭 집어서 얘기할 만한 것은 없습니다. 항상 유머 감각을 가지고 있었던 건 아니고, 누구나 유머 감각을 발휘할 수 있다고 생각합니다. 굳이 꼽자면, 어려서부터 〈새터데이 나이트 라이브〉라는 코미디 프로그램을 계속 보면서 영향을 받았다고 생각하고(청중 웃음), 그 외도 여러 가지 것에서 영향을 받았습니다. 웃기지는 않았지만 최근에 큰 영향을 받았던 책이 나오미 클라인의 《쇼크 독트린》입니다. 한국에서도 출간된 것으로 압니다. 지난 3년간 경제 상황에 대해서 요약해놓은 책입니다.

청중 4　저는 유네스코 대학생 네트워크에서 활동하고 있습니다. 인권 문제 관련 캠페인을 합니다. 여러 가지 퍼포먼스를 하는데 너무 주목을 받지 못합니다. 매일 모여 회의를 해도 서명을 받자, 웃긴 분장을 해보자 등 진부한 얘기밖에 안 나와요. 앤디 씨가 하는 회의는 어떻게 진행되는지 좀 베끼고 싶습니다.(웃음)

통역　theyesmen.org(청중 웃음)

앤디　　우리들도 아이디어를 어떻게 떠올리는지는 미스터리입니다. 퍼포먼스라는 게 퍼포먼스라는 걸 미리 알면 건성으로 보게 됩니다. 그래서 미술관에서 그림을 보면 그냥 예술 작품이려니 하고 보게 됩니다. 하지만 퍼포먼스라는 걸 모르는 상태에서 접하게 되면 사람들이 다르게 인식하고 다르게 영향을 받습니다. 퍼포먼스를 할 때는 기자들이 관심을 가질 만한 것을 하는 게 좋습니다. '이런 일을 했는데 아무도 모르더라, 그래서 굉장히 웃겼다' 라는 식으로 기사거리가 되게 하시는 게 좋습니다. 그리고 theyesmen.org(청중 웃음)

고소해주면, '땡큐' 다

청중 5　　일반인들이 중요한 이슈들에 대한 기사를 접할 기회를 만들었다는 것은 고무적입니다. 하지만 앤디 씨의 액션을 심각하게 받아들인 몇몇 기업들을 빼고, 나머지 기업들은 여전히 무반응입니다. 명의 도용 말고, 실천적인 결과를 내기 위한 또 다른 계획이 있는지 궁금합니다.

사회자　　여기에 덧붙여 질문하겠습니다. 명의 도용과 홈페이지 카피가 법적 제소 대상은 아닌지 궁금해하는 분들이 많습니다.

앤디　　미국에서 홈페이지 카피는 'fair use' 라는 법률 용어가 있어서 '풍자' 라는 이유로 보호받습니다. 기업을 비판하기 위해서 만드는 것은 괜찮지만 자세한 것은 변호사와 상의하시는 게 좋습니다.(청중 웃음) 불법이 아니라고 해서 기업이 고소할 수 없는 게 아니기 때문에. 물론 감옥에 갈 만한 불법 행위는 아닙니다. 고소를 해준다면야 정말 '땡큐'죠.(청중 웃음) 왜냐하면 여러 번 우려먹으면서 기사를 계속 낼 수 있기 때문이죠. 우리는 이런 일을 할 때 기업이 어떻게 해주기를 기대하지 않습니다. 제도상 절대 옳은 일을 할 수 없게 되어 있기 때문입니다. 사장이 아무리 옳은 일을 하고 싶어도 회사가 돈을 벌 수 있는 일이 아니라면 주주들 때문에 마음대로 행동할 수가 없습니다. 그러므로 기업들이 인간에게 해로운 일을 하지 못하게 법을 만들어야 합니다. 그래서 엠네스티 같은 단체들이 법을 바꾸려고 노력하고 있습니다. 이렇게 제도 자체를 바꾸려고 하는 단체에 가입하셔도 되고, 법조계에 들어가셔도 되고, 아니면 정책 변화에 참여하셔도 됩니다.

사회자 어떠셨습니까? 답변에 만족하십니까?

청중 5 네.(웃음)

사회자 특강을 마무리하면서 1등만 기억하는 더러운 세상에서 시달리고 있는 한국인들을 위한 메시지 한마디를 부탁드리겠습니다.

앤디 경제에서 1등, 즉 최고란 돈이 가장 많은 사람을 말합니다. 하지만 이런 논리가 마음에 안 들면 그냥 무시하면 됩니다. 진정한 최고란 자신이 할 수 있는 일에 최선을 다하는 사람들입니다. 이런 최고는 오랫동안 기억되기 마련이고 결국 어떤 효과를 가져와 세상을 변화시킬 것입니다. 그렇게 최선을 다한 사람들이 없었다면 세상은 지금보다 훨씬 더 형편없었을 것입니다.(청중 박수)

사회자   네. 고통받는 사람들을 보고 얌전히 있을 수만은 없습니다. '예스맨'이 우리에게 남긴 메시지입니다. 큰 울림을 주는 목소리입니다. 권력의 압박에 기죽기보다는 역으로 이용해 홍보 도구로 활용하는 기지와 배짱을 가져야겠습니다. 양심의 요구를 외면하지 않는 의로운 용기야말로 '예스맨'이 우리에게 남긴 화두이자 과제가 아닐까 합니다. 여기,《예스맨 프로젝트》책이 있습니다. 15,000원인데, 20분은 10,000원에 모시겠습니다.(청중 웃음) 영화는 모레 개봉되는데, 전국 상영관에서 보실 수 있습니다.(청중 웃음) 전편 다 보시기 바랍니다. 제가 웬만하면 홍보용으로 한 번 보고 마는데, 두 번 봤습니다. 너무 재밌습니다. 오늘 강연을 들으니까 더 보고 싶어요. 힘든 시대를 살아가면서 위축된 동지들이 있다면, 영화관에 가서 힘을 얻으셨으면 좋겠습니다. 영화를 보면 아름답고 기쁜 소식만을 담아놓은 가짜 〈뉴욕타임스〉를 시민에게 나눠주는 감동적인 사기 행각이 나옵니다.(청중 웃음) 그 가짜 〈뉴욕타임스〉를 앤디 씨가 가져왔는데, 10,000원입니다. 한 달 신문 구독료가 15,000원인데…….(웃음) 나가시면 구매하실 수 있습니다. 말하자면, 그 돈이 공작금으로 변형되는 거죠.(청중 웃음) 하나 더 있습니다. '예스맨 프로젝트'를 만화로 다룬 게 있습니다. 물 건너와서 좀 비쌉니다.(청중 웃음)

끝으로 오늘 열강해주신 앤디 비클바움 씨께 박수 보내주십시오.(청중 박수) 그리고 두 시간 동안 멋지게 통역해주신 이현정 선생님께도 박수 부탁드립니다.(청중 박수) 이번 주 인터뷰 특강은 이렇

게 막을 내리겠습니다. 여러분, 수고 많으셨습니다. 다음 주 월요일에 다시 인사드리겠습니다.(청중 박수)

| 1등만 기억하는 더러운 세상

제3강

타락한 시대의
타락한 양식,
소설

소설가가 되어 비인간화된 1등들과 싸우기

공지영

2010년 3월 30일 화요일 늦은 7시

공지영 1988년 〈창작과 비평〉에 〈동트는 새벽〉을 발표하면서 문단에 데뷔했다. 〈동트는 새벽〉은 제13대 대통령선거 당시 서울 구로(을)구 개표소 부정개표 반대시위에 참가했다가 용산경찰서에서 일주일 구류를 살았던 경험을 바탕으로 쓴 소설이다. 그 후 발표한 〈무소의 뿔처럼 혼자서 가라〉는 여성 문제를, 〈우리들의 행복한 시간〉은 사형제 문제를, 〈도가니〉에서는 교육 문제를 다뤘다. 그때마다 대중은 열렬한 호응으로 답했고, 사회적 이슈를 만들어냈다. 그밖에 지은 책으로 장편소설 〈고등어〉〈착한 여자〉〈봉순이 언니〉〈즐거운 나의 집〉, 산문집 〈공지영의 수도원 기행〉〈빗방울처럼 나는 혼자였다〉〈네가 어떤 삶을 살든 나는 너를 응원할 것이다〉〈아주 가벼운 깃털 하나〉 등이 있다.

사회자   안녕하십니까. 제7회 인터뷰 특강 진행을 맡고 있는 김용민입니다.(청중 박수)

오늘 이명박 대통령이 나도 물에 뛰어들고 싶은 심정이라고 말했습니다.(청중 웃음) 왜 웃으십니까? 이 말로 군이 각성해서 실종자 수색에 좀 더 열정을 기울여주길 바랍니다. 아직 구조되지 못한 천안함 실종자 분들 생각에 마음이 무겁습니다. 사람 목숨은 안중에도 없고 정권의 안위에만 신경 쓰는 모습에 실종자 가족과 다름없는 비통함과 분노를 느낍니다. "힘 있고, 돈 있고, 빽 있는 1등들이 왜 군대 안 가려고 하는지 알 것 같다"라는 탄식도 나오고 있습니다.

하지만 이러한 탄식은 비단 군대에서만 흘러나오는 것은 아닌 것 같습니다. 《무소의 뿔처럼 혼자서 가라》에서 봤듯 양성 평등이 요원한 현실에서, 《우리들의 행복한 시간》에서 봤듯 사형수들의 절망적인 나날들에서, 《도가니》에서 봤듯 비틀린 교육 현장에서, 때로는 신음으로 때로는 분노로 계속 쏟아지고 있습니다. 오늘 모실 강연자는 이렇듯 1등만 기억하는 더러운 세상에서 살아가는 보통 사람들의 가슴 저린 이야기를 담아오신 분입니다. 이 시대 최고의 소설가로 불리는 분이죠. 공지영 선생을 모시겠습니다.(청중 박수)

공지영   안녕하세요.(청중 박수)

사회자　　《즐거운 나의 집》이란 작품도 쓰셨습니다만, 요즘 결코 즐겁지 않은 집들 사연 듣다 보면 마음이 정말 무겁습니다. 천안함 실종자 가족들의 마음 어떨까요? 처음부터 너무 무거운 질문인 것 같은데요.

공지영　　막내가 이제 6학년인데, 어제 뉴스를 보다가 그 아이의 손을 붙들고 "엄마가 차마 입에 담기도 싫지만 만약 너에게 저런 일이 일어나면 첫째, 엄마가 밖에서 한잠도 안 자고 기도하고 있다는 것을 꼭 믿고 끝까지 너의 마음을 놓지 말고 기다려라. 두 번째, 그렇지만 사람의 일이 알 수 없어서 그럼에도 불구하고 너의 기력이 다한다면 네가 마지막에 기도하고 편안하게 있었으면 좋겠다"고 하니까 막내가 어이없다는 듯이 "군대 안 갈 거야" 하더라고요.(청중 웃음)

제가 어떻게 실종자 가족들의 마음을 짐작할까마는 지금까지 살아오면서 뜻하지 않았던 불행들이 벼락처럼 찾아오는 것을 많이 겪었습니다. 그래서 어떤 일에도 그리 놀라지 않는 경지, 라고 하긴 좀 너무 죄송하고요, 아무튼 놀라진 않아요. 어차피 사람이 죽는 것은 개인의 영역 밖이니까요. 오히려 남은 사람들이 사고 책임자에게 엄중히 그리고 끝까지 책임을 묻는 것이 훨씬 중요한 일이라고 생각합니다.

사회자　　그런데 지금 이명박 대통령은 해군이 아주 잘했다고 하고 있어서 책임질 사람이 있을까 걱정입니다. 생명에 대한 존엄함을 다시 한 번 느끼는 요즘입니다.

사형제 합헌 판결 이후, 여당 고위 인사들이 사형 집행에 대한 강한 의지를 표명하고 있는데요. 제가 사는 지역구, 어딘지 밝히겠습니다, 경기도 용인시 기흥구인데요. 이곳 국회의원이 얼마 전에 제게 의정보고서를 보내왔습니다. 자신의 첫 번째 업적을 '사형 집행 촉구' 이렇게 적었더라고요. 정말 지역구를 떠나고 싶은 심정이 아닐 수 없었습니다.(청중 웃음) 그런데 의외로 '사형을 집행해야 한다'는 목소리가 다수를 이루고 있는데요. 이런 상황을 보는 감회, 특별하실 것 같습니다.

"본보기로 죽이면 무서워 하겠지?"

공지영　　이명박 정권 초기, 성폭력 살인자 강호순 씨가 잡혔을 때 국회에서 사형제에 관한 토론회가 열렸어요. 그때 참석한 한 보수적인 교수가 사형제를 촉구하는 발언을 했는데요. 제가 평소에는 침착하고 차분한 사람인데, 그날 꼭지가 돌아서 국회라는 것도 잊고 호통을 치고 그랬어요. 그때 그 교수가 한 말을 똑똑히 기억하는데요. "이론적으로는 대통령과 장애자의 인권이 같지만, 만약 둘 중 한 사람을 구명보트에 태워야 할 때는 대통령을 태울 수밖에 없다. 실질적으로는 인권에 차이가 나는 것이다. 그러므로 저런 살인자들은 죽어 마땅하다"였어요. '저런 사람이 여당 입법에 조언을 하는 나라에 살고 있구나' 하는 생각에 굉장히 마음이 쓸쓸했습니다.
　그리고 국회의원, 검사, 형사, 선생님, 또 우리 운동권 내에도 '정의'라는 이름으로 자신의 어두운 가학성을 표현하는 사람들이 꽤 많다는 것을 알게 되었어요. 진정한 '정의' '평화' '민주'는 사실 엄청난 관용과 이해 그리고 사랑으로 중무장되어 있어야 가능한 겁니다. 그렇지 않으면 오히려 개인적 가학성을 눈멀게 해서 자신의 가학성을 마음껏 표출할 수 있는 기회를 주는, 일종의 위험한 권력이에요. 저도 그날 뚜껑이 열려서 싸우긴 했지만 중요한 것은 사람들을 처형하는 것이 아니에요.

중국은 세계 전체 처형자의 89퍼센트 정도를 처형하고 있어요. 북한도 이에 못지않게 계속 처형하고 있는 걸로 알고 있어요. 우리나라는 상당 부분 민주화를 이룩했습니다.

생각만으로 '죽여라, 죽여라' 하는 것과 실제로 사람들을 처형하는 것은 굉장히 다른 일이죠. 제가 만나고 있는 사형수들도 강호순 뉴스를 보면서 "저런 놈은 죽여야 해"라고 말해요. 하지만 실제로 인위적으로 생명을 빼앗는 일은 우리나라에 퍼져 있는 생명 경시 풍조에 불을 지르는 역할밖에 하지 못해요. 처형을 해서 범죄를 억제하겠다는 순진하고 무식한 발상은 지금 여당 사람들의 수준, 그들이 갖고 있는 민주주의에 대한 태도를 여실히 보여주는 징표라고 생각합니다.

사회자　얼마 전 〈한겨레〉에 쓰신 칼럼 중에 눈길이 갔던 글이 있었습니다. "소매치기가 많은 나라에서 소매치기를 하다가 걸리면 사형에 처한다고 했는데, 시범 케이스로 걸린 소매치기범이 사형 집행되던 현장에 역사상 가장 많은 소매치기가 발생했다."

공지영　네. 영국이 제일 먼저 사형 제도를 폐지했는데, 그것이 좋은 자료가 됐죠.

사회자　　이런 질문을 많이 받으셨을 것 같습니다. 김길태 같은 사람들을 어떻게 보십니까?

공지영　　일종의 병적인 상태에 있는 사람들이죠. 저도 김길태 같은 사람들은 죽여야 한다고 생각해요. 하지만 이렇게 생각하는 것과 실제로 그런 사람들을 일정 기간 가뒀다가 생사람을 꺼내 목을 매는 것은 다릅니다. 그런 사람들에게는 거의 죽음에 가까운 벌을 주어야겠죠. 하지만 더 나아가 그들을 치료나 연구의 대상으로 보아야 합니다.

정부나 여당에 화가 나는 이유 중 하나는 피해자에 대한 보상과 조치가 전혀 없다는 것입니다. 실제로 일가족 네 명이 강호순에게 둔기로 머리를 맞아 몰살당한 사례에서는 경찰 철수 후 남은 가족이 직접 피 청소까지 했습니다. 이것이 우리나라 현실입니다.

그리고 실제로 살인자를 죽이는 데도 돈이 많이 듭니다. 그러니까 거기에 집중하기보다는 피해자에 대한 보호에 힘써야 합니다. 신고했을 때 늦장 출동하는 것부터 없애고, 제대로 된 수사 시스템을 갖춘 후에 즉, 그렇게 인간이 할 수 있는 최선을 다한 후에, 그래도 안 되겠다 싶으면 사형 제도 시행을 제기할 수 있습니다. 그때라면 혹시 진지한 토론을 할 수도 있겠죠.

피해자에 대한 보상과 보호, 가해자에 대한 심리 치료 등은 무시하면서 '본보기로 데려다가 죽여버리면 무서워서 입 다물고 있겠지' 하는 군사주의적인 발상은 굉장히 후지다고 생각합니다. (청중 웃음)

사회자   현 정부 인사들의 사고 수준에 대해서 말씀하셨는데, 최시중 방송통신위원장의 현모양처 발언을 두고 많은 사람들이 경악을 금치 못했습니다. 우리는 고분고분한 국민성, 건강함, 양호함, 명랑함, 현모양처 등과 같은 것들이 모두 일제 식민지 통치 패러다임이었다는 일화를 기억해야 합니다. 그 발언, 어떻게 보십니까?

공지영   어떻게 생각하면 좋은 말이기도 해요. 왜냐하면 저도 진짜 현모양처 하고 싶거든요.(청중 웃음) 저도 아이들 먹여 살리기 위해서 밤새 원고 쓰지 않고 남편이 벌어다주는 돈으로 현숙한 부인과 좋은 엄마 노릇만 하고 싶어요. 그러면 나중에 지폐에 얼굴이 나올지도 모르잖아요.(청중 웃음) 하지만 현실은 그렇게 살기엔 너무 어렵습니다. 그런 의미에서 최시중 위원장도 참 철이 없다는 생각이 많이 듭니다.

사회자   아주 해맑으신 분인 거 같아요.(청중 웃음)

공지영   해맑으시죠, 순수하시고.(청중 웃음)

사회자   시작부터 너무 무거운 질문만 했는데요. 오늘 모이신 분들이 문자로 질문을 많이 보내오고 계십니다. 3327님의 질문입니다. "매일 아침 선생님 마음을 설레게 하는 게 무엇인가요?"

공지영   저를 벌떡 일어나게 만드는 두 가지가 있는데, 바로 아침과 커피입니다. 저는 아침이 정말 설레요. 얼마 전부터는 아침이 무척 감사해요. '빛이 다시 우리에게 왔구나. 참 좋다. 고맙다'는 생각이 들어요. 그리고 커피는 원래 워낙 좋아합니다.

사회자　또 다른 질문이 들어왔네요. "《고등어》 뒤표지에 자신의 사진을 넣은 이유가 외모에 자신이 있어서라고 들었는데, 맞는지요?"(청중 웃음)

공지영　더 예쁜 사진 많은데……. 제가 넣은 건 아니고요. 당시 초판을 웅진출판사에서 냈는데, 사진부장님이 저희 집에서 이틀 동안 사진을 찍으셨어요. 그런데 제가 얼굴이 너무 굳어서 사진 한 장도 못 건지셨어요. 너무 절망한 나머지 촬영을 마치려는데, 제가 마지막에 "와, 촬영 끝났다! 저 갈게요" 하고는 운전대를 잡는데 뒤에서 부르셨어요. 그때 자연스럽게 창문을 내리고 "네?" 하고 돌아봤는데, 사진을 찍으셨어요. 그때야 겨우 사진 한 장을 건졌다는 일화가 있습니다.(청중 웃음) 그 사진부장님이 나중에 책을 내셨는데, 저랑 사진 찍으면서 애먹었던 이야기를 써놓으셨더라고요.

사회자　네, 그럼 지금부터 공지영 선생의 강연을 시작할 텐데요. 단답형으로 답할 수 있는 질문들은 휴대전화 문자로 보내주시면 강연 후에 선별해서 여쭤보겠습니다. 그러면 공지영 선생의 강연 함께 하시겠습니다.(청중 박수)

베스트셀러를 향한 비난

공지영　안녕하세요. 〈한겨레〉에서 계속 강요를 해서 제가 빼다 못해 나왔는데요.(웃음) 지금까지 강연자들 중에 소설가는 없는 것 같아요. 사실 작가는 이런 데 나와서 할 얘기가 별로 없어요. 나오기 전에 여러 자료들을 찾아보니까 정치인, 과학자, 경영자, 의사 분들이 한국 사회 문제점들을 여러 가지 지표로 진단해주시고 계시는데, 저 같은 작가들은 그렇게 다 말해버리면 소설로 쓸 게 없거든요.(청중 웃음) 하지만 제가 한겨레신문사와 출판사를 굉장히 아끼기 때문에 좀 도움이 될까 싶어 나와봤습니다. 대신 소설로 쓸 말은 절대 안 할게요.(청중 웃음)

얼마 전 제가 16년 전에 세운 기록이 법정 스님에 의해서 깨졌어요. 그러니까 1994년, 당시 서른한 살이던 공지영이라는 무명 여성 작가가 단군 이래 최초의 기록을 세웠습니다. 단군 이래라 함은 베스트셀러 집계가 그 2년 전부터 시작됐기 때문에,(청중 웃음) 어쨌든 사람들이 단군 이래라 했어요. 그때는 온라인 서점도 PC통신도 없던 시절이라 교보문고, 종로서적 베스트셀러 집계가 기준이었는데 《고등어》가 1위, 《무소의 뿔처럼 혼자서 가라》가 2위, 그리고 《인간에 대한 예의》가 7위로 종합 10위 안에 제 책 3권이 동시에 올라가는 기록을 세우게 됐습니다. 당시 저는 데뷔한 지 5년 정도 됐던 신인이었고, 지금도 이렇게 고운 외모를 갖고 있는데 그땐 얼마나 예뻤겠어요.(청중 웃음) 배도 안 나오고, 목소리도 훨씬 고왔죠.

첫 느낌은 굉장히 당혹스러웠어요. 저는 1988년에 단편으로 데뷔한 뒤 그해 애 낳고 키우느라 소설을 쭉 못 쓰다가 1991년부터 장편을 쓰기 시작하면서 활동을 재개했습니다. 제가 소설가가 되려고 준비했던 1980년대는 88올림픽을 앞두고 경제 규모가 커지고 있었기 때문에 인적 자원에 대한 수요가 많았습니다. 한마디로 제가 대학을 졸업할 무렵인 1985년에는 거의 모든 대학생들이 별 걱정 없이 취직을 할 수 있었습니다.

당시 문단은 일부 호스티스물을 제외하고, 본격적인 문학 수업을 받은 작가가 10만 부를 팔면 일생의 금자탑을 이뤘다는 평가를 받던 상황이었습니다. 작가가 받는 인세는 10퍼센트였지만 출판사들이 하도 망하고 흥하는 통에 제대로 돈을 받지 못하는 경우가 많았습니다. 그래서 소설가가 되려고 하는 것은 '나는 평생 가난하게 살겠다'는, 요즘 말로 하면 자발적 가난의 삶을 받아들이는 결심이었어요. 게다가 제가 쓰고자 하는 주제 역시 학생 운동, 여성 문제 등 나중에 후일담이라고 명명되긴 했지만, 그러한 변혁기를 거쳤던 젊은이들의 인생 성장이었기 때문에, 그런 종류의 소설이 베스트셀러가 된다는 것은 꿈에도 생각해본 적이 없었습니다. 그런데 어느 날 자고 일어났더니 늘 동경하던 시내 서점에 제 이름이 걸리고, 언론에서는 전무후무한 기록이라며 떠들어대고, 5분 간격으로 전화가 울려대기 시작했어요.

그때 제 상황을 설명하기 위해 예시 하나를 들어볼게요. 톱스타가 되기 위해 어렸을 때부터 준비하며 연기 학원도 다니고 다이어트도 하고 미리 미리 성형도 해서 드디어 톱스타가 된 상황과 어느 날 우연히 길거리에서 동영상 한 번 찍혔는데 그것으로 유명해져 돈과 명성이 한꺼번에 밀려들어온 상황 중 어느 쪽이 더 충격적일까요? 아마 후자 쪽이 훨씬 더 정신적 타격이 심할 것입니다. 스트레스가 밀려오는 것은 당연하겠죠.

저는 자발적 가난을 선택하며 걸어온 소설가의 길이 그렇게 180도로 달라져버릴 줄은 꿈에도 몰랐기 때문에 커다란 사고를 겪은 것처럼 그 후 10년 정도 후유증을 앓았습니다. 다행히 지금은 완전히 벗어나서 여러분들 앞에서도 예쁘다는 말을 뻔뻔스럽게 하고 그렇습니다. 하지만 10년 동안 신경정신과에 준 돈만 해도 거의 웬만한 전셋값 정도는 될 겁니다. 유명해지고 나서 가장 당혹스러웠던 것은 나와 함께 자발적 가난을 선택하여 2차로 소주 외에는 먹을 수 없었던 동료들이 저를 비난하기 시작했다는 것입니다. 사실 그것이 가장 큰 상처를 주었습니다.

저를 향한 첫 번째 비난은 '학생 운동과 페미니즘을 팔아 돈을 번다'는 것이었고, 두 번째는 '얼굴로 책 판다. 미모 가지고 책 판다'는 것이었습니다. 이 비난은 점잖은 평론가들 입에도 오르내릴 정도였는데, 그동안 문단이 참, 미모의 여자를 본 적이 없어가지고(청중 웃음) 운 좋게도 그런 평가가 길이 남게 됐죠. 세 번째는 '대중 입맛에 영합해서 돈을 번다'였습니다. 사실 두 번째 비난은 지금으로서는 거의 감사 메시지를 날려드리고 싶을 정도이지만, 그때는 정말 예뻤기 때문에 상처를 받았어요.(청중 웃음) 지금은 상처는커녕 너무 기쁘죠. 그냥 또 '아부하는구나' 그렇게 생각합니다. 첫 번째 비난은 제 스스로 '내가 프로에 데뷔했으니까 팔 수밖에 없다. 카피레프트로 길거리에서 나눠주기에는 아이도 있고 싱글맘이니까 그래 어쩔 수 없이 나 이거 판다'고 생각했어요. 두 가지 비난은 해결된 셈이죠.

하지만 세 번째 비난, '대중 입맛에 영합해서 돈을 번다'는 말은 꿍장히 큰 상처가 됐죠. 왜냐하면 저는 사람들이 많은 곳을 싫어하는 애니어그램의 '4번'과 '5번'의 중간 타입이기 때문에 바겐세일하는 곳이나 마트에도 잘 안 가요. 사람이 많은 곳은 어떻게든 피하는 사람인데, 대중 입맛에게 영합해서 돈을 번다는 말은 큰 상처가 됐습니다. 그래서 생각하게 됐죠. '도대체 대중이 뭔데 내가 거기에 영합을 하고 그런 것이 비난의 대상이 되나' '대중들이 원하는 것을 해주는 게 과연 나쁜 일인가' 이런 고민을 10년에 걸쳐서 했어요. 물론 늘 그 고민만 하고 있었던 건 아니고 술도 마시고 놀러도 가고 애도 둘 더 낳고 그랬지만, 어쨌든 그 고민이 저를 떠나지 않았죠.

소설은 어떻게 태어났나

오늘 '소설이란 무엇인가'를 좀 생각해봤어요. 제가 오늘 제목으로 건 '타락한 시대의 타락한 양식, 소설'이란 말은 유명한 헝가리 문화 이론가인 루카치가 한 말입니다. 저는 대학에서 영문학을 전공했는데, 우리 학교 영문학과가 유서가 깊은 곳이라서 여학생이 전체 학생의 3분의 2 정도가 됐어요. 여러분도 아시다시피 여학생들은 시험을 참 잘 봐요. 공부를 잘하는지는 잘 모르겠는데 어쨌든 시험을 참 잘 봐요. 그래서 저는 4년 내내 과 여학생 중 꼴찌에서 세 번째를 유

애니어그램
아홉 가지 성격 유형을 바탕으로 인간을 이해하는 방식. 4번은 관찰자/사색가의 특징을, 5번은 낭만주의자/예술가의 특징을 보인다.

지했어요. 수배를 받은 총학생회 여학생 부장이 학교에 못 나오니까 맨 꼴찌였고, 여러 가지 바쁜 일정으로 학교를 잘 나오지 않는 문과대 여학생 회장이 꼴찌에서 두 번째였기 때문이었어요. 우리 과 친구들이 저를 두고 "걔는 그래서 공부 못하고, 쟤는 그래서 공부 못하는데, 지영이 쟤는 왜 공부 못하니?" 하며 말하는 걸 듣기도 했어요. 그렇게 어영부영 학교를 다니는 정도였습니다.

하지만 영문과를 다니면서 배운 게 몇 가지 있어요. 그 중 하나가 '소설의 탄생'이에요. 제일 먼저 산업혁명을 겪은 영국에서는 두 가지 새로운 문화가 탄생합니다. 첫 번째, 영국에 체류하던 마르크스가 노동자들의 삶을 보면서 사회주의를 탄생시키고요. 두 번째, 여러 가지 원인으로 소설이 탄생합니다. 당시 영국 런던이라는 도시의 삶은 열악함이 이루 말할 수가 없었어요. 제가 어린이재단 대사로 아프리카의 에티오피아 같은 데 도시의 빈민지를 다녀봤지만, 이들도 그때만큼 열악하진 않을 거예요.

18세기 영국에서 농민들이 양 치는 것을 포기하고 모두 도시로 몰려들었을 때, 첫 번째로 주거 문제가 대두합니다. 우리나라처럼 온돌 문화였다면 여러 사람들이 한 집에서 잘 수 있었을 텐데, 영국에서는 신발 신고 집으로 들어가는 구조인데다 침대가 있어야 잘 수 있잖아요. 그래서 결국 비좁은 집에 침대 서너 개를 두고, 한 침대당 한 가구가 사는 상황이 됩니다. 거의 잠을 잘 수가 없는 상황이었고, 이런 경우에 대두되는 것이 근친상간, 소녀 임신, 성관계의 완전한 문란입니다. 성병이 처음으로 출현하고 만연하고, 아이들이 여기에 그대로 노출되는, 말 그대로 짐승만도 못한 상황에 노동자들이 처하게 되었습니다. 두 번째로 범죄와 마약이 증가했습니다. 청소년들이 그런 집구석에 들어가고 싶겠어요? 밖으로 나도는 아이들이 몰려다니면서 뭘 하겠어요. 아빠와 엄마는 매일 늦고, 공장에 가서 1박 2일 동안 안 들어오니, 아이들끼리 마약도 하고 범죄 집단도 이루면서 도시 문제가 심각해져갔습니다.

게다가 유럽 여행을 다녀온 분들은 아시겠지만, 특히 영국은 1년에 40일 정도밖에 맑은 날이 없잖아요. 늘 습기가 많아 길이 진창이기 때문에 위생 상태가 더욱 열악해졌고 온갖 전염병들이 빠른 속도로 번져나가게 되죠. 이런 상황 속에서도 부모와 아이들이 공장에 나가 무한대 노동을 제공해야 했습니다. 그래서 마르크스가 사회주의를 연구했던 것입니다. 하지만 노동자들도 가끔은 쉬어요. 한 달에 한 번이나 두 달에 한 번 정도였는데, 생각해보세요, 침대 하나를 한 가구가 차지하고, 서너 평짜리 방에 스무 명 가구가 살아야 되는 상황에서 뭘 하고 놀겠어요. 밖에는 늘 비가 오고 추워서 나갈 수도 없었죠. 그렇게 어떤 문화적 요구가 증폭되었습니다.

이전에 영국 귀족들은 시나 극시를 읽으면서 소일했죠. 아니면 사냥을 가거나 오페라를 관람했는데요. 여러분들도 아시다시피 셰익스피어 작품이나 〈일리아드〉〈오디세이〉 등은 두운과 각운이 딱딱 맞아떨어지는 엄격한 형식을 가진 시의 형태였기에 서민들은 읽고 즐길 수 없었어요. 우리 역시 5언 절구, 7언 절구, 한시 등은 양반의 전유물이었고 일반 서민들은 〈춘향전〉〈심청전〉〈흥부전〉 등 판소리 형태로 좀 더 자유로운 문화를 즐겼죠.

영국 노동자들은 약간의 벌이는 생겼지만 전혀 놀 거리가 없었습니다. 농촌에서는 추수가 끝나면 마당에서 춤이라도 출 수 있었는데 그런 공간조차 확보할 수 없었던 것이지요. 이들을 위해 처음으로 소설이라는 아주 저급한 양식의 문화가 탄생합니다. 맨 처음 소설이 탄생했을 때는 〈선데이 서울〉 톤의 에로틱하고 저급한 사랑 이야기, 창녀들의 이야기를 다룬 것들이 출연해서 런던을 발칵 뒤집어놓았어요. 그리고 엄청나게 팔려나가게 되는데 뭐라고 이름 붙일 것이 없어서 '새로운'이라는 뜻을 가진 이탈리아어의 '노벨라'를 차용해 '노벨'이라고 불리게 됩니다. 바로 소설의 탄생이죠.

이때 집권층에서는 이런 사태를 주시하면서 마르크스가 주창한 사회주의가 급속도로 호응을 얻습니다. 왜냐하면 아무리 비양심적인 사람의 눈에도 당시 노동자들의 삶은 너무나 비인간적이었기 때문입니다. 그래서 취한 조치가 학교를 만들어 아이들을 수용하는 것이었어요. 정부가 통치를 수월하게 하려면 아이들에게 글을 가르치고 자신들의 이데올로기를 주입할 필요가 있습니다. 그래서 세계 최초로 대규모 공공교육이 이루어졌고 노동자의 자녀들이 대거 수용당해서 글을 배우게 되죠. 그런데 글을 배우려면 텍스트가 있어야 될 것 아니에요. 그때 공급된 텍스트들이 셰익스피어와 같은 문학 작품들입니다. 그러면서 농촌에서 농사짓다가 도시에 와서 노동자가 된 부모와는 다른 새로운 자녀 계층이 처음으로 출현합니다. 이들 역시 나중에 노동자가 되긴 하지만 글을 읽고 쓸 줄 아는 문화적 요구가 있는 사람들이었습니다. 이들은 귀족과 부르주아에게 반감을 가진 계층으로 성장합니다. 자기 부모들은 하루 24시간 죽도록 일하고 귀족과 부르주아가 그 생산 가치들을 회수해갈 때, 이들 자녀 계층이 반감을 가지는 것은 너무나 당연한 것이죠.

이렇게 해서 소설이 급속도로 전 세계로 퍼져나갑니다. 다른 국가나 지역에서도 상황은 마찬가지였기 때문에, 글을 읽고 쓸 줄 아는 가난한 피지배층이 엄청나게 늘어남에 따라 소설이라는 문학 장르는 인기를 끌게 됩니다. 엄격하게 운율을 맞춰야 하는 시는 사람들의 자유분방한 기질들을 담을 수 없었기 때문이지요. 우리가 18세기 말부터 20세기 초반까지 '세계 명작' 하면 떠올리는 소설들이 거의 모두 탄생합니다.

누가 있을까요? 먼저, 찰스 디킨스가 있고요. 영화로도 만들어진 《위대한 유산》처럼, 찰스 디킨스 소설에서는 가난한 뒷골목 노동자의 아들이나 고아들이 주인공입니다. 발자크나 스탕달 등 우리가 아는 소설가들이 대부분 그때 집중적으로 탄생했습니다. 이들은 새롭게 공공교육을 받은 대중의 특징을 공유합니다. 왜냐하면 이들이 자신들의 소설을 사서 읽는 사람들이었기 때문이죠. 그래서 반귀족적, 반부르주아적인 정서를 담은 소설들을 탄생시켰고, 《적과 흑》《레미제라블》 등 길이 남은 작품들이 쏟아졌습니다.

소설의 운명은 대중의 호응을 얻는 것

제가 지금까지 소설의 탄생에 대해서 말씀드린 이유는, 소설가는 소설이라는 장르를 선택했을 때 이미 소설의 운명에 자신의 운명을 싣게 되기 때문입니다. 제가 만약 판소리꾼이었다면, 판소리의 고유한 특성에 제 운명이 겹쳐지는 것입니다. 결국 앞서 말씀드린 대로 소설의 운명은 대중의 호응을 받는 것입니다. 그러므로 소설가는 다수의 생각이 무엇이고 피지배 계급의 생각이 무엇인지를 알아내야만 생존이 가능한 사람으로 탄생하게 됩니다. 당시에는 인식하지 못했

글을 읽을 줄 아는 피지배층이 급속히 늘어나면서 소
설이라는 장르가 인기를 끌게 됩니다. 결국 소설의 운
명은 대중의 호응을 받는 것입니다. 그러므로 소설가
는 다수의, 피지배 계급의 생각이 무엇인지를 알아내
야만 생존이 가능한 사람으로 태어나는 겁니다.

지만, 그때 느꼈던 '대중이란 것이 이런 것이고, 소설이라는 것이 이렇게 탄생한 거구나'에서 어느 정도 위안을 얻었습니다. 그리고 대중에게 복무하는 것이 꼭 나쁘지만은 않겠다는 확신을 갖게 됐죠.

예를 하나 들어볼게요. 얼마 전 《삼성을 생각한다》라는 책이 나와 여러 가지 반향을 일으키기도 했는데요. 만약 제 직업이 무용가였다면 외국에 나가서 활동하지 않는 한 삼성을 비판할 수가 없어요. 현대 무용 특성상 관객 호응만 가지고는 먹고살 수가 없기 때문이에요. 현대 무용에 조예가 깊은 사람이 전 세계에서 몇 퍼센트 안 되기 때문에 어느 정도 독지가들의 지지가 필요합니다. 기업의 후원도 좀 필요해요. 또 만약 제 직업이 화가였다면, 이것도 참 골치 아픈 문젠데, 민중미술 하는 분들은 고생하시면서 사시지만, 여러분들이라면 피 흘리고 죽창 들고 있는 광주항쟁 그림을 집에 걸어놓고 싶으시겠어요?(청중 웃음) 못 걸어놔요. 그리고 그림 하나 걸려면 집이 꽤 커야 해요. 조각품도 마찬가지예요. 누가 저한테 비너스 상만한 조각품을 준다 해도 저희 집엔 놓을 데가 없어요. 정원이라도 있어야 우아하게 갖다놓을 텐데 말이죠. 제가 아무리 로댕 같은 재능이 있더라도 집 크고 정원 있는 집에 사는 사람의 입맛에 맞춰서 조각을 해야만 어느 정도 생활이 보장되는 상황에 놓여 있는 거예요.

예전에 강요에 못 이겨서 어떤 선배의 미술 작품을 샀는데요. 작품이 그리 크지 않았는데도 300만 원이에요. 그 선배가 세계적인 화가도 아닌데, 물론 바가지를 씌웠는지도 모르지만, 그 돈 주고 덜컥 그림을 살 수 있는 사람이 많지 않아요. 다른 나라도 마찬가지일 거예요. 그러니까 이게 불행이에요. 연극도 마찬가지예요. 연극 팸플릿 보면 '후원 엘지' 뭐 이런 글이 써 있는 경우가 많아요. 성악, 오페라도 마찬가지라고 해요.

하지만 유일하게 대기업 눈치 안 보고 후원 필요 없이 오로지 혼자 능력으로 어느 정도 여유 있게 살 수 있는 예술 계통 직업이 소설가 또는 저술가예요. 오히려 반대라고 할 수 있죠. 예를 들어, 제가 아무리 삼성가에 잘 보인들 그들이 제 책을 십만 부 이상 사주겠습니까? 또 사준들 뭐 합니까? 저는 삼성가 한 사람보다 대중들 한 사람 한 사람에게 잘 보여야 해요. 작가 인세가 전 세계적으로 10퍼센트인데, 여러분들 한 사람 한 사람이 만 원짜리 책 한 권 사면 제게 천 원이 오거든요. 가끔 할인 판매할 때는 또 인세 깎아요.(청중 웃음) 그러니까 여러분들 한 사람 한 사람이 천 원씩 낸 것이 제 생활비, 제 재산이 되는 거죠. 소설의 탄생 배경이 피지배 계급의 비위를 맞출 수밖에 없듯이, 제 소설은 삼성 편을 들면 안 되고, 삼성에 피해의식이 있거나 직·간접적으로 피해를 당한 대중에게 초점을 맞춰야만 하지요. 그리고 그렇게 해야 제가 먹고살 수 있는 좋은 직업인 거죠.

한편으로는 이런 점도 있어요. 사실 대중에게 영합한다는 것은 굉장히 위험하고 어려운 일입니다. 할리우드에서는 영화를 제작하는 데 천문학적인 돈이 들어가요. 거기 영화 기획자들, 아이비리그 출신의 엘리트 베테랑들이 '요즘 대중들이 어떤 영화를 좋아할까' 고민하며 아이디어를 짜내지만, 성공률은 30퍼센트가 제일 높은 거라고 해요. 열에 일곱은 대중의 기호를 따라가는 데 실패한다는 거죠. 그러므로 '대중들이 좋아할 만한 것을 정확히 알아서 쓴다'는 것은 불가능한 말이라는 거죠.

다만 이런 점은 있습니다. 요즘 많이 쓰는 '막장 드라마'라는 표현을 아실 텐데요. 전 그런 드라마를 본 적도 없지만, TV 프로그램 〈롤러코스터〉에서 막장드라마를 잘 요약해서 보여주는 것을 굉장히 잘 봤어요. 그걸 보면서 '아, 저렇게 되는 거구나' 하고 생각했는데, 그런 드라마는 대중에게 영합하는 것이 맞아요. 그럼 여기서 '어떤 작품이 대중에게 영합하는 것이고, 어떤 작품이 대중에게 영합하지 않고 나름대로 예술적 가치를 지니는가'를 구분하는 기준이 필요합니다. 많이 팔리면 대중에 영합하는 것이고, 조금 팔리면 고귀한 것이라는 구분은 너무 일차원적인 발상이지요.

전 세계에서 가장 많이 대중에게 영합하고 끝없이 수요가 창출되고 문화 현상이 뭔 줄 아세요? 남성들이 주로 좋아하는 것인데요. 네, 포르노입니다. 인터넷에 '야한 동영상' 치면 수십만 개가 떠요. 그만큼 제작과 공급이 엄청나게 원활한 대중적인 문화 현상입니다. 좀 이따 말씀드리겠지만 포르노는 그렇게 대중적인 요구를 가질 만한 이유가 있어요. 그래서 저는 '그러면 막장드라마나 포르노처럼 엄청난 수요, 시청률, 흥미를 불러일으키는 것은 다 저급한 것인가' 하는 생각을 했죠. 그런데 엄청난 대중적인 문화 현상을 가진 게 또 하나 있어요. 그게 뭘까요?

바로 혁명입니다. 대중적인, 반드시 대중적이어야 하는, 인류가 발명해낸 엄청난 현상이죠. 엘리트 몇 명이 할 수 없고, 천재 몇 명이 할 수 없는 거예요. 혁명은 전체 대중의 절대적인 지지와 호응 그리고 열광이 없으면 할 수 없는 거예요. 가장 대표적인 것으로 프랑스혁명이 있고요. 우리나라는 동학혁명이 있고요. 러시아에서 벌어진 공산주의혁명도 당시 대중들의 절대적인 지지를 받았고, 모든 사람들의 삶을 송두리째 뒤바꿔놓았죠.

그렇다고 제가 나가서 혁명가가 될 수도 없고, 막장 드라마를 쓰러 갈 수도 없고, 이런 상황 속에서 소설가가 해야 할 일은 혁명의 본질과 포르노의 본질들을 뽑아서 대중성을 비교해보고 선택하는 길밖에는 없어요. 대중적이라는 비난을 생산적으로 극복해낼 수 있는 길은 그것밖에 없었어요.

그래서 포르노의 특징을 뽑아보았죠. 포르노의 특징은 남녀가 벌거벗고 성행위 혹은 유사 성행위를 한다는 것이 아닙니다. 로렌스의 소설은 당시에는 포르노라며 금서가 됐지만, 훗날 굉장히 혁명적인 문학 작품으로 그 평가가 뒤바뀌기도 했어요. 그렇다면 포르노의 특징, 즉 저급한 대중적인 문화 현상의 특징은 무엇일까요?

첫째, 생각을 멈추게 하고 감각을 자극합니다. 여러분들 포르노 보면서 '이명박 정부가 앞으로 어떻게 정치를 펴나갈 것인가' 하는 고민하는 분 계세요?(청중 웃음) 혹시 계실 수도 있죠. 머리가 너무 아파서 잠깐 쉬려고 보는 분들도 있겠지만, 어쨌든 사고를 멈추게 하고 감각만을 자극하는 것은 분명합니다.

둘째, 전혀 힘이 들지 않게 해줍니다. 물론 다른 의미에서 힘이 들 수는 있겠지만, 애써 고민하고 개선하고 이럴 필요는 없다는 거죠. 가만히 있으면 알아서 감각을 자극해주고 여러 가지 안마를 해준다는 거죠.

셋째, 잘해야 본전이고 웬만하면 삶의 질을 떨어뜨립니다. '포르노 많이 봐서 삶의 질이 높아졌어' 하는 분도 계시겠지만,(청중 웃음) 대부분은 그렇지 않죠. 그런데 이런 특징들이 막장 드라마에 꽤 많이 부합해요. 가볍게 보는 만화에도 많이 부합하고요.

그럼, 혁명의 문화적 본질은 무엇일까요? 혁명의 본질은 권력을 바꾸는 것이지만, 혁명으로 인해 일어나는 문화적 현상은 포르노의 그것과는 정반대입니다. 첫째, 혁명은 우리의 감각을 불편하게 하고 우리의 머리를 괴롭힙니다. 혁명이 일어났을 때 '아, 딱 내 체질이야' 하고 돌 들고 달려가는 분들도 계시겠죠.(청중 웃음) 하지만 대부분은 그렇지 않죠. 괴롭습니다. 아무리 심성이 나빠도 눈앞에서 사람이 죽고 감금당하고 체포당하는 것에 즐거워할 사람은 많지 않아요. 앞서 말씀드렸듯이 사형수를 두고 '죽여라, 죽여라' 해놓고 한 2년쯤 지나 사형 집행할 때가 되어서 '네가 사형수 데리고 와' 하고 시킨다면 기분 좋게 갈 사람, 많이 없어요. 그러고 '내가 죄인을 처단했다'고 기뻐할 사람, 없습니다. 인간의 본질이 그런 것 같아요. 어쨌든 혁명은 우리를 괴롭히고 감각을 불편하게 하며 머리를 무진장 굴리게 만듭니다.

둘째, 혁명은 우리로 하여금 우리 삶을 한 번쯤 되돌아보게 합니다. 예를 들어 '러시아혁명이 났다' '동학혁명이 났다'고 하면 그것이 설사 먼 곳의 이야기라도 '과연 삶이란 무엇이고, 인간은 무엇을 위해서 태어났는가'라는 생각을 한 번쯤은 해보게 됩니다. 환기의 역할을 해주는 것이죠.

셋째, 혁명은 우리 삶을 향상시킵니다. 물론 본전일 경우도 있지만 대개는 향상시킵니다. 그런 큰 격변을 거치고 나면 인권, 평등, 민주에 대해 많은 생각을 하게 되고 그로 인해 삶이 많이 향상됩니다.

비인간화된 1등들과 싸우는 것은 소설가의 책무

지금 우리가 누리고 있는 자유를 위해, 1980년대 386세대만 피를 흘렸던 것은 아닙니다. 멀리 보면 그 옛날부터 쭉 있어왔던 혁명의 기운, 가깝게 보면 프랑스혁명이 있었기에 가능한 것입니다. 만약 그 끔찍한 프랑스혁명이 없었다면 아마 여러분들 중에 몇몇은 아직도 제 가마를 들고 다니고 계실 거예요. 왜냐하면 제가 공자 78대손이기 때문에, 어차피 양반이거든요.(청중 웃음)

결국 프랑스혁명이 전 유럽에 전파되고, 미국에 전파되고, 다시 우리나라에 쓰리쿠션으로 전파되었기에 여러분들이 제 가마를 안 매고 제 발로 와서 계시는 거예요. 그런 걸 생각하면 아찔하죠. 머나 먼 세계사의 한 사건이 지금 우리에게까지 영향을 미치는 것이 그렇게 쉽게 웃고 넘어갈 일만은 아닙니다.

예전에 페미니즘을 공부할 때 어떤 문헌을 봤는데, 옥중에 간힌 여성이 고문을 받으며 쓴 편지에 이런 구절이 있었어요. "동지 여러분, 슬퍼하지 마십시오. 우리의 진실은 곧 알려질 것이고, 우리는 필히 승리할 것입니다. 역사는 우리를 승리자로 기록할 것입니다." 이 글을 쓴 여자가 투옥된 이유를 맞히시는 분께 제일 먼저 사인을 해드릴게요. 왜 110년 전 미국에서 이 여자가 투옥됐을까요?

안 계세요? 아시는 데 모르는 척하시는 거죠? 네, 시간이 없는 관계로 답을 말씀드리겠습니다. 여성에게도 투표권을 달라고 하다가 고문받고 투옥돼서 이토록 과격한 편지를 옥중에서 쓴 것입니다. 불과 110년 전 미국에서 목숨을 걸고 여성 참정권을 부르짖는 사람들 덕에 우리나라 여성들이 해방과 동시에 아무 문제없이 참정권을 얼을 수 있었죠.

여러분들, 스위스가 여성 참정권을 언제 허락한 줄 아세요? 1971년에야 처음으로 여성 참정권을 허락했습니다. 그전까지 수많은 스위스 여성 운동가들이 투옥되고 그랬어요.

오늘날 우리가 누리는 많은 자유들이 혁명에 의해서 획득되었고, 혁명이 좋은 거라는 걸 얘기하려다가 이렇게 길게 이야기를 했는데요. 어차피 소설은 혁명의 시대에 대중 즉 다수에게 읽히기 위해서 태어난 특수한 장르입니다. 소설은 인간이 인간을 자연의 주기가 아닌, 인간의 인공적인 주기에 의해 24시간 노동을 시켰던 그런 타락한 시대에 태어난, 타락한 사람들을 위한, 타락한 양식이었기 때문에 다수를 위해 쓰이는 것이 소설의 운명입니다. 반면 시, 희곡, 극시는 본래 귀족 즉 소수를 위해 지어졌기 때문에 팔리든 안 팔리든 상관없는 측면이 있습니다.

소설은 소수를 위한 것이 아니라, 어떤 의미에서 혁명의 주체가 되고 시대를 변혁시킬 수 있는 다수를 위해 쓰이는 것이기 때문에 어떤 의미에서 소설은 많이 팔리는 것이 옳습니다. 여기서 많이 팔린다는 말은 6개월 동안 베스트셀러가 되고 기록을 갱신한다는 것뿐만 아니라, 30년 50년 100년 후에도 소설의 가치를 잃지 않고 계속 읽히기 때문에 결국 많이 팔리게 된다는 것도 뜻합니다. 우리가 지금 세계 명작이라고 부르는 소설들은 당시의 베스트셀러들이었습니다. 물론 모든 베스트셀러가 세계 명작이 된다는 뜻은 아닙니다. 하지만 거의 모든 세계 명작들은 당시나 나중까지 계속 베스트셀러였습니다. 동시대인의 시선을 끌어모았다는 것은 그 소설이 그 시대의 어떤 예민한 것을 건드렸고, 그 예민한 것이 자발적인 동의를 얻어냈다는 것입니다.

제 소설이 잘 팔린다는 이유로 온갖 인터넷에 '이 여자는 대중에게 영합해서 글을 쓰는 작가로, 원래 싫어하는 작가인데' 등의 비난을 하시는 분들이 많습니다. 제가 이름 다 적어놓고 있어요. 나중에 악역 등장시킬 때 그 사람 이름 쓰려고요.(청중 웃음) 그렇게라도 해야지 달리 분풀이할 방법이 없잖아요. 네, 농담…… 아니었고요.(청중 웃음)

그런 의미에서 제 직업이 굉장히 자랑스러울 때도 있습니다. 이건 제 자랑인데요. 그동안 CF 들어온 거 거절한 걸 합치면 이곳에 가게 하나 얻을 정도입니다.(청중 웃음) 그중에 제일 아까웠던 게 자동차 CF였는데, 3개월 지면 광고 하면 자동차 한 대 준다고 했었어요. 그때 자동차를 바꿀 시점이어서 고민을 많이 했어요. 그래서 친구들한테 이런 문자를 한 스무 통 썼습니다. "야, 지면에만 나가는 광고라는데, 이거 딱 3개월만 눈감고 하면 어떨까? 너희들 절대로 급하게 답문자 보내지 말고, 숙고해서 내일 아침에 알려줘." 그날 밤 저는 혼자 쓸쓸히 술 마시며 고민하다가 다음 날 문자를 받았는데 반은 하라고 하고 반은 하지 말라고 왔어요. 그래서 제가 문자를 썼죠. "야, 어젯밤에 내가 결론 내렸는데, 안 하기로 했어. 너희들 밤새 괜히 고민했다."

안 하기로 한 이유는 여러 가지가 있었죠. 제가 지금도 물론 얼굴이 많이 팔렸습니다만 그래도 아직까지 청바지 입고 술집 가서 아줌마랑 싸워도 "어, 저 사람 공지영 아니야?"라고 하는 분은 별로 없어요. 여러분, 약간 의외죠?(청중 웃음) 출판사들 많이 모여 있는 홍대 앞 술집 정도에서나 좀 알아보지 잘 못 알아봐요. 술집에서 마음껏 싸울 수 있는 자유를 박탈당하는 게 싫어서, 그게 첫 번째 이유예요.

두 번째 이유는 바로 오늘 말씀드린 그 이유입니다. 소설가는 1등에서 10등까지 엘리트들이 우리를 부당하게 지배하려고 할 때 그것과 싸우는 대다수의 편에 서야 하는 사람입니다. 만약 제가 현대자동차나 삼성자동차 광고에 나와서 '여러분, 이 차를 타세요' 하면 제가 나중에 어떻게 김용철 변호사를 옹호하고, 삼성 노동자들을 위해서 글을 쓰겠어요? 그래서 할 수 없이 소설가로서의 행복을 얻은 대가로 목돈 벌 기회를 계속 놓치면서 살고 있습니다.

저는 소설가로서 비인간화된 1등들, 즉 경쟁 사회에서 남을 제치고 올라서서 나머지 패배한 사람들의 쓰라린 아픔을 전혀 헤아리지 않는 그런 비인간화된 1등들과 싸울 책무가 있다고 생각합니다. 그렇다고 앞으로 그런 소설만 쓰겠노라 하는 말이 아니라, 소설가가 그렇다는 거죠. 저는 앞으로 재미있고 소프트한 이야기들을 쓸 생각이지만 그럼에도 불구하고 그런 책무를 가진 소설가로서 행복하다고 생각합니다.

요즘은 인터넷에 '공지영은 얼굴 가지고 소설 판다' 같은 글을 쓰신 분들의 이름도 적어놓고 있습니다.(청중 웃음) 이 분들은 좋은 역할에…….(청중 웃음) 이렇게 저는 행복한 소설가로 살고 있고, 여러분과 행복하게 만나게 되서 정말 아름다운 밤입니다.(청중 웃음) 감사합니다.

1등 강요하는 사회, 자살률도 세계 1등?

사회자　네, 수고하셨습니다. 제가 얼마 전 아내가 출산하는 바람에 잠을 제대로 못 자서 피로가 물밀듯이 쏟아지는 상황에도 거의 졸지 않았습니다만, 잠시 졸쯤에 혁명과 포르노의 본질을 비교해주셔서 눈이 확 뜨였습니다.(웃음)

　자, 여러분들이 문자를 많이 보내주셨는데요. 2874님, 한번 일어나주시겠습니까? 예. 이분이 보내주신 문자, 제가 읽어드리겠습니다. "대학교 와서 수많은 고민을 맞닥뜨리며 혼란을 겪고 있는 나 자신을 찾는 데 갈급한 제게 당신의 신념은 정말 큰 족적이라는 생각이 드네요. 그 기간 동안 당신과 당신의 소설을 탄생시킨 것을 존경합니다"라고 하셨습니다.(청중 박수) 공지영 선생님, 답해주시죠.

공지영　일단 성함을 알려주세요.(청중 웃음)

청중 1　이지원입니다.

공지영　그런데 질문이 아니잖아요.

사회자　질문은 아니고…….

공지영　지원 씨, 제가 기억할게요.

사회자　하하하, 리스트에 올라가셨습니다. 문자 질문은 간략하게 답변할 수 있는 것들로 보내주시면 좋겠습니다. 질문의 수준이 너무 높아서 선별하는 데 상당히 애먹었습니다. 9976님, 4415님이 보내주셨습니다. "정말 이루고 싶은 꿈은 무엇인가요?"

공지영　네, 사실 동화 쓰고 싶어요. 동화 작가가 되고 싶어요. 할머니가 된 다음에…….

사회자　지금 막 1004님이 보내주셨습니다. "가장 애정이 가는 작품을 꼽으신다면? 모든 작품들이 자식 같아서 우열을 가리기 어려우시겠지만."

공지영　네, 그런 질문을 하도 많이 받아서 매뉴얼을 정해놨는데요,(청중 웃음) 아무래도《우리들의 행복한 시간》이 제일 애정이 갑니다. 이유는 그때 제가 굉장히 힘든 상황에 있었고, 그때 사형수들과 긴밀하게 만난 6개월이 제 인생을 송두리째 바꿔났기 때문입니다.

사회자　제가 질문 드리겠습니다. 그 사형수가 누구인지 밝히기 어려우십니까?

공지영　아니요. 밝힐 수 있어요. 처음에 열두 명을 만났는데, 그 중에 한 명은 죽고…….

사회자　아, 사형을?

공지영　아니요. 밝히기 어려운 이유로, 자연사라고 해야겠죠. 지금은 네 명이 남아 있습니다. 다른 곳으로 이감됐고요. 서울 구치소에 네 명이 남아 있고, 그중에는 여러분들이 혹시 기억하실지 모르겠는데 막가파 괴수였던 분도 제가 굉장히 예뻐하는 사람이었어요. 소설 속 모델 중에 반 정도를 그분으로 해서 썼고요. 나머지는 여러분들이 잘 모르시는 살인 사건의 주인공들입니다.

　앞서 말한 김길태 같은 경우에는, 제가 좀 걱정이 되는 것이 사실 어느 정도 사형 집행이 안 된 다음부터는 한두 명 죽인 것으로는 사형 선고를 잘 안 해요. 예전에는 존속 살인 즉 부모 살해는 무조건 사형 선고였는데, 지금은 일종의 정신병으로 참작되어 사형 선고가 거의 안 됩니다. 제가 만났던 사형수들은 최소 네다섯 명을 잔인하게 죽인 사람들인데요. 아무튼 이름은 밝힐 필요도 없고 여러분들도 알지 못하지만, 십 년 전에 선고받았던 사람들이 십 년 동안 엄청나게 바뀌었다는 것만은 말씀드릴 수가 있습니다.

사회자　네. 다른 작품 얘기인데, 《즐거운 나의 집》은 딸의 입장에서 바라보며 쓰셨다고 말씀하셨는데, 공 선생님 따님도 동감하시는지?"라고 4152님이 물어오셨습니다. (청중 웃음)

공지영　《즐거운 나의 집》을 쓸 무렵은 우리 딸하고 제일 많이 싸우고 거의 말을 안 할 때예요. 딸 입장에 대해 물어보고 싶은 게 많았는데도 할 수 없이 작가의 상상력을 엄청 빌려 썼는데요. 그런데 요즘 우리 딸이 누가 "엄마 작품 중에 제일 좋은 게 뭐니?" 물으면 "《즐거운 나의 집》이요" 한다네요. 그래서 "왜?" 그러면 "주인공이

멋있잖아요."(일동 웃음)

사회자　6890님의 질문입니다. "요즘 TV 드라마에서 동성애 이야기를 많이 합니다. 공지영 선생님은 인터뷰에서 동성애에 대한 강한 거부감을 언급하신 적이 여러 번 있었던 것 같습니다. 요즘은 어떤 생각을 갖고 계신지요?"

공지영　저, 동성애에 대해서 거부감을 언급한 적이 단 한 번도 없는데요. 그런 글들이 자꾸 블로그로 옮겨져서는, 다시 한 번 정정하는데 저는 한 번도 그렇게 말한 적 없고요. 저는 동성애를 지지하지도 않지만, 동성애자들이 성 정체성을 이유로 차별받는다면 언제든지 그들 편에 설 겁니다. 그 외에는 사실 깊은 생각은 안 해봤어요. 이성애도 굉장히 힘든 것 같아서.(일동 웃음) 일단 아무 의식이 없습니다. 그분이 어떤 성생활을 하든지, 우리가 친구한테 '네 성생활은 어떠냐?' 물어보고 친구하진 않잖아요. 그러니까 그런 정도로 아무 느낌이 없고, 다만 그것을 폄하하는 발언을 하는 사람을 굉장히 싫어하죠.

사회자　"어제도 최진영 씨 자살 사건이 있었는데요. 자살 현상, 어떻게 생각하시는지?" 5036님이 여쭤보셨습니다.

공지영　(한숨) 우울증, 굉장히 무서운 병이고, 저도 이해를 못 했었는데 우울증에서 벗어나신 분의 말이 그냥 우울해서 죽고 싶다는 정도가 아니라 하루 종일 죽는 생각만 한답니다. 그러니까 자기 자신의 의지로는 제어할 수 없을 정도로 뭘 봐도 '저기 목을 매달까' 그런 생각만 하루 종일 하고 있대요. 주변에 그런 분이 계시면 빨리 치료를 받아야 하는 거고요.

또 하나는 오늘 주제와 많이 연결되는 건데요. 오늘 서울대 학생이 또 대자보를 발표했더라고요. 그런데 이런 생각이 들었어요. '야, 이런 대자보는 서울대, 연고대, 서강대, 이대 정도는 되어야 발표를 하겠네. 다른 애들은 참여를 못 하겠네.' 왜냐하면 '나는 경쟁해서 1등하고 1등해서 여기까지 왔습니다' 라고 대자보에 써야 하는데, 그러려면 경쟁해서 이겨야 하잖아요. 그런 대자보들이 젊은이들의 동참을 끌어내기 위해서는 사실 그런 것들이 걸림돌로 작용할 것 같은데, 모르겠어요.

어쨌든 요즘 젊은이들 너무 불쌍한 것 같아요. 우리 집 애들은 안 그래요. 우리 집 애들은 엄마가 워낙 관심이 없기 때문에, 항상 '어서 돈이나 벌어서 스무 살 넘으면 독립해라' 이런 말만 하기 때문에 괜찮은데, 어린 시절 사랑하는 부모님한테 1등을 강요당하고 경쟁에서 승리하기를 강요당한다면……. 우리나라가 지금 OECD 국가 중에 자살률 2위죠? OECD 아닌 국가는 자살 잘 안 하기 때문에 우리나라가 세계 1, 2위를 다투고 있는 겁니다. 이것이 이명박 정부가 얘기하는 '먼저 부자들을 더욱 부자가 되게 하기 위해서 일자리를 늘리겠다' 는 발상과도 연결이 많이 되는 것 같아서 끔찍해요.

최진실 씨는 〈숲 속의 방〉이라는 영화를 할 때 개인적으로 알았었는데요. 그때 최진실 씨가 막 무명에서 벗어나 개런티가 10배나 뛸 정도로 올라갔을 때예요. 그때 처음으로 단칸방에서 복층짜리 연립주택으로 이사 갔다고 굉장히 기뻐했어요. 오늘 보니까 최진영 씨가

저는 소설가로서 비인간화된 1등들, 즉 경쟁 사회에서 남을 제치고 올라서서 나머지 패배한 사람들의 쓰라린 아픔을 전혀 헤아리지 않는 그런 비인간화된 1등들과 싸울 책무가 있다고 생각합니다.

최진실 씨 어머니와 아이들이 사는 자택이 따로 있는데, 강남 잠원동에 있는 또 다른 집 3층에서 목을 매달았다고 하더라고요. 그 남매가 굉장히 어렵게 살았다는 걸로 알고 있는데, 그렇게 돈을 많이 벌어서 좋은 집에 살면서도 공허와 슬픔이 채워지지 않았다는 것에 대해 깊이 생각해봐야 할 것 같아요.

저 같은 경우는 아까 웃으면서 말씀드렸지만, 1994년 한 해에만, 그때 제가 서른한 살이었는데 한 10억 정도 벌었던 것 같아요. 그때 10억이면 강남에 빌딩도 샀을 거예요. 그런데 그때 제가 돈과 명성, 남편과 아들까지 있었거든요. 하지만 다시 생각해도 그때로 돌아가고 싶지 않아요. 그래서 알았죠. 돈과 명성이 인간의 공허함과 행복을 결코 채워주지 못한다는 것을 말이죠. 자살에 대해서는 오죽하면 자살할까 싶지만, 명복을 빌고요. 사람들을 죽음으로 몰아가는 이 시대에 대해서 함께 걱정하고 싸워야겠다는 생각을 합니다.

사회자 9421님이 보내주신 질문을 제가 조금 비틀어서 여쭤보겠습니다. "고려대생 김예슬 씨를 만나신다면 뭐라고 얘기해주고 싶으신지?" 김예슬 씨 대자보 아시죠?

공지영 뭐, 얘기해줄 건 없을 것 같고요. "술 마실 줄 알면 아줌마랑 술이나 한잔하자, 남자친구는 있느냐, 뭐라고 하더냐" 정도 얘기는 할 수 있을 것 같아요. 우리 딸도 같이 데리고 나가서 같이 한 잔 마시고요.

사회자 (웃음) 네, 마시면서 무슨 얘기를?

공지영   뭐, 글쎄요. 오히려 그렇게 나섰기 때문에 상처를 많이 받았을 거예요. 그냥 무조건 칭찬해주는 거죠. 얼굴도 예쁘게 생겼고 똑똑하고 너는 굉장히 훌륭한 아이고……. 이렇게 해주면 아마 한 2개월 정도는 약간 힘이 날 겁니다.

사회자   "스물아홉 살 처녀가 남은 20대 동안 꼭 해야 할 일은?" (청중 웃음) 이걸 6795님이 물어오셨는데요. 6795님, 8946님이 공통으로 물어보신 게 있습니다. "동안의 비결은 무엇인지? 빛나는 미모를 유지하기 위해 피부 관리는 따로 하시는지?"(청중 웃음)

공지영   몇 개월 남지도 않았는데 뭘 해요.(청중 웃음) 알아서 잘하면 될 것 같고요. 왜냐하면 서른 살도 굉장히 젊어요. 그러니까 단절해서 생각하지 마시고요. 아쉽다면 혼자 여행 한번 가보는 것도 좋죠. 먼 곳으로, 혼자서, 핸드폰이랑 노트북만 들고. 노트북에 무선인터넷 떼고, 아무도 없이 혼자서만, 다만 2박 3일이라도, 한번 가보면, 굉장히 빛나는 20대를 마무리할 수 있을 것 같아요.
　미모와 동안의 비결은 여러 곳에서 이야기했는데요. 예전에는 꾸준한 음주, 쉬지 않는 흡연, 그리고 내일은 꼭 세수를 하겠다는 굳은 결심! 밤마다 꼭 결심하고 잤는데요. 이게 비결이었는데, 제가 지난해 초에 담배를 끊었어요. 그러고선 피부가 막 망가지는 거 같아요.(청중 웃음)
　어느 날 TV를 보는데 고현정 씨가 좋은 피부의 비결을 이야기하는데, 좀 늦게 TV를 틀어서 잘 못 봤어요. 근데 끊임없이 뭔가를 붙이고 있으라는 것 같았어요. 그래서 얼른 우리 집을 뒤져봤더니 사은품으로 온 온갖 종이팩들이 있기에 요새는 시간 나는 대로 한 달에 두어 번은 붙이고 있습니다.

나머지는, 이건 정말 자랑인데, 제가 미모에 굉장히 신경을 많이 써요. 왜냐하면 제가 한창 힘들었을 때 정말 눈이 이렇게 올라가서 사진을 찍기가 싫었어요. 그게 《고등어》 때문에 사진 찍을 때였는데, 아마 그때 얼굴이 지금과는 좀 다를 거예요. 그때 제가 신경정신과에 가서 상담을 받았어요. 얼굴이 점점 미워지는데, 분명 내면의 이유가 있을 거라는 확신을 가졌죠. 실제로 상담을 받은 후에는 눈꼬리가 다시 내려오고…….

그래서 저는 사람 얼굴을 유심히 봐요. 이런 말씀 드려서 죄송합니다만, 지금 말하는 것은 기록하실 때 '모모모 재벌'이라고 표시해주세요. 여러분한테만 특별히 말씀드리자면, 예전에 노태우 씨 땐가 그분이 TV에 나오시는데 정말 깜짝 놀랐어요. 얼굴이 파충류처럼 보였어요. 그런데 예전 그분 사진을 보니까 그렇지가 않더라고요. 그다음부터 TV에 나오는 사람들 얼굴을 유심히 봐요. 있잖아요, 사람이 생각하고 행동하는 것에 따라서 진짜 짐승처럼 변하기도 해요. 그래서 저는 주로 나비, 토끼 이런 것들을 생각하면서 지내거든요.(청중 웃음) 굉장히 중요한 것 같아요. 내면이 바깥으로 나오게 되는 거죠. 그래서 제가 미모에 신경을 쓰고 있습니다.(일동 웃음)

마지막 순간까지 최선을 다해, 예의를 다해 사랑하라

사회자   9868님, 8190님의 질문을 묶어서 여쭤보겠습니다. "미혼의 직장 여성입니다. 요즘 결혼에 대해서 이런 저런 생각을 하는데요. 결혼하면 결혼으로 발생하는 새로운 관계나 어쩔 수 없는 상황 때문에 자기 자신을 잃지 않을까 혹은 지배당하지 않을까 하는 두려움이 있습니다."

공지영   어떤 분인지 밝혀주실 수 있으실까요? (청중석에서 손을 듦) 네, 결혼이 그런 것 같아요. 특히 여자는 자신을 많이 잃게 되고, 예속되게 되죠. 거의 불공정거래이며 도박이라고 생각해요. 얼마 전에 어떤 분이 출산율 저하와 여성 문제에 대해 이런 건의를 하셨는데요. 유럽에서도 지금 우리나라 같은 문제를 겪으면서 고민 고민하다가 '동거'라는 제도를 만들어냈어요. 그러니까 법적 문화적 혜택은 결혼에 준하되, 헤어질 때는 세금 내는 곳에만 신고하고, 아이들도 부모의 결혼 형태에 대해서 '동거' 란에 표시하게 해주고, 그리고 이런 것들이 굉장히 정정당당한 권리를 갖고 있어요. 결국 그들도 양쪽 집안하고 얽히기 싫어서 그렇게 만들어낸 것 같더라고요.
　아마 제 생각에 남자들도 결혼이라는 형식으로 들어가면 어차피 아내에게 '우리 집 제사 지내러 와라'라고 할 수밖에 없기 때문에 한 번쯤은 심각하게 '동거'라는 형태를 검토해봐야 할 때가 오지 않았나 싶습니다. 동거를 개인의 이합집산이 아닌, 국가가 인정해주는 제도로 정착시킴으로써 결혼에 대한 부담을 개선해보자는 방안을 검토하자는 것이지요.
　우리나라의 이혼율이 OECD에서 2위인가, 3위인데, 실제로는 제일 높다고 보여요. 다른 나라들은 회식 문화가 없기 때문에, 얼굴을 마주쳐야 하는 때가 많고, 그래서 사랑하지 않으면 진짜 빨리 헤어져야 하거든요. 우리나라는 회식 문화가 있어서 어떻게든 얼굴 안 마주치고 살 확률이 높은데요. 회식 문화가 없어지면 이혼율이 거의 3배 정도 올라가지 않을까 합니다. 그러므로 동거라는 형태를 학계에서도 진지하게 검토해서 대안을 제시해주면 어떨까 싶어요.

왜냐하면 저도 현재로서는 시집보내기 싫어요. 솔직히 가지 말라고 해요. 왜냐하면 결혼 제도 자체는 어차피 조선 때부터 내려온 결혼 문화에 복속되어야 하기 때문에 여성들에게 엄청나게 불리하고 남성들은 또 괴롭고 그렇다는 생각이 들어서……. 결혼하지 마시고요. 그럼에도 불구하고 모든 희생을 치를 만큼 좋은 사람이 나타난다면 빨리 잡아서 해야죠.

사회자 또 다른 문자 질문입니다. "공지영 씨가 결혼으로 구하고자 했던 바가 무엇이고, 그리고 결혼에 종지부를 찍으면서 구하고자 했던 바가 무엇인지 궁금합니다. 왜냐하면 제가 조만간 결혼을 앞두고 있거든요.(일동 웃음) 그래서 실례를 무릅쓰고 여쭙겠습니다."

공지영 뭐, 실례……, 실례죠.(일동 웃음) 저는 뭐 별 생각 없었어요. 첫 결혼을 스물두 살에 했는데 무슨 생각을 그렇게 했겠어요. 그냥 현모양처가 되고 싶어서 결혼을 했는데 돈들을 안 벌어오기에 제가 벌려다 보니 글 쓰는 게 제 유일한 직업이라서요. 아까도 말씀드렸잖아요. 부잣집에 시집갔으면 제가 잘 살았을지도 모르죠.

사실 그런 건 아니고요. 예전에는 결혼에 대해 엄청난 비중을 뒀죠. 엄마한테 혼나지 않고 남자친구랑 잘 수 있는 합법적 방법이라고 생각했던 것 같고요. 나중에도 그 생각은 크게 변하지 않았어요.

《즐거운 나의 집》에도 나오고요.

결혼을 통해 공동체를 만들어서 내가 더 행복해질 수 있으면 어떻게든 잘 유지해나가는 것이 좋은 것 같고요. 공동체를 만들었는데 서로의 발전에 방해가 되고 불행을 자초한다면 좀 떨어져 있는 것도 좋은 것 같고요. 이것은 비단 부부 사이의 문제만은 아니라고 생각해요.

여러분들 중에 단체 여행을 한 번이라도 가본 분들은 룸메이트가 싫을 때 여행이 얼마나 지옥 같아지는지 잘 아실 겁니다. 인생을 큰 여행이라고 본다면, 나랑 함께 같은 공간을 사용하기 어려운 사람과는 좀 떨어져 있는 편이 그 사람을 사랑하고 이해하는 데 도움이 될 거라고 생각합니다.

나중에 다른 자리에서 다른 책을 통해서 얘기해보겠지만요. 불과 백 년 전까지만 해도 저희 할머니가 평생 동안 만난 남자 수가 한 백 명 정도 됐을까 싶어요. 그중에 반은 공 씨 문중 남자고, 반은 아마 할머니 처가댁 남자들이었을 겁니다. 할머니가 본 외간 남자라고는 방물장수, 멀리서 길 잘못 들어서 찾아온 전도사 정도가 아니었을까 싶어요. 저희 엄마가 만난 남자 수는, 글쎄요, 동네 사람 빼고는 막 활동이 활발해진 외판원 정도가 아니었을까요.(청중 웃음)

요즘 사람들은 아침에 전철만 타도 저희 할머니가 백 년 동안 봤던 남자보다 훨씬 더 많은 남자들과 마주치게 됩니다. 마주치는 정도가 아니라 어깨까지 비비게 되는 현대를 살면서 사실 만남도 중요하지만 헤어짐도 굉장히 중요해요. 봉건 시대에 가졌던 헤어짐에 대한 죄책감을 이런 복잡한 현대 시대에까지 그대로 이어온다면 삶이 무척 불행할 것 같아요. 그래서 저한테는 아무도 주례를 요청하지 않지만,(청중 웃음) 정말 주례로서 하고 싶은 말은 합의에 의해 헤어지는 순간까지, 혹은 합의가 안 돼서 어쩔 수 없이 누구 하나 먼저 죽어서 헤어지는 순간까지는 최선을 다해서 예의를 다해서 사랑하라는 말입니다. 그게 안 될 수도 있거든요. 그럴 때는 잘 헤어지는 것이 좋은 일이 아닌가 저는 그렇게 생각하고 있습니다.

사회자　예전에 제가 결혼할 때 한 선배님이 이런 말씀을 하셨습니다. "축하한다. 무덤에 들어온 거." 질문 세 가지만 더 드리겠습니다. 5635님, 0000님, 9896님이 최근 인상 깊었던 우리 젊은 작가나 작품이 있으신지 여쭤보셨습니다.

공지영　없어요.(청중 웃음) 젊은 작가들을 심사할 때도 많고 제게 책을 보내오는 경우도 많아서 좀 보는데, 너무 안 젊어요. 어떤 때는 저보다도 늙은 거 같아요. 그래서 좀 속상하고요. 뭐라고 할까요, 좀 더 치고 나왔으면 좋겠어요. 지금 젊은 친구들, 30대 초반 이하들은 사실 우리 386세대에게 짓눌린 부분이 많은 세대거든요. 시쳇말로 386세대를 까면서 그 문화에 대해 가치 전복도 시도해보는 것이 우리 모두의 발전을 위해서 좋은데요. 이거는 뭐, 까기는커녕 우리 윗세대 심사위원들에게 더욱 더 복무하는 듯한 글을 볼 때마다 속상하고 좀 그렇습니다.

사회자　"우리나라에서도 68혁명 같은 일이 일어날 수 있을까요?" 3428님이 물어오셨고, 0900님은 "현 정권에서 영감을 받은 소재가 있는지" 물어오셨습니다.(청중 웃음)

공지영 네, 영감을 받을 수도 있겠군요. 아직 거기까진 생각 못 해봤는데요. 저는 1987년이 68혁명과 거의 비슷하다고 생각하고, 실제로 유럽에 갔을 때 68세대들하고 저희하고 굉장히 공통점이 많았어요. 아마 그분들이 저희 스승 세대일 거예요. 유학 간 친구들의 스승님들이었으니까요. 아까 대자보 사건도 얘기했습니다만, 그것이 어떤 시발이 됐겠지만, 20대분들은 386 같은 방식으로 하면 안 돼요. 저희가 4·19 같은 방식으로 하지 않았듯이 여러분은 정말로 고민하고 모여서 책 읽고 공부하면서 여러분들의 고유한 방식을 찾아내서 여러분들과 여러분들의 세대, 그리고 더 나아가서는 우리까지도 구원을 해주셔야 합니다.

사회자 네, 구원해주십시오.(청중 웃음) 네, 마지막 문자 질문입니다. 9217님, "나를 사랑할 수 없을 때는 어떻게 하십니까?"

공지영 나를 사랑할 수 없으면 안 돼요. 나를 사랑하고 용서하고 봐주고 다독여주고 그래야 해요. 저도 나 자신한테 그렇게 해주는 것이 세상에서 가장 중요하다는 것을 알고 나서 삶이 많이 바뀌고 다른 사람들도 너그럽게 사랑할 수 있게 된 것 같아요. 그전에는 일기장에다가 '난 내가 너무 싫어' 이런 말 쓰는 게 멋있는 줄 알고 만날 그런 말 쓰고 그랬는데, 그런 말은 하면 안 되는 것입니다. 나를 사랑할 수 없는 내 자신조차 다독여주고 이해해주는 게 필요해요. 그것은 어떤 순간에도 놓치면 안 돼요. 그걸 놓치면 자기 자신을 미워하는 길로 가게 되고 자해나 자학 혹은 자살로도 이어집니다. 때문에 자기 자신한테 잘 대해주고, 혹시 사랑할 수 없을 때도 '다시 좋아질 거야 라고 생각하고 느긋하게 마음먹었으면 좋겠어요. 원래 우리는 아무리 사랑하는 사람이라도 만날 사랑하지는 못해요.

인간의 판단은 언제라도 틀릴 수 있다

사회자　네. 인터뷰 특강, 오늘은 소설가 공지영 씨와 함께 하고 있습니다. 지금부터는 여러분들의 질문을 직접 받아보겠습니다. 면 대 면으로 여쭤보실 수 있는 기회입니다. 제일 먼저 손드신 분, 네, 여성분께 마이크 전달해주시죠.

청중 2　안녕하세요. 저는 근처에 사는 이민희입니다.(일동 웃음) 제가 고등학교 때 수능을 막 치고 나서 《우리들의 행복한 시간》이 나와서 재미있게 읽었는데요. 주인공을 보면 항상 착하게 살려고 노력하지만 사회적으로 여건이 따르지 않아서 범죄자로 길러진 것 같은데요. 범죄 현장엔 있었지만 적극적인 살인은 저지르지 않은 것 같은 느낌도 받았거든요. 그 책을 읽은 뒤 몇 년이 지나서 든 생각인데, 흉악하고 반성하지도 않고 범죄에 적극적으로 가담한 사람을 주인공으로 설정한 뒤에 생명의 소중함과 사형제 폐지에 대해서 얘기를 했다면 보다 더 설득력이 있었을 것 같아요. 공지영 선생님이 그렇게 주인공을 설정하신 이유가 소설을 쓰기 위해 만난 범죄자 중에서 그런 류의 사람이 많아서인지 아니면 다른 이유가 있는지 궁금합니다.

공지영   그런 질문 많이 받았는데요, 제가 그 소설을 막 쓰고 있을 때 유영철이 처음으로 나타났어요. 그전까지 우리나라에서 나타난 살인 유형이 그렇게까지 현대화되지 않았었죠. 제가 유영철을 소설 마지막에 등장시켰다가 극의 완결 때문에 다시 뺐어요. 그 부분은 더 나중에 제가 해야 할 문제고요. 그런 사이코패스들은 전 세계적으로 일반적인 사형수의 20분의 1도 안 돼요. 대개 사형수의 과거를 추적해보면, 굉장히 공통적으로, 거의 짜고 친다고 할 만큼 공통적인 부분들이 있습니다. 그것을 제가 윤수라는 인물의 삶에 대입했던 거고요.

사실 사형제가 폐지돼야 하는 가장 큰 이유는 오판의 가능성 때문이에요. 사형제가 영국에서 가장 먼저 폐지된 이유로 이런 사례가 있었어요. 한 연쇄살인범을 잡아서 배심원들 전체가 만장일치로 사형을 결정했어요. 그 사람이 죽기 전에 재판장에서 내가 죽인 게 아니고 자기 친구가 죽였다고 얘기를 했는데 받아들여지지 않았어요. 그 사람이 다섯 명을 연쇄 살인한 죄로 6개월 후에 사형에 처해졌죠. 그런데 그 사람이 지목했던 친구가 5년 후에 다시 여덟 명을 추가로 살인한 후에야 지난번 다섯 명도 그가 죽였다는 것이 밝혀졌죠. 하지만 이미 사람은 죽어버리고 없었기 때문에 그 사례로 사형제 폐지가 굉장히 탄력을 받았어요.

사실 저는 김길태 씨가 안 죽였을 수도 있다고 생각해요. 말하자면 아무도 모르는 거라는 거예요. 제가 사형제 폐지를 공부할 때 재미있었던 예가 있어요. 유부남인 경찰관이 내연녀와 여관에 투숙했는데, 아침에 경찰관이 출근을 했더니 내연녀가 사체로 발견되어서 신고가 들어온 거예요. 같이 투숙한 사람을 찾으니 당연히 경찰관이었죠. 신고가 들어온 것을 알고 이 경찰관이 출근부를 조작해요. 7시에 출근을 했는데 내연녀가 6시 반에 죽은 걸 알고는 6시에 출근한 것으로 조작한 거죠. 내연녀를 죽인 것은 아니었지만, 사망 추정 시간이 한 시간 정도 되니까 이를 완벽하게 피해가려 한 거였어요. 하지만 출근부를 조작한 것이 밝혀지고, 이 때문에 진범으로 몰려 사형 선고를 받아요. 담당 검사가 굉장히 많은 자료를 꼼꼼하게 뒤지는 중에 출근부가 조작됐다는 것을 현미경인가 뭔가로 발견했어요. 이건 나중에 검사연수원에 '검사가 이렇게 해서 범인을 잡았다'는 훌륭한 사례로 올라가기도 했어요. 그리고 그 사람은 사형 선고를 받고 복역하고 있었죠.

그런데 어느 날 같은 파출소에서 어떤 좀도둑이 잡혔는데, 이 좀도둑의 몸을 뒤지다보니 그 살인 사건이 났던 여관 열쇠가 하나 나온 거예요. 그때 그 살인 사건에서 여관 열쇠가 없어졌었는데 그냥 묻혔어요. 이 사람이 안 죽였으니까 여관 열쇠도 모르죠. 내연녀가 갖고 있었으니까 자기는 모른다고 한 거죠. 그렇게 흐지부지 넘어가 버렸는데 여관 열쇠가 나온 거예요. 이 장면이 중요한데요. 만약 좀도둑을 취조한 사람이 동료 경찰관이 아니었다면 그 열쇠를 그토록 집요하게 추적했을까 하는 것에 대해 저는 아직도 의문을 갖고 있어요. 자기 동료 경찰관이 바로 그 여관 그 호실에서 살인을 한 죄로 지난 달에 잡혀갔기 때문에 열쇠를 유심히 본 거예요. 그리고 좀도둑을 막 때리고 고문을 했겠죠. 그러니까 이 사람이 불었어요. 희한하게도 이 사람이 우연히 지나가다가 문이 아직 안 닫힌 걸 보고 들어가서 강간을 하려고 했는데 반항하니까 죽이고 금품만 훔쳐서 나온 거예요.

사람 일이 이런 거 같아요. 정황을 봐서는 엄청나게 확실하더라도 인간이기 때문에 행여라도 아닐 수 있는 거예요. 그러므로 이런 가능성들을 언제나 열어두기 위해서는 일단 죽이면 안 돼요. 죽이면 돌이킬 수가 없잖아요. 제가 만났던 모든 사형수들은 거의 정윤수와 유사한 그런 경우였고요. 강호순이나 조두순 같은 사형수들은 제가 아직 인터뷰를 못 해봤는데요. 대부분의 사형수들은 어떤 공통된 과거를 갖고 있어서 안타까운 마음에 형상화했습니다.

청중 3   안녕하세요. 저는 인천에서 온 최경훈이라고 합니다. 강연의 핵심 내용이 '소설은 태생적으로 대중에게 얽매이는 것이다'라고 말씀해주신 거 같은데요. 저는 의문점이 하나 있습니다. 거기서 대중이라 함은 학생이나 어린이들도 포함된다고 생각합니다. 그런데 학생들이 또 책을 안 읽으니까요. 특히 소설은요.

그런데 제가 하루키 소설을 굉장히 좋아하는데요. 하루키 소설은 굉장히 극을 달리는데, 저는 그 소설들이 음란성이 굉장히 뚜렷하다고 생각해요. 그런데 소설은 대중들에게 열려 있는 것이니까, 소설의 본래 성격이니까 어쩔 수 없다면서 아이들에게도 읽히는 건 부적절하다는 생각을 늘 가지고 있었습니다. 작가로서 소설의 음란성에 대해서 어떻게 생각하시는지 여쭤보고 싶습니다.(청중 웃음)

공지영   아주 좋은 질문인 것 같아요. 첫 번째로 전 음란성에 대해서는 별 문제 삼지 않아요. 소설이나 영화나 마찬가지인데 남녀의 성행위 묘사를 19금으로 해야 하는지 잘 모르겠어요. 오히려 잔인하게 사람을 살인하고 고문하는 것을 엄격하게 19금으로 해야 한다고 생각해요.

두 번째로 활자는 인간에게 큰 해를 끼치지 못해요. 솔직히 저는 세상에 나쁜 책은 없다고 생각해요. 영화나 동영상의 음란성이 심각한 이유는 감각을 직접적으로 쏴서 사고가 개입할 여지가 없기 때문이에요. 하지만 활자는 기호거든요, 인간만이 가지는. 말하자면 이성의 필터를 거르지 않고는 문자를 읽을 수가 없어요. 우리가 회로를 빨리 돌려서 글이 감각적으로 직접 들어오는 것 같지만, 사실 문자를 영상으로 바꿀 때는 반드시 이성이라는 필터가 작용하게 되어 있어요. 소설이 아무리 야해도 어떤 사람에게 치명적인 피해를 준 경우는 거의 없어요. 예를 들어, 소아 강간범이 음란 소설을 열심히 읽고 연구했다는 기사를 본 적 있어요?(청중 웃음) 없어요. 아무리 음란 소설만 찾아 읽는 사람도 자기 애인이나 좀 괴롭히는 정도지 그런 사람은 별로 없을 것 같고요.(청중 웃음)

세 번째로 '이야기'라는 것이 가혹한 인생의 진실을 소프트하게 다듬어 예방주사처럼 우리에게 미리 알려주는 것 같아요. 제가 애들한테 옛날이야기 해주다가 소스라치게 놀랄 때가 많았어요. 그 이야기가 몽땅 아동 살해 기도, 유기, 살해, 학대 등으로 점철되어 있어요. 동화를 가만히 생각해보면요, 특히 〈햇님달님〉 이야기. 이건 호랑이가 사람을 그렇게 잔인하게 잡아먹을 수가 없어요. 몸을 한 부위 한 부위씩 먹잖아요. 그리고 나중에 또 쫓아와서 애들까지 잡아먹으려고 하고, 심지어 참기름까지 써서 말이지요. 〈콩쥐팥쥐〉도 마찬가지예요. 〈분홍신〉은 잔인하기가 이루 말할 데가 없고요. 〈미운오리새끼〉는 사람들이 왕따를 어떻게 시키는지 잘 보여주는……(청중 웃음)

그런데 여기서 폭력은 사실 불필요하거든요. 어떤 의미에서 섹스도 죽음도 미움도 인생에서 어쩔 수 없이 겪는 거잖아요. 하지만 폭력은 필요 불가결한 것이라고 생각하지 않기 때문에 엄격히 제한해야 한다고 생각해요.

그리고 음란하다는 것은 20대에 읽을 때나 음란하지 제 나이에는 별로 음란하지도 않아요.(청중 웃음) 또 어떤 의미에서 성생활을 선체험하는 것도 의미가 있죠. 인류의 중요한 생활 중 하나니까요. 오히려 음란성에 대해 너무 예민해하는 게 아닌가 하고요. 저는 열세 살짜리 제 아들이 읽는다고 해도 별로 막고 싶지는 않아요. 왜냐하면 저도 열네 살에 모파상의《여자의 일생》을 읽고 너무 충격을 받아서 며칠 동안 잠도 잘 못 자고 그랬던 기억이 있는데요. 그게 저의 나중 생활에 전혀 해를 주진 않았거든요.

글쓰기를 멈추는 순간 손이 녹슨다

청중 5　　저는 소설가를 꿈꾸고 있습니다. 아시다시피 소설가는 가난한 직업에 속하는데, 제가 부모님과 다른 가족에게 짐이 안 되려면 뭔가 소득이 있어야 되는데 부모님한테 의지하게 되지 않을까 고민입니다.

공지영　　그런데 제 주변에서 소설가가 굶어죽었다는 소리는 아직 못 들었어요.(일동 웃음) 어떻게든 다들 살더라고요. 우리나라 경제 규모가 그렇게 작진 않아서 소설가들이 소설 집필로만 먹고살지는 않아요. 우리끼리 하는 말로는 잡문이라고 하는 여러 가지 글들에 대한 수요가 꽤 있어요. 잘 살지는 못하지만 굶지 않고, 노숙자만큼 못 살지는 않는 것 같으니까 그런 걱정은 하지 마시고요.

오히려 좋은 작품을 쓰는 데 정진하시는 게 좋을 것 같아요. 대개 소설가들이 초기작으로는 자신이 정말 뼈저리게 느꼈던 것들을 쓰는데요, 그런 고민을 더 많이 하시면 될 것 같고, 돈은 아무도 모르는 것이거든요. 그렇다고 제가 생활을 보장해드릴 수 있으니 걱정 말고 쓰시라고 할 수는 없지만, 이런 저런 것들을 미리 예측할 수 없는 것이 또 창작 생활이거든요. 그러니까 그런 것에 대해서는 편안하게 생각하시면서 자기표현을 해보시면 좋을 거 같아요.

청중 6　저는 공지영 씨와 연배가 비슷한 40대 주부입니다. 저도 공지영 씨 소설을 쭉 읽어오면서 항상 부러워했거든요. 다시 태어난다면 소설가가 되고 싶다는 생각도 많이 했고요. 참 좋은 직업이라고 생각해요. 그래서 나이는 많지만 소설가가 되고 싶다는 꿈을 갖고 있어요. 제가 못 하더라도 우리 딸이라도 소설가가 됐으면 좋겠다는 소망이 있어요. 공지영 씨 바로 후배거든요. 굉장히 진부한 질문일지도 모르겠지만요. 처음에 어떻게 소설가의 길로 들어오셨는지, 소설가가 되려면 어떤 자질과 훈련이 필요한지 조금 들려주셨으면 합니다.

공지영　지금 본인이 하셔도 늦지 않은 거 같은데요. 어쨌든 저로서는 나름 고통이 많았던 직업인데, 부러워하시는 분들이 계시니 힘이 납니다. 소설가로서 가장 좋을 때는 소설 쓰는 중간 중간에 놀 때인 것 같아요. 그리고 가장 힘들 때는 써야 할 때.(청중 웃음) 뭐 이건 유명한 얘기고요.

저는 소설가가 되겠다고 생각한 적이 한 번도 없어요, 스물일곱 살 정도까지. 지금 생각하면 소위 팔자인 것 같기도 하고요. 그런데 글은 계속 좋아했고 또 썼었어요. 식구들이나 선생님들이나 제 자신이나 제가 글을 쓸 거라고 예측한 사람은 한 명도 없었어요. 워낙 말괄량이였기 때문에, 제 초등학교 동창들이 동창회에서 저를 두고 내기를 했대요. '걔가 그 공지영이 분명히 아닐 거야' '말도 안 돼' '걔가 어떻게 한 자리에 앉아서 저 긴 소설을 썼단 말이야' 하고 말이죠.

초등학교 3학년 때 학교 전체가 글짓기를 했는데, 하필 주제가 '어머니'였어요. 그런데 제가 전날 엄마한테 엄청 혼났거든요. '잘됐다. 오늘은 수업도 안 하겠다, 엄마 욕이나 쓰자' 하고는 엄마 욕을 있는 대로 다 써놨어요. 그런데 그 후에 전교에서 딱 두 명이 뽑혀서 전국 대회에 나가는데 거기에 제가 포함됐어요. 전국 대회에서는 주제가 '골목길'이었어요. 지금도 그 글이 잊히지가 않아요. 사실 저는 아파트에 살았기 때문에 골목길에 대한 아무런 추억이 없었어요. 그래서 '심사위원들이 원하는 게 뭐겠군' 짐작해서 그야말로 마구 지어내서 소설을 썼어요. 순진한 아이가 바라보는 골목길의 아름다운 풍경 같은 거짓말을 써냈더니 그게 또 뽑혔어요.(청중 웃음) 지금 생각해보면 글짓기하는 전날 엄마한테 혼나지 않았다면 다른 애들이랑 똑같이 '어머님의 은혜는……' 이렇게 썼을 텐데 하필이면 그날 혼난 것도 신기해요.

중학교 때는 혼자 문집을 만들어서 매일 밤 글을 쓰긴 했는데 직업을 가질 거라고는 한 번도 생각해본 적이 없었어요. 그때 생각에도 돈이 안 될 것 같았죠. 선생님이나 공부 열심히 하면 교수, 아니면 기자 등 글과 친한 직업의 언저리는 가겠다고 생각했었죠.《수도원 기행》에도 썼지만, 어느 날 전두환 씨 덕분에 감옥에 갇히고, 정말 거짓말처럼 이만한 용산경찰서 지하 유치장에서 저만 남고 나머지는 다 훈방되는 바람에, 한 겨울 일주일 동안 책도 없이 면벽을 하게 됐는데, 바로 그 순간 소설을 써야겠다고 결심하게 됐어요. 이것이 제가 소설가가 된 계기였습니다. 생각해보면 우습죠.

하지만 의도적으로 소설가가 되려고 한다면 두 가지는 꼭 하셔야해요. 끊임없이 읽고 끊임없이 쓰셔야 해요. 그것은 마치 화가가 되려고 한다면 나뭇가지로라도 땅에 늘 그림을 그리고 있어야 하고, 데생을 하고 있어야 하는 것과 같아요. 저도 이걸 잘 몰랐어요. 제가 7년 동안 글을 못 쓴 적이 있었는데요.《우리들의 행복한 시간》나오기 좀 전이었어요. 글을 다시 써보려고 했는데, 두 문장을 못 만들겠어요. 두 문장을. 쓰고 싶은 내용도 다 있는데 말이 안 나오는 거예요. 그때 알았죠. 글쓰기를 멈추는 순간 손이 녹슨다는 것을요.

김연아 선수도 하루만 연습 안 하면 안 된다잖아요. 마찬가지로 소설 쓰기도 일종의 육체적인 메커니즘이 있기 때문에 매일 매일 작은 메모라도 해야 해요. 제일 좋은 것이 사실 일기 쓰기나 여행기 쓰기예요. 일상의 것을 자세히 스케치해보는 버릇은 굉장히 좋은 습작 방법 중 하나예요. 그것들을 버리지 마세요. 나중에 어떤 묘사를 할 때 그것들이 통째로 필요할 때가 꽤 있어요. 저도 거기서 많이 도움을 받았고요.

또 하나 정말 필요한 자질은 글 쓰는 게 행복해야 해요. 글 쓰는 게 행복하다면 소설가로서의 충분한 소질을 갖고 있는 것입니다.

사회자   (사회자 기침, 청중 웃음) 너무 감동을 받아가지고……(웃음) 오늘 상조 업계 1위 회사인 보람상조가 고객 돈 백 억을 횡령한 것으로 드러났습니다. 우리 사회 1등주의의 그릇된 점은 1등에게는 무한한 권한이 있다고 생각하는 게 아닐까 싶네요.

김용철 변호사가 이런 말을 했죠. "정의가 승리하는 게 아니라 승리하는 것이 정의다." 이런 넋두리 섞인 한탄이 우리 사회의 현실이 아닐까 합니다. 오늘 공지영 선생의 강의를 들으면서, 사회적 책임을 느끼고 분배하고 기여하는 1등이 많아진다면 1등만 기억하는 넋나간 세상은 달라지지 않을까 하는 생각을 해봅니다.

오늘, 삶과 앎에 넓은 지평을 발견하게 해주신 공지영 선생께 큰 박수 부탁드립니다.(청중 박수) 네, 사인을 원하시는 분들이 있을 것 같은데요. 공지영 선생의 책을 가져오신 분들, 환영합니다. 그리고 다음 주 월요일 저녁 7시에 다시 만나겠습니다. 안녕히 돌아가십시오.(청중 박수)

결국,
한가한 사람이
이긴다

―

가난뱅이들이 똘똘 뭉쳐 1등주의에 맞서는 방법

마쓰모토 하지메

2010년 4월 5일 월요일 늦은 7시

마쓰모토 하지메   '가난뱅이의 별' '스트리트 게릴라' 등으로 불린다. 대학 시절 '호세 대학의 궁상스러움을 지키는 모임'을 결성하고 결행한 식당 밥값 20엔인상 반대 데모를 시작으로 '재미없는 것은 데모가 아니다'란 대전제를 지켜나가고 있다. 즐겁게 데모를 해보기 위한 방편으로 구의원 선거에 나가기도 했다. 합법적으로 역 앞 큰길에서 확성기를 틀어놓고 춤추기에 성공하는 등, 비록 낙선했지만 그 파티는 뻑적지근했다. 지금은 재활용 가게를 운영하면서 '자본주의 없이 살아갈 수 있다'는 것을 몸소 보여주고 있다. 〈가난뱅이의 역습〉이라는 책을 통해 국내에 널리 알려졌다.

사회자　안녕하십니까. 제7회 인터뷰 특강, 오늘이 다섯 번째 강의입니다. 오늘도 역시 사회를 맡은 저는 시사평론가 김용민입니다.

　히틀러가 가장 무서워했던 존재가 있었습니다. 좌파였을까요, 연합군이었을까요? 아니면 언젠가 보복할지도 모를 유태인이었을까요? 모두 아니었습니다. 나치의 파시즘을 희롱하는 낙서를 화장실에 적어놓고 도망간 사람들이었습니다. 히틀러는 이들을 가장 무서워했다고 합니다. 심지어 이들 때문에 히틀러가 머리를 싸매고 잤다는 야화도 있습니다.

　지지난 주 모셨던 〈예스맨 프로젝트〉의 앤디 비클바움 씨를 조지 부시 전 미국 대통령은 이렇게 평가했습니다. "그 사람은 쓰레기다." (청중 웃음) 그렇습니다. 독재자와 침략자들은 쓰레기를 두려워합니다. 오늘은 일본에서 건너온 쓰레기를 모셨습니다.(청중 웃음) 오해하진 마십시오. 부시 표현에 쓰레기라는 겁니다. 사실 정확하게는 '똘아이'라는 표현이 더 어울릴 겁니다.(청중 웃음)

　오늘 모실 분은 대학 식당 밥값 인상에 항의해서 데모를 했습니다. 그것도 구우면 악취가 진동하는 꽁치를 굽는 데모를 했습니다. 경찰에 가짜 집회 공고를 내서 헛걸음하게 만들어서 혼을 빼는 데모도 했습니다. 오늘 강의를 해주실 마쓰모토 하지메 씨의 전설과도 같은 일화들입니다. 그런데 한 가지 재밌는 건 앤디 비클바움 씨와 마쓰모토 하지메 씨가 서로 전혀 모른다는 사실입니다. 그렇습니다. 세계 도처에서 유쾌·통쾌·상쾌한 반란이 시작되었습니다. 서로 약속한 것도 아닌데 말이죠. 우리 시대에 저항이라는 단어는 이미 박물관에서나 하는 말이 되어버린 것 같다고 합니다. 더 이상 저항이 필요 없는 시대가 된 걸까요. 가난뱅이의 유쾌한 대역습, 그 승전보를 안고 오신 분입니다. 마쓰모토 하지메 씨를 박수로 모시겠습니다.(청중 박수)

사회자　오늘 통역은 한겨레신문사 해외 전문위원인 황자혜 선생님이 해주시겠습니다. 귀한 시간 잘 부탁드리겠습니다.(청중 박수) 네, 한국에 오신 걸 환영합니다.

하지메　네, 네.

사회자　하지메 씨에게 한국은 어떤 나라인가요?

하지메　너무 가깝고 굉장히 닮아서 외국에 왔다는 느낌이 안 듭니다.

사회자　한국에서는 이명박 대통령 때문에 대한민국 민주주의가 크게 후퇴하고 있다는 평가가 많은데요. 우리나라 시국 상황에 대해서 아는 바가 있으신지요?

하지메　아주 자세히는 모르지만 대체적으로 잘 듣고 있습니다.

무지 안 좋은 인간이라고 듣고 있습니다.(청중 웃음)

사회자　알겠습니다. 하나씩 여쭤보겠습니다. 지난 토요일에 저와 따로 만나셨잖아요. 그때 한국 경찰이 네 명이 모여 하는 촛불집회에 달라붙어 '후' 하고 촛불을 불어 끄던 사진을 보시고 박장대소하셨죠. 한국 정부가 시위에 대해서 상당히 알레르기 반응을 보이고 있는데, 어떻게 보십니까?

하지메　경찰이 촛불 하나를 끄려고 굉장히 진지하게 구는 모습을 보고 놀랐고요. 경찰 하면 강한 권력을 가진 사람들인데 굳이 그럴 필요가 있나 생각이 들었습니다. 일본에서도 사람들이 역 앞에 모여 일본 난방 기구인 코타츠를 놓고 술을 마시거나 정부를 비판하는 슬로건을 써서 걸어두곤 하는데요. 그때마다 경찰들이 상당히 신경을 쓰고 긴장합니다. "여기서 왜 술을 마시냐. 코타츠 놓고 뭐하는 거냐" 하는데요. 정부를 비판하는 슬로건으로 불만을 표시하기 때문에 굉장히 화를 내는 것 같습니다. 저희들은 사실 별 거 아닌 것을 한다고 생각하는데, 그리고 제삼자들도 그 정도는 괜찮지 않나 하는데, 경찰은 굉장히 신경 쓰는 것을 보면, 일본과 한국이 비슷한 것 같습니다.

사회자　우리 이명박 정부는 정부를 귀찮게 하는 사람이라면 지건 이기건 상관하지 않고 끝까지 법정에 세우는 유치한 복수극을 벌이고 있습니다. 하지메 씨의《가난뱅이의 역습》처럼 그렇게 권력자에게 역습을 가하시면서 형사상 민사상 소송에 휘말린 적은 없으신지요.

하지메　제 행동 때문에 재판장에 서거나 소송에 휘말린 적은 없고요. 대학 시절에 했던 행동 때문에 구치소에 들어간 적은 한 번 있습니다.

사회자　시위 때문에 들어가신 건 아니고요?

하지메　재판까지 간 적은 없습니다만 잡히기는 엄청 잡혔고요.(청중 웃음) 3일 동안 들어가 있었던 적은 있습니다.

사회자　한국, 일본, 미국의 차이가 극심하네요. 사실 일본은 우익 정당인 자민당이 반세기 동안 집권하지 않았습니까? 다른 나라 사람들은 그 기간 동안에 시위 문화라는 것이 있었나 하는 생각을 하는 경우가 많은데요. 사회 문제에 관심을 갖고 권력에 저항하도록 교육받으신 적 있으신가요?

하지메　물론 전혀 없습니다. 저희 부모님 세대가 학생 운동 세대입니다. 부모님께서 하신 것들에 대해서 듣거나 본 적은 있지만 그런 것들을 직접 배우거나 선배들에게 배웠던 적은 없었습니다.

사회자　방금 영상을 통해 가난뱅이의 역습 즉, 수많은 투쟁상을 봤는데요. 이런 역습을 통해 얻은 성과가 있었습니까? 사회가 변화되었다든지 하는 결과물이 있었는지 궁금합니다.

하지메   여러 가지 방법으로 역습을 하다 보면 "나도 그거 하고 싶었어" 또는 "그거 하려고 했어"라는 반응들이 나옵니다. 특별한 결과물을 바라기보다는 모든 것이 다 정해진, 선택지가 별로 없는, 삶의 스타일이 정해져 있는 상황에서도 다른 것이 있다는 것을 인식하는 사람들이 많아지는 것이 성과라고 생각합니다.

1등주의는 모든 사람이 패배자가 되는 시스템

사회자   네, 오늘 주제가 '1등만 기억하는 더러운 세상'입니다. 일본은 어떻습니까?

하지메   일본도 한국과 마찬가지로 1등주의가 만연해 있습니다. 일본도 이기지 않으면 안 되는, 경쟁을 굉장히 강요하는 사회인데요, 그래서 도태되면 굉장히 힘들어지는 사회입니다.

사회자   알겠습니다. 지금부터 선거를 빙자한 시위, 시위를 빙자한 식사, 식사를 빙자한 놀이 등 마쓰모토 하지메 씨가 해온 전설 같은 저항에 대해 강의를 시작하겠습니다. 이를 통해 그 의미와 철학을 구체적으로 확인해보시기 바랍니다.
　　강의 중에 궁금한 점이 있으시면 제 휴대전화로 보내주시기 바랍니다. 단, 한두 마디로 답할 수 있는 질문이었으면 합니다. 20원의 이용료는 KT가 전부 가져가겠습니다.(청중 웃음) 자, 그러면 지금부터 강의를 함께하시겠습니다. 박수로 시작하겠습니다.(청중 박수)

하지메　안녕하십니까. 저는 작년부터 한국에 MB라는 아주 나쁜 분이 계셔서, 굉장히 답답하고 억압받는 부자연스러운 사회가 되었다는 이야기를 들어왔습니다. 그런 나쁜 인간이(청중 웃음) 걸어다니는 걸 발견하면 어떻게든 잡아서 처리를 할 텐데, 아무리 찾아봐도 제 눈에는 안 띄었습니다.(청중 웃음)

일본에도 그런 나쁜 사람들이 있습니다. 그런데 작년에 선거로 집권당이 자민당에서 민주당으로 바뀌었습니다. 일단 민주당은 자민당을 반대하면서 등장했기 때문에 이미지가 좀 좋지만 자세히 살펴보면 자민당 출신도 많고 차이점이 별로 없습니다. 그래서 저 같은 가난뱅이 입장에서는 크게 달라진 게 없습니다. 어쨌든 돈 더 잘 벌고 경제를 발전시키자, 이겁니다. MB 정권이나 일본 정치권이나 마찬가지입니다.

일본 사회는 부자가 될 수 있느냐 없느냐를 굉장히 중요시하는데요, 이것은 대학에서도 마찬가지고 평범한 일상생활에서도 잘 드러납니다. 사람들의 생각이나 여유는 별로 중요하지 않은 것이라며 배제하고 있습니다. 모두가 경쟁 사회의 가치관과 사고에 길들여져 이기지 않으면 안 된다는 강박관념을 갖고 있습니다. 반대로 지면 끝장이라는 사고가 몸에 배게 되죠.

결론만 말씀드리자면 저는 우리 사회가 모두를 패자로 만들어내는 거라고 생각합니다. 이기고 진다는 걸 구분 짓는 게 뭘까요? 만약 일을 평생 안 하더라도 수입이 들어오는 사람이 있다면 그는 승자일까요? 대기업 사원이 돈을 많이 번다고 칩시다. 하지만 일을 그만두면 끝입니다. 그리고 일을 그만두기 전까지는 엄청나게 긴 업무 시간에 시달려야 합니다. 한마디로 열심히 열나게 일만 해야 합니다.

또 여가 시간에는 자기 위치를 지키기 위해서 영어나 컴퓨터를 공부해야 합니다. 노력하지 않으면 자기 위치를 지킬 수 없는 생활을 해야 하고 또 그런 생활을 강요받습니다. 과연 이 사람은 승자일까요?

저는 거의 모든 사람들이 가난뱅이라고 생각합니다. 그런 의미에서 삶의 내용 속에서 하고 싶은 것을 하는 삶이 승리하는 삶이라고 생각합니다. 그리고 전체 사회 안에서 대부분이 패자고 극히 소수만이 승자라면, 그 틀에서 내려와 이제는 다른 삶을 살아보자고 말하고 싶습니다.

돈 안 쓰고도 즐거운 인생 만들기

지금부터 하는 이야기는 제 소개밖에 되지 않겠지만 일단 해보겠습니다. 저는 도쿄 고엔지에서 재활용 가게를 하고 있습니다. 제 친구는 주변에서 카페를 하고 있고요. 그 외에 술 가게, 헌옷 가게, 다목적 이벤트홀 등이 있습니다. 그렇게 다양한 일을 하고 있습니다. 다른 분에 비해서 직업이 자주 바뀌는 것인지는 몰라도 어쨌든 제가 하고 싶은 것은 가난뱅이의 아지트를 만드는 것입니다. 또 신주쿠나 시부야 거리에서 게릴라 집회를 열기도 합니다. 코타츠나 테이블을 놓고 술 먹고 생선을 굽습니다. 아저씨 한 분이 지나가시면 "아저씨, 술 한 잔 하고 가세요" 하고 부릅니다. 그렇게 커다란 술판이 벌어지는데요. 굉장히 강렬한 가난뱅이 군단을 만들고 있습니다. 이런 가난뱅이 지인들이 많아져 네트워크가 만들어지곤 있지만, 본거지가 없다면 가끔 모여 노는 정도가 될 것이고 차츰 흩어질 것입니다.

제가 노상에서 사람들을 만나는 이유가 바로 이것입니다. 장소, 즉 본거지가 아주 중요하다는 생각을 했기 때문이었지요. 그래서 가게도 운영하고, 거점으로서의 가게 말입니다, 이런 일을 하면서 보통 생활을 한다는 것이 쉽진 않지만 저는 이런 방식으로 살아가고 있습니다. 그리고 이렇게 살아가면 주변에 사람들이 많이 생겨납니다. 많은 사람들과 함께 생활을 해나가다 보니 수입은 적지만 돈을 안 쓰면서 사는 것이 보다 쉬워집니다. 거점, 즉 장소를 확보하니까 아는 사람들이 모이게 됩니다.

가끔 지나가는 사람들이 제 가게를 부럽게 쳐다보는데요. 이런 말을 해준 샐러리맨도 있었습니다. "당신 가게를 보면서 너무 부러워서 '나도 그냥 확 일을 때려쳐' 하고 생각하다가 진짜 때려치고 가게 하나를 차렸습니다." 제 가게가 유명한 역 근처라서 출근길에 사람들이 많이 지나갑니다. 제가 바라는 동네상은 제 가게 주변에 술 취해서 너부러진 사람들이 있고 돈도 안 되는 레게 음악 하는 사람들이 있는, 좀처럼 정의내릴 수 없는 좀 막된 것 같은 동네입니다. 저희 동네에 점집도 하나 있는데, 점에 대해서는 전혀 알지도 못하는 어떤 사람이 '야, 저거 재밌겠는데, 나도 점집이나 해볼까' 하면서 진짜 점집을 차리기도 했습니다.(청중 웃음)

저 때문만은 아니겠지만 지금 고엔지에는 할 일 없는 사람들이 점점 늘어가고 있습니다.(청중 웃음) 그리고 한가해 보이는 사람이 늘어가고 있습니다. 바빠서 어쩔 줄 모르고, 안절부절못하는 사람들이 조금씩 없어지는 고엔지의 모습을 느낄 수 있습니다. 요즘 세상은 굉장히 부자연스럽고 억압이 많아져서, 이것도 안 돼, 저것도 안 돼, 여기서 담배 피우면 안 돼, 이런 음악은 안 돼, 이런 식으로 안 돼 하

돈 많이 버는 대기업 사원이라고 칩시다. 하지만 일을
그만두면 그걸로 끝입니다. 또 일을 그만두기 전까지
는 엄청나게 긴 업무 시간에 시달려야 합니다. 여가
시간에는 자리를 지키기 위해 영어나 컴퓨터 같은 걸
공부해야 합니다. 과연 이 사람은 승자일까요?

는 게 너무 많아졌습니다. 일까지도 아주 열심히 해야만 합니다.

그런 와중에 그렇게 사는 게 싫다고 데모하고 파업하는 것도 여러 가지 모습 중 하나라고 생각합니다. 저는 돈 많이 벌고 굉장히 잘나가는 사람들에게 세상에 도움이 안 될 것 같은, 할 일 없이 돌아다니는 사람들이 이렇게 많다는 걸 보여주는 것도 대단히 재밌는 일이라고 생각합니다. 저는 성실하게 일하는 것도 중요하지만, 여유라고 할까요, 할 일이 없다는 것도 중요하다고 생각합니다. 물건으로 비유하자면 쓸모없는 물건도 중요하다고 생각합니다.

고대에 돌 나르면서 엄청나게 노동하는 사람이 철학자가 가만히 앉아 생각만 하는 것을 보고 '저거 웃긴 놈 아니야' 라고 생각할 수 있었겠죠. 생각해보면 고대의 천문학자들도 굉장히 한가한 사람들이었다고 생각합니다. 만날 별만 보는, 한가하고 또 한가한 사람이 천문학자였다고 생각합니다.

뭔가를 발견해내는 사람, 문화를 만들어내는 사람, 음악을 창조해내는 사람은 앞서 말한 여유가 있는 사람입니다. 여기서 여유는 돈 있는 여유가 아니라 아주 한가한 것을 말합니다. 그렇게 할 일이 없는 사람들이 쓸모없는 곳에서 무언가를 만들어낸다고 생각합니다.

저는 세상이 풍부해지는 것만큼 오히려 더 빈궁해지고 있다고 생각합니다. 기술과 경제가 발전하면서 일의 양이 늘어나고 세상이 부자연스러워지는 이유가 뭘까요. 문화 또한 돈 드는 문화만 만들어내고 있다고 생각합니다. 그래서 저는 돈이 안 드는 어떤 문화를 만들어보는 게 좋겠다는 생각에서 재활용 가게를 하고 있고요. 또 대형 가게에서 물건을 사서 그 수입이 대기업으로 들어가는 방식이 아니라, 지역 사회 안에서 서로 도와서 물건과 이익이 돌아가는 흐름을 생각해봤습니다. 그렇게 돈의 흐름을 바꾸고 결과적으로 나쁜 놈한테 돈 안 가게 하기 위해 재활용 가게를 하고 있습니다.

소동을 피우자, 잘못된 상식에 불만을 터트리자

제가 하는 데모나 선거판을 이용한 소동 피우기는, 아주 이상하고 잘못된 가치관과 그런 가치관을 강요하는 세상에 대해 불만을 표현하는 것입니다. "이거 농담 아니거든, 이거 진짜 불만이거든, 진짜 싫거든"이란 표현을 하는 것입니다. 또 사람들이 볼 수 있는 곳에 이런 불만들을 토로해내는 것이 제가 하는 일이고요. 그리고 제가 하는 데모는 대부분 놀이와 일치합니다. 음악하는 친구, 연극하는 친구들이 모여 여러 가지가 마구 뒤섞인 굉장히 재밌는 방식으로 불만을 표현하는 겁니다. 그렇게 우리가 있다는 것을 보여주는 겁니다.

　우리 사회의 가장 큰 문제는 자기 멋대로 상식을 만들어내는 것이라고 생각합니다. 제가 동네나 길거리나 지역에서 엄청난 소동을 피우면, 주변에서는 "여기서 이런 거 하면 되느냐"라는 반응도 나오지만 "미처 생각하지 못했다"는 반응도 나옵니다. 저는 이런 가치관과 상식에 대한 혼란을 만들어내는 게 중요하다고 생각합니다. 아까 비디오로 보셨겠습니다만, 제가 선거 때 음악 이벤트나 라이브 공연 많이 했잖아요. 그러다 보면 자연스럽게 몸도 서로 비비게 되고 싸우고 뒤섞이게 되는데요. 바로 역 개찰구 앞에서 몇 백 명이 그런 소동을 벌입니다. 샐러리맨도 섞여서 놀게 됩니다. 그러면 '역 앞에서는 이런 거 하면 안 돼, 역 앞은 굉장히 조용히 해야 돼'라는 상식을 뒤집어볼 수 있습니다. 비록 일시적일지라도 상식을 한 번 뒤엎어보는 것이 제 의도였습니다. 일시적으로 뒤엎어보고 계속 쌓아나가는 것, 많이 해보는 것이 매우 중요합니다.

제가 이런 방식으로 운동을 해보기로 한 것은 대학 때였습니다. 제가 대학에 입학할 당시에는 학생운동도 조금 남아 있었고요. 여러 가지가 혼재하고 있는 굉장히 혼란스러운 시기였습니다. 고등학교 때야 운동이라는 것을 알았겠습니까? 세상에 대항하면 진다고만 생각했습니다. 그런데 대학에서는 여러 반란들이 일어나고, 학생과 교직원이 대립합니다. 그때 '어, 이거 되는 거야? 이거 바꿀 수 있고, 뒤집을 수 있는 거야?' 하는 생각이 들면서 굉장히 충격을 받았습니다. 그리고 그것이 제가 활동하는 계기가 되었습니다. 그래서 운동권에 얼굴을 내밀어봤는데 너무 구식이고 재미가 없다는 생각이 들었습니다. 저와는 조금 감이 달랐습니다. 강요하는 부분들도 없지 않았고요.

그때 노숙 동호회에도 들어갔었는데요. 그곳이 어떤 곳이냐 하면, 정말 웃기지도 않는 곳입니다. 영하 몇 도까지 노숙이 가능한지(청중 웃음) 연속 며칠까지 노숙이 가능한지 체험해보는 정말 말도 안 되는 동호회였습니다. 캠프나 합숙도 했었는데 '현지 집합, 현지 해산'도 있었습니다. '후지산 현지 집합, 현지 해산' 같은 게 있었고, 서울에서도 해봤습니다. 심지어 천안문 광장에서도 해봤습니다.

저는 일본의 가치관이 다른 나라에서는 전혀 통하지 않는다는 사실에 굉장히 놀랐습니다. 외국에 자주 나가는 사람들은 놀라지 않았겠지만, 대학에 와서야 처음으로 외국에 나가본 저로서는 일본의 가치관이 통하지 않는 곳이 있다는 사실에 놀랄 수밖에 없었지요. 중국에 갔을 때였습니다. 부딪쳐도 사과도 안 하지, 거스름돈은 던져 주지, '어, 이래도 되는 거야?' 하다가 '이럴 수도 있구나' 하는 생각을 하게 되었습니다.(청중 웃음)

한 가지 에피소드를 더 말씀드리자면, 중국인들은 음식 쓰레기를 기차 안에 그대로 버리더라고요. 쓰레기더미가 계속 쌓이는 걸 보면서 더럽다고 생각할 즈음에 승무원이 쓰레기를 양동이에 차근차근 담는 겁니다. '깨끗하게 치우는구나' 하고 있는데 승무원이 창문 쪽으로 가서는 창문 밖으로 그 쓰레기를 전부 버리더군요.(청중 웃음) 그것은 좋다 나쁘다를 떠나 문화가 다른 것이지요. 중국인들은 그걸 보고 '기차가 깨끗해졌다'고 느꼈을 것이고, 저는 '일본의 가치관이 모든 곳에서 통하는 게 아니구나'라고 느꼈습니다.

결국 일본이든 한국이든 중국이든 자국의 상식이 세계의 상식은 아니라는 것이죠. 내가 태어나고 자라고 길들여진 문화가 전부가 아닐 수도 있구나, 내가 믿고 있는 상식이 거짓일 수도 있구나, 하고 생각하게 되었습니다. 물론 살인이나 강도처럼 해서는 안 되는 행동이 있다고 생각합니다. 인간의 정도에서 벗어나는, 사람으로 해서는 안 되는 일은 분명히 있습니다. 그러나 자신이 생각해서 선택할 수 있는 영역이 따로 있다고 생각합니다.

외국에서 생활해본 뒤에 제가 다니는 호세 대학에 돌아와 일본 문화를 보니 이런 가치관을 누가 마음대로 정했을까 하는 생각이 들었습니다. 좋은 데 취직해서 월급 많이 받고 좋은 집 사서 좋은 차 굴리는 게 과연 좋은 삶일까요? 하지만 그런 삶이 좋은 거라고 정해버리면 좋은 대학을 가기 위해 노력해야 하고, 그러려면 좋은 고등학교를 가기 위해 노력해야 하고, 이런 식으로 모든 게 정해져버리는 겁니다.

저는 이렇게 말하고 싶습니다. 그렇게 계속 하다 보면 좋은 요양
시설에서 노후를 보내는 게 좋은 것인가, 그래서 좋은 무덤에 들어
가면 좋은 것인가, 그럼 우리는 왜 태어난 거야, 하는 데 생각이 미
치게 된 겁니다. 우리 삶에서 최고의 적은 바로 이러한 결정된 가치
관이나 사고라고 생각합니다. 이런 삶의 방식이 일반 상식인 것처
럼, 마치 죽기 위해서 사는 게 좋은 것처럼 생각하는 것이 문제라고
생각합니다.

숨어 있는 '틈' 찾아내기

저는 우리 삶 속에 자기 맘대로 하고 싶은 것을 할 만한 틈들이 많이
있다고 생각합니다. 여러분들도 아시겠지만 저는 호세대에서 궁상
스러움을 지키는 모임을 만들었어요. 가난에 절어 있는 가난뱅이들
의 모임입니다. 그리고 대학 식당에서 음식 값을 20엔 올리는 것을
막기 위해 식당에 난입해 소동을 일으켰습니다. 결국은 20엔 인상을
막아냈습니다. 나베 투쟁, 즉 냄비 투쟁이라는 이름으로 책에 소개
되었습니다. 또 강의에 문제가 많은 나쁜 교수의 교실에 들어가 학
생들에게 삐라를 뿌렸습니다.(청중 웃음) 그리고 수업 시작 전에 학
생들이 만취하도록 술을 먹였습니다.(청중 웃음)

아무튼 제가 하는 일은 거점 즉 장소를 혼란스럽게 만드는 것입니
다. 냄비 투쟁부터 재활용 가게를 하는 것까지 저는 제가 있는 장소
에서 바보 군단들이 모여서 생활할 수 있는 공간을 만들었다고 생각

합니다. 앞으로 이런 공간은 더욱 확대될 거예요. 그 일은 저 혼자 하는 것이 아니라 저와 함께하는 사람들을 만들어내서 함께 해나갈 겁니다. 오사카, 교토, 삿포로, 후쿠오카에서 자기가 하고 싶은 것을 마구 해대는, 그리고 해대려고 하는 사람들이 늘어나고 있습니다. 그래서 지금 일본에서는 부자유스럽고 억압받는 삶도 진행되고 있지만, 한편으로는 저 같은 사람들이 즐겁게 즐기며 살 수 있는 삶도 발전하고 있다고 생각합니다.

어떤 분들은 "그래, 너 하는 거 알겠어. 알겠는데 그걸 진짜로 어떻게 해?"라고 묻고 싶을 겁니다. 그 질문에 대한 답은 이미 나와 있습니다. "자유롭게 하면 돼"입니다. 그러면 "그건 너나 가능하지, 우리가 되겠어?"라고 물을 수도 있습니다. 그래서 제가 이런 활동을 맨 처음 어떻게 하게 됐는지를 말하려고 합니다. 저는 부자유와 억압이 강해지는 사회 속에서 가난뱅이인 우리들이 반드시 지키거나 우리에게 반드시 필요한 것은 직접적인 커뮤니케이션이라고 생각합니다. 또 직접적인 커뮤니케이션이 가능한 상대를 만들어내는 것이라고 생각합니다. 저는 이런 사회 속에서 살아갈 때 가장 문제가 되는 것이 친구가 없다는 것이라고 생각합니다. 예를 들어, 아는 사람이 부모님과 직장 동료 그리고 어릴 적 친구밖에 없는 것은 상당히 위험하다고 생각합니다. 혼자는 언제든 당할 수 있기 때문입니다.

그래서 제가 초기에 했던 작전을 소개해드리고자 합니다. 저는 도쿄라는 대도시에서 제 전화번호를 엄청 크게 썼습니다. 그리고 그 밑에 "부자 덤벼"라고 썼습니다.(청중 웃음) 그리고 그런 삐라를 열나게 뿌렸습니다. 빌딩 옥상에 올라가서 뿌리고 서점에 가서 베스트셀러 코너에 있는 책 사이에 끼워넣었습니다.(청중 웃음) 그리고 설마 이런 데까지 삐라가 있을까 할 만한 곳, 이를테면 자판기에도 삐라를 넣었습니다.

전화번호가 적힌 삐라를 뿌렸으니 연락이 오지 않겠습니까? 연락을 기다리면서 역 앞에서 캔 맥주를 하나 따서 마셨습니다. 그러자 전화가 왔습니다. "도대체 이건 뭐냐" 하는 사람도 있었고 "나도 그렇게 생각한다" 하는 사람도 있었고 "우리 술 한잔합시다" 하는 사람도 있었습니다. 그렇게 만나서 편의점에서 맥주를 사와서 이야기를 나눴습니다. 그런데 재미있는 건 그 사람이 동네 사람인 겁니다. 그러면 또 그 사람이 아는 동네 사람이 꼭 한 명은 있습니다. 그러면 또 "재미있는 사람과 술 마시고 있으니까 나와라" 하고 이래 저래 하면 열 명 정도가 모이는 경우가 많았습니다. 물론 지역마다 다르겠지만요.

사실 앞서 이야기한 건 장난이 좀 섞여 있는 거였고요. 본심이 들어간 제 전략을 하나 말씀드리겠습니다. 이것은 한국에서 배운 겁니다. 한국 전철에는 물건 팔거나 연설하는 사람들이 있더라고요. 그걸 보고 '야, 이거 죽이는데' 했습니다.(청중 웃음) 그런 사람들을 잡아가지 않더라고요. 일본에서는 그 순간 체포되거든요. 그것을 일본에서 꼭 써먹어봐야겠다고 생각했습니다. 어쨌든 전철이 달리고 있을 때는 문 밖으로 내쫓을 수가 없으니까요.(청중 웃음) 그동안에는 연설을 들을 수밖에 없지 않겠습니까.

제가 일본에서 어떻게 했냐면, 출근 시간에, 사람들이 너무 많아 옴짝달싹도 못하는 러시아워에 "가난뱅이는 일어날 수밖에 없어. 소동을 피울 수밖에 없어. 우리는 난리를 쳐야 해"라고 쓴 전단지를 광고판에 껴넣었습니다. 워낙 만원 전철이니까 역무원도 손을 댈 수가 없었습니다. 할 수 없이 출근 시간에 전철 탄 사람들은 모두 그걸 봐야 합니다.(청중 웃음) 선전 효과 죽여줍니다. 그렇게 문제를 일으키니까 경찰에서도 전화가 왔습니다. "너 이게 뭐냐. 도대체 어떻게 할거냐. 너 잡아갈 거다"하며 전화가 옵니다. 그때는 이런 방법이 있습니다. "사실은요, 제가 이지메를 당하고 있습니다. 저를 좀 도와주세요."(청중 웃음) 이렇게 계속 말하면 그들도 어쩔 수 없이 포기하고 맙니다.

이미 곳곳에서 반란은 시작되고 있다

이런 식으로 게릴라전을 계속하면 역 앞에서 만나는 친구들이 점점 많아집니다. 그러면 만나는 걸로 끝나는 게 아니라 각종 정보가 들어옵니다. "저 가게 되게 좋아. 저 가게 아저씨 끝내줘" "저쪽 골목길 돌아가면 죽이는 잡화점 있어" 같은 이야기에서 시작해서 사회에 대한 불만까지 나오게 됩니다. 그러다 보면 문제의식이 있는 친구를 소개받게 되고 동네 네트워크가 확대됩니다. 또 그 네트워크 안에 있는 어떤 사람이 어떤 장소를 가지고 있으면, 나중에 이벤트를 할 때 장소도 제공해줍니다. 지금 제가 살고 있는 재활용 가게도 그렇게 해서 만들어졌습니다. 고엔지에서 전단지를 뿌리며 알게 된 친구가 "저쪽에 가게 하나 비었는데 월세도 굉장히 싸대. 누가 할래?"하기에 "그럼 내가 하지"했던 겁니다. 물론 재활용 가게까지 하게 된 것은 우연이었다고 생각합니다.

지역에서 일을 하다 보면 정말 다양한 사람들을 만나게 되는데요,

저는 젊은이들끼리만 이런 네트워크를 만들 수 있다고 생각하지 않습니다. 지역 친구들을 계속 확대해가면 그 속에 아저씨나 아줌마도 들어갈 수 있다고 생각합니다. 관계는 얼마든지 넓어질 수 있고 네트워크가 많이 만들어질수록 할 일은 더욱 많아진다고 생각합니다. 이러한 관계는 직장 상사나 직장 동료와의 관계도 아니고, 부모나 친족과의 관계도 아니고, 상당히 자유로운 관계입니다. 모든 활동에서 가장 기본이 되는 것이 이런 자유로운 관계라고 생각합니다.

만약 여기서 "그렇게까지 하기가 얼마나 힘든 줄 아느냐"라고 물으신다면 이런 말씀을 드리고 싶습니다. 직장이든 다른 일이든 무언가를 하고 있는데 그것을 그만두고 새로운 것을 시작하려면 정말 용기가 필요하죠. 그렇다면 하던 일을 모두 그만두지 않으면서 할 수 있는 것은 없을까요? 최근에 있었던 실화 하나를 말씀드리겠습니다.

어떤 시골 동네에 평범한 샐러리맨이 살았어요. 자기 삶이 자유롭지 못하고 억압받는 것은 싫은데, 일을 그만둘 수는 없었어요. 그래서 비슷한 친구 두 명을 모아 셋이서 한 달에 1만 엔씩 모았습니다. 모두 합치면 3만 엔인데 그 정도면 도심지에서는 힘들어도 시골에서는 가게 하나를 빌릴 수 있습니다. 세 친구는 피자집 겸 바를 냈습니다. 평일엔 직장 일이 끝나는 대로 달려가 가게에서 일하고 주말엔 가게에서 놀았습니다. 가게 수입이 전혀 없어도 각자 월급에서 1만 엔씩 모았기에 걱정은 없었습니다. 그러다 차츰 손님이 생기고 손님이 계속 늘다 보니 직장을 그만두고 아예 그곳에서 일하면서 용돈을 벌었습니다. 그렇게 거점을 만든 경우도 있습니다. 그리고 그곳에서 또 다른 네트워크들이 만들어졌습니다. 저는 이것을 보고 '죽이는데! 그렇게 간단하게 할 수도 있구나!' 하고 느꼈습니다.

외국에는 보다 다양한 방식들이 있었습니다. 이를테면 빌딩 하나가 비어 있습니다. 젊은 가난뱅이들이 거기에 들어가 자기 하고 싶은 걸 합니다. 라이브 하우스를 만드는 사람, 바를 만드는 사람, 극장을 만드는 사람 등. 난리를 피울 즈음 빌딩 주인이 나타나서 화를 내기 시작합니다. 그러면 짐 싸서 다른 곳으로 이동합니다. 이런 식으로 일을 벌이는 젊은 가난뱅이 무리들이 있습니다. 출세를 지향해서 그러는 것이 아니라, 가난뱅이들의 거점을 만들어낸 것입니다. 심지어 이런 거점들의 정보를 적어놓은 노트 크기의 프리페이퍼도 있습니다. 그걸 보면 누가 어디서 뭘 하고 있는지 다 나옵니다. 심지어 오늘 무슨 이벤트가 있고, 거기 가면 식사까지 나온다,(청중 웃음) 하는 것까지 나옵니다. 한 장소에서 모든 걸 해결할 수 있는 곳들이 많습니다.

놀라운 것은 중국에도 이런 일들이 있다는 사실입니다. 중국 역시 지금도 억압이 많아 일하지 않으면 안 되는 분위기인데 거기에 경쟁까지 강화되고 있습니다. 근데 거기에 불만을 가지고 "웃기지 마. 우린 그런 거 싫어해"라고 표현하는 젊은 친구들이 있습니다. 이런 친구들은 주로 음악하는 친구들인데, 단독 주택 같은 장소를 공동으로 빌려 거기서 음악도 하고 다른 하고 싶은 것도 합니다. 사람들이 들어와 "도대체 당신들 뭐하는 거냐" 하면 "저희는 음악하는 바보들이에요" 합니다. 계속 그렇게 하는 젊은 친구들도 있고 그런 장소를 만들어내는 친구들도 있습니다. 저희들은 그 친구들과 연계해 네트워크를 이루고 있습니다.

그리고 제 친구 하나가 한국에 와서 본 건데요. 동교동 삼거리에 하이마트에서 돌아가다 보면 재개발 지역이 나오는데, '두리반'이라는 옛날 칼국수집 하나만 남아 있었습니다. 그 가게 주변에도 저희와 비슷한 젊은이들이 모여 라이브 연주를 하면서 그곳을 지켜내려는 모습을 봤습니다. 이런 게 한국에도 있구나, 생각했습니다. 문래동에서도 많은 아티스트들이 백 개도 넘는 장소에서 많은 것을 하는 걸 봤습니다. 나라는 다르지만 재밌는 것들을 찾아서 하는 젊은이들은 똑같이 있구나, 느낄 수 있었습니다.

이런 사례를 들자면 끝이 없을 것 같고요. 정리를 하자면, 어쨌든 우리 사회 안에는 엄청난 다양한 틈들이 있다는 것입니다. 그 틈을 활용하는 게 중요합니다. 장소만 해도 그렇습니다. 전단지를 뿌리는 장소를 물색하다 보면 '여기서 뿌리면 효과 진짜 죽이겠다' 하는 곳이 있을 겁니다. 그런 거리와 동네를 찾고 거기서 재미를 찾는 것이 가능하다고 생각합니다. 저는 그런 틈들을 찾아내는 것, 또 그렇게 해보려는 의식이야말로 모든 것의 시작이라고 생각합니다.

지금까지 저는 한가한 것, 쓸모없어진 것, 도대체 뭘 하고 있는 건지 모를 존재들이 모여서 하는 일을 설명했습니다. 저는 이들이 함께할 수밖에 없다고 생각합니다. 부자는 기본적으로 바쁜 사람들 아니겠습니까? 경쟁할 수밖에 없는 존재들입니다. 하지만 저희 같은 가난뱅이들은 아주 한가합니다. 바쁜 사람이 이기겠습니까, 한가한 사람이 이기겠습니까? 저는 한가한 사람이 무언가를 만들어낼 수 있고, 또 절대적으로 이기게 되어 있다고 생각합니다. 그러므로 이 싸움은 한가한 우리들이 이길 수밖에 없는, 그렇게 이미 결정된 싸움이라고 생각합니다. 그러므로 싸울 수밖에 없고요. 여러분, 여유 있고 한가한 사람끼리 잘해봅시다.(청중 박수)

부자는 기본적으로 바쁜 사람들 아닙니까? 경쟁할 수
밖에 없는 존재들입니다. 하지만 가난뱅이들은 아주
한가합니다. 함께할 수밖에 없는 존재들이고요. 바쁜
사람이 이기겠습니까, 한가한 사람이 이기겠습니까?
이 싸움은 한가한 우리들이 이길 수밖에 없는, 그렇게
이미 결정된 싸움입니다.

가난뱅이가 살아가는 방법

사회자　　한겨레21 창간 16돌 기념 인터뷰 특강을 진행하고 있습니다. 여러분들이 강의를 들으면서 보내주신 문자 질문을 추려봤습니다. 훌륭한 질문들이 많았지만, 답이 길어질 것 같은 질문들은 눈물을 머금고 누락시켰습니다. 양해를 바라고요. '가난뱅이 강의'인데 왜 이렇게 비싸냐고 항의하신 분이 두 분 계셨습니다.(청중 웃음) '가난뱅이 신문사'가 하는 특강이라 그렇다고 답변을 드리겠습니다. 자, 하지메 씨. 이제부터 질문을 드리면 세 마디로 답해주시기 바랍니다. 먼저 9110님의 질문입니다. "실례지만 나이가 어떻게 되시나요? 매우 젊어 보이십니다."

하지메　　서른다섯입니다.

사회자　　정말 동안이십니다. 애인 있으신가요?(청중 웃음) 가난뱅이의 데이트 방법을 알려주실 수 있으실까요?

하지메　　히치하이킹을 하면 돈 안 들죠. 그리고 여기 저기 돌아다니는 것도 돈 안 들죠. 아까 말씀드린 것처럼 저는 나쁜 놈들한테 돈이 안 가는 방법으로 돈을 쓰면서 데이트를 합니다.

사회자　　여자친구가 그런 걸 좋아합니까?(청중 웃음)

하지메　　글쎄요. 굉장히 화를 냅니다.(청중 웃음)

사회자　네, 알겠습니다. 2359님, 5303님의 질문입니다. "졸업하신 호세대는 굉장히 좋은 학교인데, 단 한 번도 취업 생각이 없었는지요? 없었다면 애초에 좋은 대학을 선택한 이유는 무엇인지요? 한국 대학생들은 스펙 쌓기에 혈안이 되어 있는데, 하지메 씨는 대학 때 어땠는지요?"

하지메　고등학교 때는 대학에 관심이 없었습니다. 그러나 도쿄에 있다 보니 여러 대학을 견학할 수 있었습니다. 그때 여러 대학을 돌아다녀봤는데요. 호세대가 번화하고 분위기가 들떠 있고 좋았습니다. 학생운동의 느낌도 그렇고, 연극과 음악 그리고 문화 활동 벽보도 많았고, 술 마시는 인간도 굉장히 많았고,(청중 웃음) 아무튼 여러 가지 재밌는 것들이 많아 보였습니다. '여기 가면 끝내주겠는데? 재밌겠다!' 하는 생각에 지원했습니다.

솔직히 제 생각에는 대학 생활은 일 년만 지나면 거짓말이라는 게 딱 나타납니다. 아까 말씀드린 노숙 동호회에 멋있는 친구들이 많았습니다. 대학을 육칠 년씩 다니거나 그나마도 그만둔 친구들이 많았는데, 그들은 항상 저에게 이렇게 얘기했습니다. "뭐, 취직할 필요 없거든." 그래서 저는 안 하는 게 좋겠다고 생각했습니다.

덤으로 한마디 더 하자면 졸업할 때쯤 되니까 정말 아무것도 할 마음이 없었습니다. 어떤 수업도 들어가지 않았습니다. 저야말로 만날 소동만 일으키는 장본인이었기 때문에 대학이 제일 싫어하는 인간 1순위였습니다. 그런데 졸업할 때쯤 되니까 수업도 안 들어갔는데 학점을 다 줬습니다. 그야말로 강제로 졸업을 당했습니다.(청중 웃음) 웃긴 대학입니다.

사회자   학점 따는 방법이 독특하네요. 다음은 가장 많이 들어온 질문입니다. 3524님, 2552님, 7723님이 물으셨습니다. "가난뱅이인데 가게는 어떻게 마련했습니까? 그것도 역 앞에 말입니다. 한국은 역세권 부동산 가격이 대단합니다."(청중 웃음)

하지메   역 앞은 소동을 벌이고 사건을 만들어내는 장소이고요, 재활용가게는 역에서 걸어서 5~6분 정도 떨어진 곳에 있습니다. 그쪽은 쇠락한 상점가로, 장사를 한다고 해야 동네 터줏대감격인 할머니 할아버지가 운영하는 곳뿐이었습니다. 나머지 가게는 거의 닫혀 있었는데요. 일본에서는 가게 문이 닫혀 있다고 해서 '셔터가'라고 부릅니다.

그곳 상점가 회장님이 "이렇게 가게 문을 다 닫으면 장사를 하나도 못 하는 동네가 될 텐데……" 하시면서 뭔가를 해보고 싶은 젊은 이들을 찾아다니셨어요. 그중에 제가 있었습니다. 처음 회장님을 만나는 날이었습니다. 회장님이 "여기서 장사할 수 있겠어?" 하셔서, 제가 "뭔가 해보고 싶습니다" 했어요. "그래? 얼마 정도 낼 수 있겠어?" "저희가 5만 엔 낼 게요." "뭐? 5만 엔이나 낼 수 있겠어?" "낼 수 있습니다. 어떻게든 해보겠습니다" 그러고는 저와 제 친구가 그자리에서 2만 5천 엔씩 모아서 5만 엔을 드리자 "그럼 잘 해봐" 하시면서 열쇠를 주셨습니다. 처음 만난 날, 그 자리에서 2만 5천 엔으로 해결 봤습니다.

사회자   구라로 천 냥짜리 부동산을 얻으셨네요.(웃음) 시간 관계상 짧게 답변해주시길 바랍니다. 1827님이 물으셨습니다. "세탁기 같은 가전제품 중 90퍼센트는 개인별로 소유할 필요가 없다는 말을 하신 적이 있는데요. 개인별로 소유할 필요가 없는 다른 것들은 무엇이 있을까요?"

하지메   대부분의 전자제품이 그렇고, 차도 그렇다고 생각합니다. 솔직히 집도 그렇습니다.(청중 웃음) 저는 뭐든지 공유가 가능하다고 생각합니다. 옷이야말로 가장 공유하기 쉽지 않을까요?

사회자   그럼 지금 옷도 공유한 것인가요?

하지메   이건 제 것입니다.(청중 웃음) 가끔 술에 취했을 때 뺏기기도 합니다.

사회자   1541님의 질문입니다. "길에서 수업을 땡땡이치는 학생들과 마주쳤을 때 한마디 해준다면?"

하지메   "대단합니다"라고 얘기해주고 싶습니다. 그리고 "안 가도 돼"라고 말하겠습니다.(청중 웃음)

사회자   "트위터 하시나요?" 2079님이 여쭤보셨네요.

하지메   하고 있습니다.

사회자   ID를 알려주시지요.

하지메　tsukiji14입니다. 이 번호는 제가 경찰에 잡혔을 때 수인번호입니다.(청중 웃음)

건강한 사회를 위해 '혼란'이 필요하다

사회자　잠시 후에 일대일 질문을 받겠습니다. 시간이 없는 관계로 다섯 분만 모시겠습니다. '정말 언급하지 않고는 넘어갈 수 없겠다' 하는 질문만 해주시길 바랍니다. 약간 길게 하셔도 상관없겠습니다. 마지막 문자 질문입니다. 0614님, 8205님이 "즐거운 혼란을 즐기고 싶습니다. 그런데 이 혼란의 끝은 누가 어떻게 해결합니까?"라고 물으셨습니다.

하지메　저는 혼란, 혼란을 일으키는 것, 혼란을 느끼는 것은 예상치 못한 일이 일어나는 것이므로 상당히 재밌는 일이라고 생각합니다. 물론 그로 인해 사고가 나거나 안 좋은 일이 생긴다면 혼란을 일으킨 사람에게 책임이 있다고 생각합니다.
　하지만 중요한 것은 싸움 즉 혼란이 필요하다는 점입니다. 이를테면 역 앞에서 마음대로 음악을 트는 사람이 있다고 합시다. 반응은 '너무 시끄럽다' '이 정도면 괜찮아' 등으로 갈릴 것입니다. 그러면 대립과 싸움이 일어납니다. 저는 이 대립과 싸움이 중요하다고 생각합니다. 거기에서 어떤 선이 만들어진다고 생각합니다. 이것은 되고 저것은 안 된다는 적정선이 만들어집니다. 저는 이 적정선이 세상의 질서와는 다른 선이라고 생각합니다. 싸움과 대립이 없으면 적정선과 자치는 불가능하다고 생각합니다. 저는 이런 싸움과 대립을 하나 씩 쌓아감에 따라 세상의 질서와는 다른 적정선과 자치가 생겨날 거라고 생각하고요. 저는 오히려 사회가 이러한 혼란, 싸움, 대립을 아예 하지 못하도록 막아버리고는 자기 마음대로 룰을 정해버리는 것이 문제라고 생각합니다. 왜 역 앞에서 담배를 피우면 안 되는 거죠? 저는 오히려 혼란, 싸움, 대립이 좋은 것이라고 생각합니다.

사회자　　지금부터 일대일 질문을 받겠습니다. 카메라 뒤에 여성분, 질문해주시지요.(마이크 준비 중) 침묵 속의 혼란이 이어지고 있습니다.(청중 웃음) 마이크 없이 그냥 큰 소리로 질문해주시겠어요?

청중 1　　연극영화과 재학생입니다. 강연 전에 다큐멘터리 같은 영상을 봤잖아요. 그 영상을 어떤 방식으로 저렴하게 촬영을 했는지,(청중 웃음) 스폰서에게 지원받는 노하우가 있는지 궁금합니다. 《가난뱅이의 역습》에서 '극장 작전'에 대해서 언급하셨는데, 어떤 내용으로 어떻게 진행되고 있는지 궁금합니다.

하지메　　그 영상은 스폰서 없이 찍은 겁니다. 찍어주신 분은 같은 동네 사는 연극하는 분인데, 어느 날 연극에 쓰일 도구를 제게 빌리러 왔다가 서로 친구가 됐습니다. 술 한잔하면서 영상 이야기를 하니까 "그거 되게 재밌겠는데 나도 찍어도 돼요?"라고 하셔서 오케이 했습니다. 그런데 찍을 때는 '아직도 찍고 있나'라는 생각이 들 정도로 뭔가를 계속 계속 찍었습니다. 그것이 작품이 되었고 DVD로 만드는 데까지 진전되면서 자막을 넣어 완성한 영상입니다. 우리끼리 만든 것이지 스폰서에게 지원을 받은 것은 아닙니다.

사회자 전문 용어로 '야메' 라고 하지요. 야메 영화.(청중 웃음)

하지메 '극장 작전' 이란 극장을 빌리는 것이 아니라 이벤트가 가능한 장소를 확보하는 것입니다. 이를테면 잡화를 팔 수 있을 정도의 넓은 공간을 말합니다. 거기서 영화도 상영하고, 연극도 하고, 주변에 피해가 안 갈 정도로 라이브 공연도 합니다. 입장료를 받거나 술을 팔면서 얻은 수익으로 그때 든 전기료를 내는 방식으로 하고 있습니다.

청중 2 솔직히 책을 봤을 때는 '참 신기한 사람이다' 라고 생각했는데, 조곤조곤 말씀해주시는 모습이 인상적이었습니다. 강연 잘 들었습니다.

좀 전에 제가 하고 싶은 질문에 대한 답이 조금은 나왔는데, 좀 더 구체적으로 여쭤보고 싶습니다. 좀 딱딱할 수도 있습니다. 혼란을 일으키다 보면 아무래도 편법이나 불법을 아슬아슬하게 넘나들 것 같은데요. 혼란이나 대립을 통해서 선이 나오겠지만 그 전에 본인도 어떤 선을 갖고 있을 거라고 생각합니다. 어떤 일을 계획하실 때 본인이 갖고 있는 마지노선이나 원칙이 있는지 궁금합니다. 책에서 말한 '가난뱅이들에게 해를 주지 않는다' 는 것 외에 말입니다.

하지메 이 이야기는 굉장히 어려운 이야기입니다. 가장 중요한 것은 하는 쪽과 당하는 쪽, 양자가 서로 만족해야 한다는 것입니다. 그러므로 상황에 따라 다릅니다. 이를테면 역 앞에서 뭔가를 한다고 합시다. 역 주변에는 가게를 경영하고 있는 분들이 많습니다. 그중에는 굉장히 시끄럽다고 생각하는 분도, 괜찮으니까 계속했으면 좋겠다고 생각하는 분도 있을 겁니다. 물론 '내가 하고 싶으니까 하면 된다' 는 생각으로 혼란을 일으키는 것은 아닙니다. 나만 좋고, 다른 사람들은 그만두었으면 좋겠다는 일을 해서는 안 된다고 생각합니다. 일을 계획하기 전, 선이라는 것은 분명히 있습니다. 이를테면 '5분만 참으면 된다' 라고 하고 일을 진행할 수도 있습니다.

어쨌든 이 부분을 해결함에 있어 가장 중요한 것은 서로의 관계입니다. 서로에게 최소한 상처를 주지 않는 것, 좀 더 구체적으로는 여러 가지가 나오겠지만, 가장 중요한 기본은 그것입니다.

사회자　　네. 다음 분? 계속 여성분만 질문하시는 거 같아서요. 뒤에 손드신 분, 남성분이신가요? 아, 여성분이시군요.(청중 웃음)

청중 3　　안녕하세요. 청년유니온에서 온 김영경입니다. 강연 너무 잘 들었고요. 한국 청년들이 너무 얌전하다는 생각을 많이 했는데, 강연을 듣고 보니 한국 청년들의 현실이 많이 무거운 거 같아요. 무거움을 좀 내려놓고 의견을 자유롭게 표출해야겠다는 생각이 많이 듭니다. 새로운 아이디어를 많이 '득템' 한 거 같아서, 참 즐거운 강의였습니다.

질문하겠습니다. 아시는지 모르겠는데, 청년유니온이 노동부에 노조 설립 신고를 넣었는데 반려가 되었거든요. 말도 안 되는 이유로 노조로 인정 못 받고 있는데요. 사실 청년유니온이 만들어진 계기가 일본의 수도권 유니온 때문이었어요. 그것을 롤 모델로 청년유니온이라는 세대 노조를 만들었어요. 일본에도 프리터 공조라든지 맥도날드 노조 등 중소 유니온들이 많은 걸로 알고 있어요. 그런 유니온들이 처음 만들어질 때 노동부나 정부가 어떤 식으로 반응했는지, 일본 젊은이들이 그런 유니온에 대해 어떻게 생각하고 얼마나 참여하는지 알고 싶어요.

하지메   수도권 유니온에 있는 친구를 알기는 합니다만 수도권 유니온이 만들어질 때의 정황이나 과정에 대해서는 잘 몰라서 뭐라고 말씀드리기는 힘들 거 같습니다. 다만 두 가지는 말씀드릴 수 있습니다. 제가 보기엔 일본이 한국보다 사회적으로 노동조합에 대한 참여와 인식이 부족합니다. 정부에 반대하는 주장을 하면 안 된다는 사고가 아주 팽배해 있기 때문입니다. 하지만 법률적으로는 노동조합 만들기가 훨씬 쉽고 간단합니다. 너무나 당연한 권리이기 때문에 노동자 몇 명이 노동조합을 만들겠다고 신청만 하면 됩니다.

모두 대학을 그만두자, 그리고 열심히 학교에 나가자

사회자   시간이 없어서 딱 한 분의 질문만 더 받겠습니다.

청중 4   저는 1년간 일본에서 교환학생으로 지냈었는데요. 많은 일본 학생들이 수업 시간에 자기 의견을 말하지 않고, 사회 문제에도 관심 없고, 정적이라는 느낌이 들었습니다. 하지메 씨를 보면 일본인 중에서는 흔치 않은 타입이라는 느낌이 드는데요, 만약 정말 구의원에 당선 되었더라면 제일 먼저 하고 싶었던 일이 무엇이었는지 그리고 인생의 최종적인 꿈은 무엇인지 궁금합니다.

하지메　일본 대학생들을 보니까 주변 세상에 관심을 갖고 있는 사람들이 적었다고 말씀하셨죠. 물론 제가 특이한 일본인일 수도 있습니다. 먼저 일본 대학 얘기를 하자면, 일본에서 가장 정치의식이 약한 세대가 일본 대학생들입니다.

사회자　우리하고 많이 비슷하네요.

하지메　취직이 그들의 가장 큰 목적이니까요. 취직만 잘 되면 인생 성공이라고 생각하니까 그쪽으로 계속 집중하게 되는 겁니다. 지금 경제난이 굉장히 심해지고 있고, 취직을 한다 해도 여러 가지 이유로 잘리는 사람들도 있다는 사실을 몸으로 실감하지 못하고 있기 때문에, 즉 직접적으로 체험하지 못하고 있기 때문에, 그냥 취직만 잘 되면 내 인생은 성공이라는 생각이 강합니다. 그러니까 정치의식은 약할 수밖에요. 하고 싶은 걸 하기 위해, 자기 꿈을 펼치기 위해, 새로운 것에 도전하기 위해 대학에 가는 게 아니라, 취직 때문에 대학에 가는 친구들이 정말 많습니다. 그러니 당연히 제일 저항을 안 하는 세대가 될 수밖에 없지요.
　그럼 반대로 일본에서 가장 저항을 많이 하는 세대는 누구일까요. 대학을 가지 않은 사람, 취직을 했다가 자기 의지와는 다르게 잘려버린 사람, 정해진 길을 가지 않는 사람, 이런 사람들이 가장 저항을 많이 합니다. 그렇다면 대학을 안 간 사람들이 모두 저항적이냐, 그런 것도 아닌 것이 현실입니다.

그리고 제 공약 중에 '무료 주택을 짓겠다'는 공약이 있었습니다. 물론 정부가 돈으로 나눠주고, 수당을 나눠준다고는 하지만, 저는 오히려 그것보다는 최저 생활을 보장하는 무료 주택을 제일 먼저 지었을 겁니다.

사회자　네, 마지막으로 한 가지만 더 여쭙겠습니다. 마무리가 될 질문 같은데요. "등록금 투쟁, 이거 어떻게 하면 좋을까요?" 5927님이 물어오셨습니다.

하지메　굉장히 어려운 일이긴 합니다만, 모두 대학을 그만두어야 한다고 생각합니다.(청중 웃음) 제 말은 대학을 그만두고 학교에 가지 말라는 뜻이 아니라, 대학을 그만둔 다음 매일 학교에 가라는 뜻입니다. 그러면 대학은 수입이 없어집니다. 누가 당혹스럽고 힘들까요? 그리고 졸업장을 받기 위해서 학교에 오는 것이 아니라, 공부를 하기 위해서 학교에 오는 것이라는 사실을 보여줘야 합니다. 그러면 대학을 그만두겠다고 하면서도 학교에 오는 것에 대해 그리고 등록금을 안 내는 것에 대해 그쪽에서도 불만을 삼을 수 없을 것입니다.

사회자　네. 권력자가 국민을 무서워할 때 사회가 가장 건강해질 수 있다는 생각을 하게 됩니다. 우리가 저항과 혼란에 대해 가지는 거부감이 혹시 권력에 의해 내면화된, 권력이 만들어낸 거부감이 아닐까 하는 생각을 해봤습니다. "나라를 위해서도, 사회를 위해서도, 혼란은 필요하다." 저만의 결론이 아니길 바랍니다.

내일은 제7회 인터뷰 특강의 마지막 날입니다. B급 좌파로 알려진, 진보 논객 김규항 선생을 모시겠습니다. 많은 참여 바랍니다. 오늘 통역해주신 한겨레신문사 해외 전문위원 황자혜 선생님, 그리고 마쓰모토 하지메 씨 감사했습니다. 박수로.(청중 웃음, 박수) 여러분 고맙습니다. 내일 뵙겠습니다.

행복은 **스펙순**이 아니잖아요

1등 좇지 않고도 근사하고 부러운 인생을 위하여

김규항

2010년 4월 6일 화요일 오후 7시

김규항   B급 좌파. 2001년에 낸 책 제목이었는데, 이
후 그를 설명하는 단어가 됐다. 기성 좌파의 관성을 비판하고, 좌파를 함부로 저버리는 유행도
비판하고, 진짜 좌파의 불온성을 갖추지 못하는 유약함도 비판한다. 《B급 좌파》를 비롯해 《나
는 왜 불온한가》 《예수전》 《B급좌파: 세 번째 이야기》 등의 책을 썼고, 2000년에는 《아웃사이
더》를 만들어 편집주간을 맡았다. 2003년부터는 어린이 교양지 《고래가 그랬어》의 발행인 역
할을 맡고 있다. 자라나는 세대에게는 'B급 좌파'가 아니라 '고래 아저씨'로 유명한 그다.

사회자　　안녕하십니까. 인터뷰 특강 사회를 맡은 김용민입니다. 반갑습니다.(청중 박수) 오늘은 '1등만 기억하는 더러운 세상'이라는 주제로 이어진 인터뷰 특강의 마지막 날입니다.

작년에 저는 〈한겨레 시민 포럼〉에서 지성인들 사이에 어느새 무력함이 내면화된 것은 아닌가 하는 반성과 두려움을 나누었습니다. '이건 뭔가 아니다' 싶은데, '아니다'라고 말하자니 무자비한 공권력과 교활하면서도 주도면밀한 자본의 위협이 두렵고. 그래서 속수무책일 수밖에 없는 지성인들의 무력감을 말한 것입니다. 거기서 우리는 우리 사회의 민주주의가 어떤 수준인지 제대로 성찰할 수 있었습니다. 또 힘 있는 자들에 대한 보다 지혜롭고 강인한 대응이 필요하다는 의지를 다시 한 번 새기게 됐습니다.

그동안 노회찬, 앤디 비클바움, 김제동, 공지영, 그리고 어제 마쓰모토 하지메 씨께서 우리에게 당당한 저항이 해법이라고 가르쳐주었고 일깨워주었습니다. 마지막 특강은 김규항 선생이 해주실 것입니다. 이런 제목이 어울릴지 모르겠습니다만 '좌파의 좌표' 김규항 선생을 모시도록 하겠습니다. 박수로 맞이해주십시오.(청중 박수)

안내 말씀 하나 드리겠습니다. 마쓰모토 하지메 씨가 오늘 강연이 끝난 후에 특별한 자리를 마련해주셨습니다. '가난뱅이를 위한 축제'인데요. 〈한겨레21〉 인터뷰 특강의 대미를 멋지게 장식해주실 모양입니다. 특강이 끝나는 대로 함께 즐기는 시간을 나눠봤으면 좋겠습니다. 하실 수 있으시죠?

청중　　　네.

사회자　　　네, 가난뱅이들은 시간이 많습니다.(일동 웃음) 김규항 선생님, 반갑습니다.

김규항　　　반갑습니다.

사회자　　　최근에 책을 내신 걸로 알고 있습니다. 제목이 《가장 왼쪽에서 가장 아래쪽까지》입니다. 인터뷰집이던데 어떤 내용입니까?

김규항　　　인터뷰어가 물어보고 제가 대답한 것들을 모은 책이니까 여러 가지 이야기들이 담겨 있죠.

사회자　　　언론 보도를 보니까 "신자유주의로 빠져들던 12년에 대한 소박한 주석서다"라는 표현도 있던데요. 그리고 이명박 정권만 욕한 게 아니라, 김대중, 노무현 전 대통령, 유시민, 박원순 씨등 진보 편에 선 사람들까지 거침없이 비판하셨더라고요. "가짜 진보다" 이렇게 직격타를 날리셨는데, 욕할 사람이 태산인데 왜 이런 사람들까지 비판하느냐고 궁금해하시는 분들이 있을 것 같습니다.

김규항　　　진짜로 궁금하신 분?(청중 웃음)

사회자　네, 궁금합니다.

김규항　이명박 비판은 우리의 기본이고요. 그것만으로는 부족하다고 생각합니다. 우리의 문제가 신자유주의라고 볼 때 신자유주의 체제의 범위는 이명박 정권은 물론 반(反)이명박 진영의 상당부분도 포함됩니다. 물론 이런 견해는 오해가 있을 수 있고, 적절치 않게 이해될 수도 있겠죠.

사회자　'진보적 인텔리'라는 말도 나오더라고요. 어떤 분들은 '강남 좌파'라고도 표현하는데, 같은 말인가요?

김규항　아닙니다. 진보적 인텔리는 진보적이면서 인텔리인 사람들이고…….

사회자　굉장히 부정적인 뉘앙스인 것 같아서…….

김규항　그렇지 않습니다. 진보적이면서 인텔리, 전혀 부정적이지 않습니다.

사회자　그렇군요.

김규항　제가 말하면 다 부정적으로 들리나요?(청중 웃음)

사회자　더러는 그렇습니다.(일동 웃음) '강남 좌파'라는 말은 들어보셨습니까?

김규항　　그 말은 제가 사용하지 않는 말인 것 같은데요. 그런 말은 어느 사회에나 있죠. '살롱 좌파'가 그렇고 '캐비어 좌파'라는 말도 있죠.

사회자　　그렇군요. 알겠습니다. "진보적인 사람이라면 꿈이 있어야 한다"는 말씀을 하셨는데요. 진보적인 사람이 꾸어야 할 꿈은 무엇인지 궁금합니다. 어떤 분들은 "꿈과 더불어서 행동도 해야 하는 거 아니냐"라고 생각하기도 하실 것 같은데요.

김규항　　거기서 말씀드린 '꿈'은 다음 세상에 대한 비전을 말하는 것입니다. 다시 말해 '우리가 어떤 세상을 지향하는가'입니다. 그런데 요즘 우리들은 눈앞에 존재하는 악을 욕하고 그것들과 갈등함으로써 우리 자신을 정당화하는 수준에 머무르는 경우가 많습니다. 다음 세상에 대한 비전을 포기하고 있는 우리 마음을 변명하기 위해서 눈앞에 존재하는 악을 욕하는 모습을 환기하려고 했습니다. 진보적인 사람은 현재 세상이 좋지 않다고 생각하는 사람이니까 당연히 꿈이 있어야죠. 당연히 '어떤 세상을 지향하는가' 하는 꿈이 있어야 하는데, 이상하게도 그것이 전혀 없어졌습니다.

사회자　　다섯 번에 걸친 인터뷰 특강 사회를 보면서 느낀 건데요. 많은 대학생들이 '어떻게 행동해야 하느냐' '어떻게 사고해야 하느냐'를 질문하셨습니다. 몰라서 묻는 건지, 알면서도 자기 생각과 상대방 생각이 같은지 확인하고 싶은 건지, 저로서는 판단이 안 서는데 어떻게 보십니까? 더불어 어떻게 생각하고 행동해야 하는지에 대해서도 말씀 부탁드립니다.

김규항   저희 세대까지도 진보적이고 운동하는 사람들은 주류 사회에 편입할 수 있는 조건들을 갖고 있어도 고통받는 민중과 올바른 역사를 위해서 양보하고 헌신하는 사람, 금욕적이고 절제된 사람, 지사적인 사람이라는 생각이 지배적이었습니다. 그래서 운동권 정년이 서른이었습니다.(청중 웃음) 20대 청년 시절엔 괜찮지만 서른을 넘기고 가족이 생기고 먹고사는 일에 부딪히면 꺾이는 거죠. 진보적으로 사는 것이 물질적으로는 좀 불편해도 속은 더 편하고, 더 즐겁고, 그리고 자기 자신한테 더 자긍심이 생기고, 내 아이한테도 부끄럽지 않은 삶일 때 오래 갑니다. 만약 대학생들이 그런 질문을 한다면 "진짜 잘 살고, 진짜 행복하게 살아라"고 말해주고 싶습니다. 올바로 살아라, 정의롭게 살아라, 훌륭하게 살아라, 그런 말 말고, 진짜 잘 살아라, 더 자유롭고 충만하게 살아라, 행복하게 살아라, 그렇게 말해주고 싶습니다. 그리고 잘 산다, 행복하다, 자유롭다는 것이 무엇인지 다시 한 번 생각해보자고 말하고 싶습니다. 자세한 내용은 이따가 또 말씀을 드리죠.

사회자   그것이 1등으로 사는 삶이라면, 그것도 온당한 것일까요?

김규항   어떤 기준에서의 1등이냐에 따라 다르겠죠.

사회자　일류, 우리가 흔히 이야기하는 세속적 일류라면?

김규항　지금 상황에서 세속적 일류는 그다지 좋지 않다고 생각합니다. 옳다 그르다를 떠나서 자유롭고 충만하게 살기가 어렵다고 봅니다.

말로는 정권 욕하고, 행동으로는 학원 보내기

사회자　촛불 집회에서 "쥐박이 물러가라, 쥐박이가 우리 아이들다 죽인다"고 외치다가 자정쯤 아이에게 전화해서 학원 다녀왔는지 확인하는 게 희망을 발견하는 것인가.(청중 웃음) 현실이 어쩔 수 없지 않느냐고 말할 거면 왜 이명박 정권을 욕하느냐, 이런 말씀들이 상당히 와 닿습니다.

김규항　제가 한 말이지만, 듣고 보니 대단히 죄송스럽습니다.(청중 웃음) 하지만 우리가 반드시 생각해봐야 할 우리 모습이기도 하죠.

사회자　어떻게 해야 김규항 선생의 기준에 맞을까요?

김규항　제 기준이 아니고,(웃음) 그런데 지금 사회자 님이 말씀하시는 상황 자체가 좀 괴상하고 우스운 상황 아닌가요?

사회자   아니요, 저는 그렇게 생각하는 분들의 입장에서 한 번 여쭤본 겁니다.

김규항   그러니까 사회자 님은 개인적으로 어떻게 생각하시는 거죠?(청중 웃음) 여기서는 제가 인터뷰를 하면 안 되는군요. 그런데 저도 궁금해서…….

사회자   딜레마죠.

김규항   저는 이명박의 시장주의 교육을 욕하면서 다시 말해, 성명서, 토론, 글 같은 공식적인 태도에서는 욕을 하면서, 내 아이의 시장 경쟁력은 별개로 취급하는 것이 아주 기괴한 상황이라고 생각하고요. 그런데 저는 그 모습을 윤리적으로 비판하자는 게 아닙니다. 이중적이고 위선적이라고 비판하는 것도 아니고요.
  그냥 한마디로, 뭐 하러 그렇게 불편하게 사는지 모르겠어요.(웃음) 꼭 친(親)이명박, 반(反)이명박만 있는 게 아니라, 보다 자유로운 삶이 있지 않습니까? 그러니까 집착을 버리고 편안하게, 자신이 사회적으로 하는 얘기와 자신의 실제 삶이 달라서 스스로 불편하지 않도록, 내 아이가 볼 때도 우습지 않도록 사는 게 좋지 않나, 그런 생각입니다.

사회자   제 아들이 이제 세 살인데요. 저도 학원 한 번 안 보내고, 사교육 없는 무공해 유기농 양육을 해보고 싶다는 마음을 갖고 있습니다. 그런데 아내가 이런 말을 하더라고요. "다른 애들은 다 학원에

가 있는데 혼자 집에 놔두면 왕따 된다." 이런 상황에 대해 조언 좀 부탁드립니다.

김규항   그것은 요즘 아이들이 놀이를 제대로 배우지 못했기 때문입니다. 요즘의 놀이 문화는 완전히 상업화되어서 구매되는 것입니다. 그러다 보니 '노는 아이들' 하면, 입을 이만큼 벌리고 좋아 죽겠다는 표정을 짓는 정도는 되어야 한다고 생각하는 거죠. 사실은 그렇지가 않고요.

지난번에 〈한겨레〉에도 비슷한 내용의 글을 쓴 적이 있는데요. 여러분들, 요즘 먼 산 보는 아이 본 적 있으십니까?(청중 웃음) 여기 어머님들도 계신가요? 기대와는 달리, 아직 아이가 없는 분들이 많이 오셨네요.(일동 웃음) 오늘 주제는 교육 문제인데. 이를테면 서울에서 어떤 아이가 베란다에서 한 30분 먼 산을 바라보고 있으면 어떻게 될까요? 엄마가 아이를 가만두지 않겠죠. 하지만 어른의 눈으로 봤을 때 별 의미가 없는 시간들, 예를 들어 먼 산을 바라보는 시간, 친구하고 별다른 일이 없이 서로를 느끼며 보내는 시간, 그런 느린 시간들도 굉장히 중요한 놀이에요. 사실 우리는 어릴 때 그런 시간들을 많이 보냈거든요.

그런데 요즘은 놀이까지도 구매되고 효율화되어서 무슨 '줄넘기 과외'까지 있다고 하니까요. 강남 동네에서는 새 시대 리더가 되려면 잘 놀아야 된다고 해서 분위기 올리는 법까지 가르치더라고요.(웃음) 그냥 저희 아이들을 예로 들자면, 다른 애들은 전부 학원 가고 동네에서 자기 혼자 집에 있는 셈인데 그 시간은 또 그 시간대로 잘 놉니다. 또 아이들이 학원에서 돌아오면 같이 놀기도 하고요.

사실은 이게 자연스럽고 건강한 모습인데, 요즘 아이들은 그런 능력을 많이 잃어버렸죠. 우리가 그렇게 만들었습니다.

사회자   네. 자, 이제…….

김규항   제가 말을 끝내니까 분위기가 좀 칙칙해지는 것 같습니다.(청중 웃음) "우리가 그렇게 만들었습니다"라는 말이 문제인 것 같군요. 죄송합니다.(일동 웃음)

사회자   질문이 칙칙해서 그런 것 같습니다.(웃음) 김규항 선생의 강연을 들으면서 분위기가 일소되기를 바랍니다. 오늘도 휴대전화를 통해서 궁금하신 점을 여쭤보시면 됩니다. 일대일 질문 시간을 많이 드릴 테니까요, 단답형으로 답변할 수 있는 질문들은 문자로 보내주시기 바라겠습니다. 자, 박수로 오늘 강연을 시작하겠습니다.(일동 박수)

지금 우리에게 '교육 문제'는 없다

김규항   그러고 보니, 인사를 제대로 안 드린 것 같습니다. 좀 어색하지만 일어나서 다시 인사드리겠습니다.(청중 웃음) 김규항입니다.(청중 박수)
　오늘 제게 주어진 시간이 30~40분 정도라고 들었는데, 40분입니까? 어제 하지메 선생도 시간을 좀 넘겼다고…….(일동 웃음) 별 문제가 없나요, 그렇게 해도?

사회자   그런데 어제 같은 경우에는 또 통역 시간이 있어서 많이 넘어 갔으니까…….

김규항   안 된다는 말씀이군요.(청중 웃음)

사회자   8시 20분까지 드리겠습니다. 지금부터 56분입니다.

김규항   네, 되도록 빨리 끝내고 여러분과 함께 이야기 나누도록 하겠습니다. 저는 여기 와서 깜짝 놀랐는데, 무슨 장소가 이렇게 생겼나. 여러분들은 어떠셨어요? 이럴 줄 알았습니까?

청중   아니요.

김규항   이건 무슨 만찬에 맞는,(일동 웃음) 탁자에 맥주 하나라도 놔줘야 뭐……. 하여튼 저도 좀 어색한데, 여러분들이 도와주십시오.(청중 웃음)
여러분들이 웃는 지점이 제가 예측한 지점하고 많이 다르십니다.(일동 웃음) 저는 유머라는 건 적어도 두 가지 요건 중 하나를 충족시켜야 한다고 생각합니다. 웃기든지 사회에 유익하든지.(청중 웃음) 그런 면에서 뭔가 심각한 불협화음이 일어나고 있는 것도 같습니다.(일동 웃음) 자 이제 이야기를 좀 하겠습니다.
오늘 우리 한국인들의 삶에 가장 결정적이고 큰 영향을 주고 있는 것이 뭐냐? 저는 교육 문제라고 생각합니다. 이것 때문에 이사를 가고, 가족이 찢어져 살고, 일을 하지 않던 사람이 힘들게 일을 하고, 고통과 절망에 잠기기도 합니다. 예를 들어, 고위공직자 인사청문회에서 위장 전입에 대해 물어보면 "죄송합니다. 아이 교육 문제 때문에"라고 하면 분위기가 상당히 좋아지지 않습니까?(청중 웃음) 만약 "시세차이 때문에"라고 한다면 난리가 나겠죠.(청중 웃음) 하지만 아이 교육 문제라고 그러면 상하좌우 관계없이 거의 동병상련의 마음이 있죠. 모든 한국의 가정과 성인의 삶을 좌지우지하는 것이 교육 문제입니다.

그런데 엉뚱하게 들리시겠지만 저는 한국에 교육 문제는 실재하지 않는다고 생각합니다. 왜냐하면 우리가 지금 교육 문제로 일컫는 것은 교육 문제가 아니기 때문입니다. '저 사람이 도대체 무슨 소리를 하는 거야?' 하는 표정이시군요.(일동 웃음) 잘 생각해보십시오. 교육 문제가 아니라 대학 입시 문제입니다. 지금 "우리 아이들 교육 문제 때문에"라고들 하는데 사실 대학 입시 문제입니다. 물론 대학 입시가 교육의 일부이긴 하죠. 하지만 대학 입시 문제가 전체 교육 문제로 대체되어 있다는 것이 문제입니다. 다들 "대학 입시 문제가" 하면서 정확하게 노골적으로 말하면 좀 그렇잖아요? 그러니까 돌려서 "교육 문제가"라고 좋게 말하는, 하나의 암묵적 약속인 셈이죠.

교육 문제에 대해 말하기 전에 과연 교육이란 게 뭐냐라는 질문을 해볼 필요가 있습니다. 국·수·사·과 배우고 학교 다니고 하는 건 교육의 일부일 뿐입니다. 교육은 그보다 훨씬 넓은 범주의 일이죠. 어른 사람이 아이 사람을 다음 세대 어른으로 키워내는 일이 교육입니다. 사실 모든 생물 종들은 교육을 합니다. 호랑이는 자기 새끼를 호

교육이 뭐냐? 바로 사람이 사람을 길러내는 일입니
다. 모든 생물이 자기 새끼를 자기 종으로 키웁니다.
호랑이는 호랑이로, 코끼리는 코끼리로. 그런데 우리
는 아이들을 사람으로 키우고 있나요? '어떤 사람'으
로 키울 것인가는 뒤로 하고 '얼마짜리'로 만들 것인
가에 올인하고 있습니다.

랑이로 키우고, 코끼리는 새끼를 코끼리로 키우고, 닭은 새끼를 닭으로 키웁니다. 제 새끼를 닭으로 키우려 애쓰는 호랑이를 보셨습니까?(청중 웃음) 호랑이의 교육에서 가장 중요한 문제는 애가 어떤 호랑이가 될 것인가, 입니다. 코끼리는 어떤 코끼리가 될 것인가이고 악어는 어떤 악어가 될 것인가이죠. 사람의 교육에서 가장 중요한 문제도 당연히 '어떤 사람이 될 것인가' 입니다.

그런데 지금 한국의 부모들 가운데 아이 교육 문제에서 어떤 사람이 될 것인가를 가장 중요한 문제로 삼는 사람, 내 아이가 어떤 인격을 가진, 어떤 생각을 하는 사람으로 자랄 건지에 대해 근심하고 노력하는 부모를 보셨습니까? 어떤 사람이 될 것인가를 두 번째나 세 번째로 중요하게 여기는 사람은 많지만 양보할 수 없는 첫 번째 문제로 삼는 사람은 이제 거의 사라져버렸습니다. 정확하게 말해, 현재 한국의 부모들은 내 아이를 '어떤 사람' 으로 키울 것인가가 아니라 '얼마짜리' 인간으로 만들 것인가에 올인하고 있습니다.

요즘 '스펙' 이라는 말이 많이 유행하잖아요. '스펙만 맞으면 사랑 없이도 결혼할 수 있다' 는 말도 하고요. 뭐 그렇게 전혀 못 들어본 것 같은 표정을 지으십니까?(청중 웃음) 그런데 이 스펙이라는 것은 사람을 평가하는 기준이 아니죠. 상품 또는 물건을 평가하는 기준이죠. '어떤 기능과 성능을 갖고 있는가' 입니다. 말하자면 등급을 매기는 겁니다, 한우에 등급을 매기듯이. 마찬가지로 아이의 기능과 성능의 스펙을, 또 등급을 공공연하게 사회적으로 매기는 절차가 대학입시죠. 모든 부모들은 그래서 대학입시에 올인하고 심지어 대학 입시를 교육 문제라고 고쳐부르게 되고, 결과적으로 한국에서 교육 문제는 온데간데 없이 사라져버렸습니다. 현재 한국은 교육이 존재하지 않는 사회입니다.

그런데 이게 다 이명박 때문인가? 아 그 전에, 이 자리에 이명박 대통령 지지하는 분 혹시 계십니까? 제가 결례를 범하지 않기 위해서 참고하려고 그럽니다. 하긴 한겨레 주최이고 하니 계시다고 해도 손을 들기가 좀 어렵겠죠?(청중 웃음) 김 선생도 반대하시죠?(웃음)

사회자 상식이 있는 사람이라면, 전 그렇다고 생각합니다.(웃음)

김규항 자, 그럼 한국의 교육 문제가 이렇게 된 것이 모두 이명박 씨 때문인가? 다 이명박 때문이고, 이명박이 나빠서인가? 심지어 정치에 관심도 없는 초등학교 아이들이 이명박을 술래로 만들어놓고 막 때리던데요.(청중 웃음) 저희 동네에서 초등학교 5학년 남자애들이 그렇게 하더라고요. 여러분도 아시다시피 초등학교 5학년 남자는 사람이 아니잖아요?(청중 웃음) 초등학교 5학년 여자는 사람이지만, 5학년 남자는 사람이 아닙니다. 초등학교 고학년에서 중학교까지 남자애들은 사람이라기보다는 자기 안에서 분출되는 에너지에 의해서 이리저리 뛰어다니는 생명체입니다.(일동 웃음) 왜냐하면 사람이라는 것은 생각을 하고 움직여야 되는데,(청중 웃음) 초등학교 고학년에서 중학교까지 남자애들 중에 생각을 하고 움직이는 애들이 거의 없어요. 물론 고등학교에 가고 성인이 된다고 해서 남자들이 꼭 생각을 하고 움직이는가, 이 부분은 조금 더 생각해볼 문제이지만,(청중 웃음) 오늘 주제가 그쪽은 아니기 때문에.

대통령이 아닌, 사장을 뽑았다

그런데 이 자리에 모이신 분들도 이명박 씨 때문에 격렬하게, 혹은 다른 차원에서 아주 힘들어하고 반대하시는 분들일 겁니다. 그런데 우리가 생각해봐야 할 것은 '이명박 씨가 왜 대통령으로 뽑혔나'입니다. 이걸 한 번 되새겨봐야 합니다. 군사 쿠데타로 대통령이 된 것도 아니고, 무슨 체육관 선거로 된 것도 아니고, 이른바 비교적 민주적이고 자유로운 선거에 의해서, 그것도 압도적인 표차로 대통령이 되었습니다.

　이명박 씨가 대통령이 되기 5년 전, 고 노무현 대통령이 당선되실 때, 당시 한나라당 후보가 누구였습니까? 이회창 씨였습니다. 여기 있는 분들은 많이 기억하실 텐데, 한국 사회가 워낙 사건 사고가 많아서 반년만 지나면 이게 5년 전 일인지 10년 전 일인지 막 헷갈리더라고요.(청중 웃음) 이회창 씨가 대통령 후보를 1997년 2002년 두 번 했는데, 97년 나왔을 때 개인적인 일 때문에 심각한 타격을 받았었죠. 뭐였는지 기억하십니까? 네, 아들 병역 문제 때문이었습니다. 하지만 대통령 후보로서 이명박 씨를 본다면 이회창 씨보다 윤리적 흠결이 더 하면 더 했지 덜 하진 않았습니다. 아주 심각한 얘기들이 많았는데, 우리가 잘 알고 있는 BBQ,(일동 웃음) 며칠 전에 다른 데서도 BBQ라고 해서 다시는 그렇지 말아야지 했는데, 그때 적어놨어야 했는데요.(웃음) 저는 처음에 진짜로 BBQ인 줄 알았습니다. 이분이 워낙 돈을 좋아하니까 이제 하다하다 닭 장사까지 하는구나, 생각했었거든요.(일동 웃음)

　어쨌든 이명박을 반대하는 쪽에서는 BBK가 이명박 거라고, 계속 주장을 했습니다. 그리고 이명박 본인이나 그쪽 진영에서는 아니라고 주장을 했습니다. 결국 어떻게 됐습니까? 선거 직전에 스스로 "이건 내 것"이라고 말하는 동영상이 유포가 되었죠. 그런데 이상하게 10년 전 이회창 씨 때 같았으면 아주 작살이 났어야 되는데, 별 지장 없이 대통령에 당선되었습니다.

10년 동안 한국인들이 많이 변했습니다. 지배 계층, 자본가, 탐욕스러운 극우, 수구 말고, 보통 사람들, 서민, 대중, 민중, 인민, 노동자, 농민이라고 일컬어지는 우리 같은 사람들이 10년 동안 많이 변했구나, 그랬습니다. 저는 이명박 대통령이 그런 윤리적 흠결에도 불구하고 당선된 것은 한국 대중들이 대통령을 뽑는 가치 기준이 달라졌기 때문이라고 생각합니다. 한국인들은 이제 대통령을 뽑는 게 아니라 대한민국이라는 회사의 사장을 뽑게 된 것입니다. 이명박이라는 사람이 인격적으로 훌륭하거나 정치적으로 존경할 만하다고 생각하는 사람은 이쪽이나 저쪽이나 별로 없습니다. 그런데 왜 이 사람이 압도적인 표차로 뽑혔느냐. 이른바 사장 노릇을 잘 할 거야, 이른바 경제적으로는 제일 나을 거야, 그런 생각들 때문이었습니다.

그러니까 만약 이 모든 것이 이명박 때문이라면, 음, 그런데 여기서 잠깐 다른 재밌는 얘기 한번 해볼까요?(일동 웃음) 저는 박정희 정권 때 초중고를 다 다녔습니다. 초등학교 1학년 땐가 국민교육헌장이란 게 나왔는데 전교에서 제일 빨리 외워서 방송실에서 낭송도 했었죠. 잘못했습니다.(일동 웃음) 이 얘기 하면 웃으실 줄 알았더니 굉장히 불쾌해하는 분들도 있네요. 아니, 초등학교 1학년짜리가 한 짓인데 뭘 그렇게 엄격하게…….(청중 웃음) 저희 아버님은 공군 하사관이었습니다. 그러다 보니 공군비행장이 있는 도시는 다 돌면서 자랐는데 출신은 전라도이면서도 초등학교는 대구에서 입학해서 4학년 때까지 다녔습니다. 당시에 선생님하고 아이가 학교에서 마주치면 경례 구호가 "건설합시다"였습니다. 생각해보세요. 초등학교 1학년 짜리가 선생님을 마주치면 "건설합시다" 하고 거수경례를 하고 선생님도 "건설합시다" 하고 경례를 받는 겁니다.(청중 웃음) 모든 남자 교사는 폭력 교사였고, 여자 교사라고 해서 그렇지 않다는 법도 없는 상황이었죠. 학교라기보다는 조그만 병영이었습니다.

그런데 이 시절 아이들은 방과후에 뭘 했는가? 놀았습니다. 저녁에 어머니가 밥 차려놓고 찾으러 오실 때까지 노는 겁니다. 원래 인간이라는 존재는 어린 시절에 건강하게 놀아야 합니다. 초등학교 때까지 사회적으로 가장 중요한 것이, 반드시 해야만 하는 것이, 바로 건강하게 노는 것이거든요. 제대로 놀지 않으면 정신적으로 육체적으로 병든 사람이 됩니다. 박정희 군사 독재라는 그 엄혹한 시절에도, 선생님과 아이가 서로 "건설합시다"라고 거수경례를 하고, 말보다는 몽둥이가 앞서던 그 시절에도, 초등학교 아이들은 오후 내내 놀았습니다. 느리게 혹은 빠르게 말입니다.

그런데 요즘 한국에서 초등학생 아이가 오후 3시 정도에 소재 파악이 안 되면 어떻습니까? '아, 이 아이가 건강하게 잘 노는구나' 이렇게 생각합니까? 아닙니다. 바로 사고 상황이 됩니다. 어떤 분들은 세상이 험해지지 않았습니까 하시는데, 사실이지만 지금 말하는 건 그 맥락은 아니고요. 그만큼 아이들의 오후 일정이 30분 정도의 여백도 없을 정도로 촘촘하게 잘 짜여 있다는 겁니다. 《고래가 그랬어》 부설 교육연구소에서 조사해보니, 전 지구를 통틀어서 모든 초등학교 아이들이 오후 시간을 이렇게 보내는 나라는 한국밖에 없습니다.

이게 이명박 때문입니까? 이명박과 이명박의 공권력이 총동원되어서 우리 아이들을 잡아다가 자본의 자식으로 키우기 위해서 학원으로 내몰고, 우리들은 우리 아이들은 초등학교 때 놀아야 한다며 전국의 초등학교 하교시간에 싸움이 일어나는 상황인가요? 아닙니다. 잘 아시다시피 우리 아이들은 바로 우리 손에 의해서 오후 시간을 감옥의 수인처럼 보내고 있습니다.

우리 안에 있는 '이명박'

그러면 이명박을 반대하는 부모들, 진보적인 부모들, 좌파 부모들, 이런 부모들은 많이 다른가요. '보수적인 부모는 매우 당당한 얼굴로 아이를 경쟁에 몰아넣는다.' 그렇다면 진보적인 부모는? '진보적인 부모는 매우 불편한 얼굴로 아이를 경쟁에 몰아넣는다.' 하나 더. '보수적인 부모는 자기 아이가 일류대 학생이 되길 바란다.' 진보적인 부모는? '진보적인 부모는 자기 아이가 진보적인 일류대 학생이 되길 바란다.' 일류대 학생인데 그래도 조중동이 아니라 한겨레나 경향 정도는 봐주고 촛불시위도 나가고 하는 일류대 학생이 되길 바라는 거죠. 이건 다른 걸까요? 덜 탐욕스러운 걸까요? 아, 대답하지 말아주십시오.(청중 웃음) 서로 맥빠지니까 대답하지 말고 대신 천천히 생각해보는 걸로 하죠.

이명박은 우리 앞에 존재합니다. 그리고 실제로 우리를 괴롭고 힘들게 만들죠. 그렇지만 어느새 우리 안에도 이명박이 존재합니다. 우리가 괴물이기 때문에, 우리가 괴물의 속성을 가지고 있기 때문에, 이명박이라는 괴물이 만들어진 것입니다. 이것은 제 말이 아니고, 지난번 용산 참사와 관련해서 문학인들이 만든 책(《지금 내리실 역은 용산참사역입니다》, 작가선언6·9 엮음, 실천문학사, 2009)에 있는 구절입니다.

저는 이명박이 진짜 한국 사회에 큰 해악을 끼치고 있다고 생각합니다. 어떤 분들은 이상하게 생각할 수도 있습니다. 저 사람은 이명박을 비판하기보다는 만날 우리 안의 이명박이 어쩌구 하면서, 이명박을 비판하는 사람들을 비판하는 걸까? 왜 저럴까? 그런 분들은 이명박의 해악 역시 바깥으로만 생각합니다. 그러나 이명박의 가장 큰 해악은 이명박이라는 사람이 우리를 너무 쉽게 진보적이게, 정의롭게, 인간적이게 만들어주었다는 점입니다. 이명박 이후에는 진보적인 사람, 정의로운 사람, 인간적인 사람이 되기가 너무 쉬워졌습니다. 이명박만 욕하면 되니까요. 허투루 산다고 불편해하던 사람들도 이명박 이후엔 '그래도 내가 저놈보단 낫지' 하며 한결 편안하게 살게 되었습니다. 근데, 이명박은 정말 70년대 스타일이잖아요. 그렇죠? 아닙니까?(청중 웃음) '악' 이기 이전에 '추' 이기 때문에 어지간한 사람은 그 사람과 자신을 비교해서 충분히 정당함을 느낄 수 있겠죠. 이렇게 이명박의 진짜 해악은 우리가 우리 스스로를 되돌아보는 기회를 차단한다는 데, 성찰을 사라지게 한다는 데 있습니다.

이명박이 우리한테 해를 끼치는 것도 있지만, 솔직히 여기 있는 분들이 받을 해는 별로 없습니다. 왜냐하면, 여러분들이 이명박한테 별로 영향을 받지 않기 때문입니다. 이 자리에 이명박이 말한다고 해서 영향받는 분 있습니까? 흔들리는 분 있습니까? 아무리 바람직하고 좋은 이야기를 해도 단지 이명박이 했다는 이유로 반대할 겁니다. 최소한의 양식과 상식을 가진 분들한테 이명박이 주는 해악은 직접적인 해악보다는 그가 우리를 너무나 쉽게 정당화시켜준다는 데 있습니다. 아까 말씀드린 아이들 교육 문제와 관련한 그런 괴상한 상황도, 사실은 이명박의 시장주의 교육을 욕함으로써 자신의 시장주의 교육을 성찰하는 능력을 잃어버리는 데 기인합니다.

앞서 제가 한국에서는 교육이 존재하지 않는다고 말했는데요, 우리 스스로 교육이 무엇인지를 질문하지 않은지 아주 오래되었습니다. 교육은 무엇인가, 우리 아이가 왜 공부를 해야 하는가, 국어 공부는 무엇일까, 수학이라는 학문은 어떤 것일까, 역사는 왜 배우는 걸까, 이런 것에 대해서 질문하는 것을 잊어버렸기 때문에 현재 한국의 교육은 존재하지 않게 되었고, 그것을 기반으로 이명박이 더 극렬하게 막나갈 수가 있는 것입니다. 물론 여기 있는 분들은 그런 분들이 없겠죠? 그렇죠? 교육이란 무엇인가, 공부를 왜 하는가, 이런 질문들조차 안 하는 분들은 여기 없으시잖아요.(웃음) 표정이 묘하십니다.(청중 웃음)

우리가 많이 달라졌습니다. 우리의 가치관이 많이 달라졌습니다. 잘사는 게 뭐냐, 행복하게 사는 게 뭐냐, 이런 것에 대한 기준이 5~10년 사이에 아주 많이 달라졌습니다. 이명박이라는 대통령을 우리 손으로 뽑을 만큼 많이 달라졌습니다. 나는 이명박 안 찍었다라고 말할 그런 문제가 아닙니다. 제가 이렇게 말하면, 마치 여러분들이 탐욕스러워서 이렇게 된 것처럼 말하는 것 같아 불편하실 수도 있습니다. 하지만 저는 그렇게 보진 않습니다. 보통 사람들에게는 이런 상황이 탐욕에서 왔다기보다는 공포에서 왔다고 생각합니다. 이명박 같은 사람은 원래부터 탐욕에서 왔겠지만요.

결정적인 계기는 1997년에 있었던 구제금융 사태라고 일컬어지는 사건이었죠. 멀쩡하게 넥타이 맨 사람이 출근한다고 집에서 나가서 산으로 올라가고, 조그만 자기 장사하던 사람들이 하루아침에 길거리로 나앉고 그랬습니다. 물론 아무리 좋은 사회에서도 실직하거나 사업하다 망하는 사람들이 있기 마련이죠. 하지만 제대로 된 사회는 그럴 때 어떤 조치나 보장을 취해주죠. 그런데 한국에서는 국가나 사회가 아무런 도움을 주지 않는다는 걸 생생하게 목도했습니다. 내가 생존 경쟁에서 도태되었을 때, 나를 살려줄 사람은 아무도 없구나, 국가도, 사회도 도와주지 않는구나, 이것을 모두가 보았습니다. 그러면서 한국 사람들은 생존에 대한 공포에 빠져들었는데, 나야 그렇다 쳐도 내 새끼가 10~20년 후에 어떻게 살아갈지를 생각하면 공포를 넘어 공황 상태에 이르는 겁니다. 그래서 지금 우리가 아이들한테 하는 행동은 보수적인 부모든 진보적인 부모든 비슷하게 되어 버렸습니다. 그걸 어떻게 정색을 하고 비난하겠습니까? 그런데 문제는 우리가 이렇게 된 이유야 어찌 됐든 결과는 동일하다는 것입니다. 아이들 입장에서는 '그것이 공포에서 비롯된 선택이었는가, 원래부터 탐욕에서 왔는가'와는 별개로 결과는 동일하다는 것입니다.

세계적인 전염병, 어플루엔자

여러분, '어플루엔자'라고 들어보셨어요? 어플루언스(Affluence)와 인플루엔자(Influenza)를 합한 말로, 1970년대부터 나온 말인데…….(웃음) 네, 계속 추궁할 필요는 없겠죠?(청중 웃음) 어플루언스, 즉 부(富)와 인플루엔자라는 말을 합친 말로 '부병'이라는 뜻입니다. 이 병에 관한 책들도 나왔습니다. 이 병에 걸렸는지 테스트하는 항목들이 있어요. 제가 한 번 읽어볼 테니까 하나라도 해당되면 걸린 겁니다.(청중 웃음)

"부자가 되고 싶다."

"유명해지고 싶다."

"나이 들어가는 흔적을 감추고 싶다."

"헤어스타일이나 패션에서 뒤떨어지고 싶지 않다."

"언론에 내 이름이 오르내렸으면 좋겠다."

"내 것과 남의 것을 자주 비교한다."

"쇼핑에 정신이 팔려 있다."

"친구가 내 성공에 도움이 되지 않는다면 만나지 않는다."

"어떤 일을 할 수 있는가보다 그것으로 무엇을 얻을 수 있는가에 더 관심이 있다."

"비싼 집과 비싼 차와 비싼 옷을 소유한 사람들을 보면 솔직히 부럽다."

"내가 지금 갖지 못한 것을 소유했다면 내 삶은 더 좋았을 거다."

"나는 명품을 갖고 싶다."

여기 해당하는 분들 없으시죠?(일동 웃음) 이렇게 지금 일반적으로 통용되고 있는 욕구와 정서는 사실은 정상적이지 않은, 원래는 없던 것입니다. 이 병의 발원지는 뉴욕 월스트리트이고 미국을 중심으로 퍼지다가 지금은 제3세계 그리고 전 세계까지 퍼져 있습니다. 말하자면, 어플루엔자는 전염성 정신병입니다. 돈과 외형적인 것 때문에 자꾸 강박을 느끼고 불안하고 남과 비교하는 병, 그리고 부가

1등만 기억하는 더러운 세상

끊임없이 증식되지 않을 때 자기가 실패했다고 생각하는 병입니다. 대부분의 사람들이 10년 후에는 지금 살고 있는 집보다 평수가 넓어져야 한다는 생각을 합니다. 하지만 가만히 생각해보면 꼭 그럴 필요가 없잖아요. 차도 10년 후에는 더 좋은 걸 타야 한다고 생각하지만 생각해보면 꼭 그럴 필요가 없습니다. 이 병에 걸린 이유가 원래 가진 탐욕 때문이든, 구제금융 사태 이후에 생긴 공포 때문이든, 우리 대부분이 어플루엔자에 걸려 있는 것이 사실입니다. 돈과 외형적인 조건을 행복의 결정적인 조건으로 생각하고 다른 사람과 비교하고 경쟁해서 이기는 것에 쾌감을 느끼는 것이 사람의 본래 욕망이 아니라, 후기 자본주의 사회에서 생긴 특별한 정신병인 것입니다.

아까 5~10년 동안에 한국 사람들이 많이 변했다고 말씀드렸는데요. 사실 사람은 자신이 어떻게 변하는지 잘 못 느끼거든요. 이를테면 학교 다닐 때, 아주 좋아했고 존경했던 근사한 친구가 있었어요. 또래지만 속이 깊고 순수하고 아주 멋진. 그런데 한 10년 만에 만났는데 아파트 이야기 주식 이야기만 계속하면 너무 실망하는 거죠. 쟤가 왜 저렇게 됐을까? 어쩌다 저런 속물이 되었을까? 그런데 그렇게 변해버린 본인은 10년 동안 매일 하루치씩 자신이 변하고 있다고 생각했을까요? 본인은 그 변화를 인식하기가 어렵죠. 사람은 누구나 좀더 품위있게, 되도록 바르게 살고 싶어하는 욕구가 있지만 아주 조금씩 현실과 타협하다보니 10년이 지나면 전혀 딴 사람이 되기도 하는거죠.

여러분들, EBS 다큐멘터리 〈지식채널e〉 많이 보시죠? 제가 우연히 텔레비전을 틀었는데 그 프로그램에 제주도의 잠녀 할머니들이 나오시더군요. 잠녀가 뭔지 아시죠? 제가 어릴 땐 해녀 아가씨라는 노래도 있었는데 요즘은 해녀 아가씨라는 말 자체가 성립이 안 됩니다. 요즘 같은 신자유주의 세상에서는 해녀 일이 노동 강도에 비해서 회수되는 화폐가 너무 적어서 젊은 사람들은 잘 안 하기 때문입니다. 40대도 거의 없고, 50대, 60대, 70대, 80대까지 있습니다.

어쨌든 그중에서 제일 연세가 많아 보이는 80대 잠녀 할머니와 대화하는 게 내용이었습니다. "할머니, 잠수 장비 사용하시면 훨씬 편하지 않으십니까?" 그러니까 할머니가 "암, 편하지. 그거 하면 나 혼자서 100명 몫도 하지" 하십니다. "그런데 왜 사용하지 않으십니까? 힘들어 보이시는데……" 물으니까 "그거 사용하면 나는 좋은데 나머지 99명은 어떻게 살라고" 하셨습니다. 아예 무슨 말인지 모르겠다는 표정이 많네요.(청중 웃음) 제가 이 얘기를 어디 가서 하면 반 정도는 '아' 탄성을 내고, 절반 정도는 무슨 말인지 잘 모르겠다는 표정을 짓습니다.(웃음) 우리가 달라지긴 달라진 모양입니다.

이 할머니가 무슨 제주도 좌파 해녀 연합 의장님이시거나,(청중 웃음) 4·3 사태 때 제주도 굴에 숨어 계시다가 반세기 만에 나타나서 제주도의 해안 지역부터 적화하려는 분이 아니라, 그냥 우리 어머니, 우리 할머니입니다. 당신 몸 움직여서 새끼들 건사하고, 공부도 시키고, 제주도의 끔찍한 역사적 격랑을 뚫고 온, 정직하게 땀 흘려 일하는 우리 할머니이죠.

한 30년 전만 해도 이런 사고방식을 가진 분들이 동네에 더 많았다는 겁니다. 제 어릴 때를 생각해봐도 그렇습니다. 물론 사람이니 남보다 좋은 집에서 호화롭게 살고 싶은 욕구가 있지만, 그와 동시에 그걸 불편해하는 마음의 결이 있었다는 것입니다. 막상 내가 앞서게 되면 자꾸 뒤처진 사람이 마음에 걸리고 불편하고 좀 더디 가더라도 같이 가는 게 속 편하다는 생각이 들고, 아이들에게도 "사람이 너무 탐욕부리면 죄 받는다" 수시로 가르치고, 내가 가진 소박한 안정과 평화에 감사할 줄 아는 사람들이 동네에서 지배적이었다는 겁니다. 물론 그렇지 않은 사람들도 일부 있었지만 그런 사람들은 별로 좋은 대우를 받지 못했습니다. "아유, 저 녀석 아버지는 안 그런데 쟨 왜 저런지 몰라. 뺀질거리고 깍쟁이 같은 게" 이랬다는 거죠. 그런데 이것이 30년 전뿐만 아니라 300년 전, 천 년 전까지 동서를 막론하고 이른바 우리가 서민 대중이라고 부르는 인민, 민중들의 지배적인 삶의 태도였습니다.

보통 사람들이 이런 태도를 유지했기 때문에, 온갖 악하고 흉측한 지배자들이 출몰했음에도 불구하고, 인류가 인간성을, 인간으로서 기본 꼴을 유지해왔다고 볼 수 있습니다. 그런데 그게 우리나라에서 불과 10~20년 사이에, 특히 지난 10년 사이에 완전히 파괴되는 그런 상황이 되었습니다. 요즘 우리 주변에서 이 잠녀 할머니 같은 사고를 가지고 살아가는 사람을 찾기는 너무 어렵습니다. 오히려 대박 났다는 둥 어쨌다는 둥 다른 사람과 자기의 격차를 벌리는 데 골몰하고, 이렇게 격차가 벌어지면 다들 영웅시하는 그런 태도를 갖게 되어버렸죠.

저는 교육 문제가 대학 입시 문제가 되어 지금 벌어지고 있는 아비규환의 상황이 이러한 병적인 삶의 태도의 반영이라고 생각합니다. 물론 자본주의 사회에서 살아가는 데는 돈이 필요합니다. 그러나 사람이 품위를 지키면서 행복하게 살아가는 데 필요한 돈은 생각보다 많지 않습니다. 가만히 생각해보면, 부가 무한히 증식되어야 한다는 생각이 우리를 불행하게 만들고 힘들게 만듭니다. 외국 친구들이 한국에 오면 굉장히 놀랍니다. "왜 이렇게 쫓기듯이 살아가느냐. 한국이 절대빈곤 국가도 아닌데." 이를테면 가톨릭 계열의 빈민 사목하는 신부들이 한국에 배치되면 떠나고 싶어합니다. 그분들이 진짜 헌신하고 싶은 곳은 아이들이 막 굶어 죽어가는 곳인데, 한국은 그렇진 않으니까요. 물론 절대빈곤 상태에 있는 분들이 존재하지만 그런 분들은 사회에 호소할 통로도 겨를도 없습니다. 먹고사느라 바쁘다, 죽겠다, 말하는 사람들은 대부분 먹고사는 문제에 절박한 사람들은 아닙니다. 좀더 부자가 못되어 괴로운 사람들이지요.

코치와 선수 관계가 되어버린 부모와 아이

제가 어린이잡지 〈고래가 그랬어〉를 만들고 있고 근래 들어선 예상치 않은 교육운동가 노릇을 하고 있는데, 아이들 교육 문제에서 핵심은 결국 아이의 행복입니다. 부모들이 제가 부정적으로 열거한 행동들을 하는 이유는 모두 자기 아이가 잘 살고, 행복하게 살기를 바라는 마음이지요. 그런데 행복이 어디서 오는 걸까요. 제가 이 문제에 대해 나름대로 공부도 하고 연구를 해봤습니다. 왜냐하면, "아이에게 바른 교육, 인간 교육을 합시다" 이런 말은 해봐야 앞에서 고개 끄덕끄덕해도 마음속으론 '그래도 현실이……' 하고 돌아서기 때문에,(청중 웃음) "이렇게 키우는 게 사실은 아이를 더 행복하게 하는 것입니다"라고 말해야만 그들을 설득할 수 있기 때문입니다.

사람에게 행복을 가져다주는 가장 첫 번째 경로는 '관계'입니다. 좀 힘들고 모자라도 나를 진정 사랑하는 사람이 있다고 확신할 때,

어떤 경우에도 나를 지지할 사람이 있다고 확신할 때, 나를 진심으로 존경하고 따르는 사람이 있다고 확신할 때 사람은 행복합니다. 그런데 지금 우리의 교육은 사람과의 관계를 파괴하는, 관계 맺는 것을 훼방하는 교육입니다. 이를테면, 학년 초에 아이가 새로 사귄 친구를 집에 데리고 왔어요. 그럼 그 아이한테 뭐 물어보십니까? 취미가 뭐니, 좋아하는 과목이 뭐니, 이런 거 물어보시나요?(청중 웃음) 두 가지 물어보죠. 아버지 뭐 하시니. 그다음에, 집이 어디니. 중산층 아파트 중간에 영구임대아파트가 끼어 있는 그런 동네가 있거든요. 아이가 그런 데 사는 게 확인되면 보수적인 엄마는 노골적으로, 진보적인 엄마는 좀더 교묘하게 둘을 떼어놓으려 하죠.(청중 웃음)

요즘 아이가 중학교 고학년쯤 되면 엄마한테 막 한다는 얘기를 하는 분들이 참 많습니다. 집에만 오면 문 탁 닫고 들어가버리고, 얘기도 안 하려고 하고, 그러면 엄마들은 굉장히 서럽죠. 결혼 전에는 남편한테 꿀릴 게 없었는데, 이놈의 나라가 사회적 탁아도 전혀 되지 않아서, 죄도 없는 친정엄마와 시어머니 징발하다가 그것도 여의치 않으니 결국엔 아기 조금만 키우고 다시 일하겠다고 다짐했지만 복귀가 어렵고 또 아이 교육 문제가 닥치니 그냥 전업주부가 된 사람들입니다. 그래서 인생에서 가장 중요한 30~40대를 아이 교육에 다 바쳤는데, 그것이 매듭지어질 막바지 무렵에 아이가 자기한테 막하니 얼마나 서러운 일입니까?

하지만 거꾸로 생각해보면 당연합니다. 현재 한국에서 부모와 자식의 관계는 부모 자식 관계라기보다는 코치와 선수 관계입니다. 어떤 인간적 소통도 없습니다. 이 불쌍한 엄마들이, 비아냥거리는 표현이 아니라, 정말 이 죄 없는 엄마들이 1년 365일을 아이에게 온신경을 쓰고 돌보지만, 그 대화라는 걸 정리해보면 다섯 마디 안에 다 들어갑니다. 학원 가야지, 밥은 먹었니, 힘들지, 힘내라, 얼마 안 남았어, 이런 것들이 인간적 대화는 아니지 않습니까? 코치와 선수 사이의 대화지요. 이를 벗어난 대화는 어렵습니다. 이를테면 국가 대표 선수촌 코치가 올림픽을 며칠 앞두고 선수에게 "성적은 중요하지 않다. 스포츠맨십이 중요하고, 동료들과 인간적 관계를 맺는 것이 더 중요하다" 이런 식으로 말한다면 그 코치는 잘리겠죠.(청중 웃음) 현재 한국에서는 엄마들이 아이를 교육시킨다는 것이 이와 같기 때문에, 인간적인 관계에 대해 가르치거나 소통하기가 어렵습니다.

행복을 가져다주는 두 번째 경로는 '일'입니다. 그런데 아이의 재능과 적성에 맞는, 아이가 즐겁게 할 수 있는 일을 돈을 얼마나 버는가를 떠나 찾는 건 불가능합니다. 여러분들, 한국에 직업이 몇 개인 줄 아십니까? 여기 있는 분들은 그 정도는 아시겠죠?(일동 웃음) 여러 가지 통계가 있겠지만, 우리가 세금을 내는 통계청 통계를 보자면,(청중 웃음) 3년 전 통계로 10,000개 정도입니다. 이 통계가 지나치게 세분화된 건 아닙니다. 예를 들어, 평론가가 하나로 되어 있습니다. 영화평론가와 바둑평론가는 전혀 다른 직업이지요. 직업은 10,000개인데 그럼, 부모들이 아이를 키우면서 생각하는 직업은 몇 개 정도가 될까요? 〈고래가 그랬어〉에서 설문을 해보니까 많이 잡아 20개 정도 되더라고요. 직업은 10,000개인데 부모들이 아이를 키우면서 생각하는 직업이 20개밖에 없다면, 나머지 9,980개 직업을 갖고 살아갈 아이들은, 다시 말해서 거의 대부분의 아이들은 사회생활의 초입부터 실패자로 살아가게 됩니다. 괜한 낙인을 가진 채 콤플

렉스를 가지고 살아가게 된다는 것이죠. 부모들은 다들 "교육 현실이, 교육 현실이"라는 말을 입에 달고 사는데 아무 죄 없는 아이들을 모조리 이렇게 만드는 게 과연 현실적인 겁니까?

그리고 모든 생각이 내일과 미래에만 집중되어 있어요. 더 나은 미래, 더 나은 1년 후, 더 큰 집에 사는 5년 후, 10년 후, 말입니다. 제가 고등학교 2학년 때 나쁜 선생님이 있었는데, 물론 남자 선생님인데,(청중 웃음) 대부분 선생님들이 나빴지만 그 선생님은 특별히 더 우리들을 힘들게 했어요. 수업에만 들어오면 자꾸 자기 힘든 얘기를 하는 거예요. 가장 많이 했던 얘기는 "내가 선생질 할 사람이 아닌데 말이야"였어요.(일동 웃음) 소위 말해서 일류대 나온 사람인데, "내 친구는 저기서 뭐하고 있는데, 나는 이렇게 선생질이나 하고 있고……" 그러는데, 미친 사람이죠.(청중 웃음) 자기가 가르치는 아이들을 앞에다 두고서 만날 자신이 선생질 할 사람이 아니라는 걸 강조하는 사람은 미친 사람이죠.(청중 웃음)

그런데 이 미친 선생이 그날에는 이런 이야기를 했습니다. 그 선생님 말투를 조금 흉내 내면, "너희 새끼들 기지배 만나고 고고장 가고. 이 새끼들아, 그거 대학 가면 얼마든지 할 수 있는데 그걸 못해서 안달이냐 멍청한 새끼들……" 그랬습니다. 미친 사람은 상대를 말아야죠. 그런데 제 옆에 앉아있던 녀석이 전날 무슨 기분나쁜 일이 있었는지 손을 들었어요. 선생이 턱으로 녀석을 지목하자 녀석이 그랬어요. "그때 하는 거하고 지금 하는 거하고 같습니까" 하는 겁니다. 수업은 중단되고,(청중 웃음) 8교시 끝날 때까지, 선생님 퇴근할 때까지, 교무실에서 얻어맞았는데 불행하게도 그때가 2교시였습니다. 7교시만 되었어도 얼마나 좋았을까.(청중 웃음) 30년 전 일이지만 요즘 우리 교육 문제를 보노라면 그 친구의 말이 참 진리구나 싶습니다.

앞서가는 아이가 아니라 불쌍한 아이

우리 성인들은 인생이 준비기와 본격기로 나눠져 있다고 생각합니다. 열아홉 살 때까지는 준비기이고, 스무 살 이후부터가 진짜 인생이다. 그러니까 본격기를 위해서 준비기는 조금 고통스럽거나 양보되거나 생략되어도 괜찮다고 생각합니다. 그런데 우리가 왜 그렇게 생각하냐면, 우리가 그 시기를 지나버렸기 때문입니다. 그 시기가 우리한테는 아무 의미도 없기 때문에, 열아홉 살까지의 인생은 나머지 인생에 미칠 실용적 영역으로서의 가치만 있는 것이지 그 자체로는 가치가 전혀 없다고 생각하는 겁니다.

하지만 인생은 그렇지 않습니다. 인생은 항상 오늘이, 이번 주가, 이번 달이 인생이지, 열아홉 살 때까지는 생략해도 되는 인생이고, 스무 살 이후부터가 진짜 인생이라는 것은 정말 말도 안 되는 생각입니다. 비슷한 이야기를 어디 가서 했더니 어떤 열혈 어머님이, 나중에 알고 보니 그분은 아이가 다 일류대 들어가서 교육 성공기 강연도 다니고 하는 그런 분이라고 그러더라고요. 아주 정색을 하고 제 말에 반발을 하시더군요. 그건 너무 극단적이고 감상적인 얘기다, 우리 현실하고는 안 맞다. 제가 끝나고 그분하고 잠깐 서서 얘기를 나누었는데 아무래도 안 되겠구나 싶어서 말을 했습니다.

"선생님, 사실 우리는 우리 아이에 대해 잘 모릅니다. 아이가 얼마나 살지도 모르거든요. 막말로 아이가 스무 살 좀 넘겨서 가버리면 어떻게 합니까? 우리가 마치 전지전능한 신이라도 된 양 아이 인생을 준비기와 본격기로 나누고 그것이 아이를 위한 것이라고 생각하는 것은 이치에 맞지 않는 잘못된 생각입니다. 그것은 자식에 대한 사랑이 아니라 나에 대한 사랑을 아이에게 표출하는 것입니다." 그분이 금세 표정이 달라지면서 고개를 끄덕이더군요.

그럼 당신은 지금 어떻게 하고 있느냐, 이런 궁금증이 생기실 것 같은데요. 제가 아이가 둘인데, 하나는 고등학교 1학년 여학생이고, 또 하나는 중학교 1학년 남학생입니다. 한 3년 정도 아이들과 느리고 충분한 토론과 대화를 거쳐서 재작년 말쯤에 대학은 꼭 가야 하는 건 아닌 걸로 합의를 했습니다. 제가 아이들과 이런 합의를 하고 사교육도 안 시키는 것에 대해 여전히 진보적인 후배조차도 제 아내에게 이런 이야기를 했다고 합니다. "규항이형 교육관이나 사회관, 세계관 다 존중하는데, 그렇다고 단이가 희생되면 안 되잖아요" 여기서 단이는 제 딸인데요. 이런 말은 정말 큰일 날 말입니다.

그전에, 지난번 〈한겨레21〉 이념 성향 조사에서 제가 52명 가운데 가장 극좌로 나왔는데요.(일동 웃음) 설문 대상을 왜 그렇게 편향되게 했는지 모르겠어요. 그것 때문에 〈고래가 그랬어〉을 구독하는 부모님들이 불편해하실 것 같아 참 원망스러운데……(일동 웃음) 찾아보면 저보다 더 급진적인 분들도 있는데요. 미디어와 대중들에게서 배제되니까 괜히 제가 가장 급진적인 사람처럼 되어버렸는데요. 제가 설사 김산이나 체 게바라 같은 사람이라고 하더라도 자신의 세계관이나 철학 때문에 아이를 희생해도 좋다, 내가 올바르고 훌륭한 인생을 살아야 되니까 아이가 손해봐도 좋다는 생각을 해서는 안 된다고 생각합니다. 이것은 굉장히 잘못된 생각입니다. 아이를 낳았으면 그 아이가 되도록이면 잘 살게, 행복하게 살 수 있게 노력하는게 부모의 도리라고 생각합니다. 제가 아이들과 그런 합의를 한 건 바로 그래서입니다. 현재 대학입시로 바꿔치기된 교육 상황이 사람을 키우는 과정이 아니라 사람을 손상시키는 과정이라는 생각을 가지고 있기 때문에 그런 합의를 했던 것입니다.

〈고래가 그랬어〉에 '고래 토론'이라는 꼭지가 있습니다. 아이들이 누구의 지도도 받지 않고 자기들 문제에 대해서 난상토론을 하는 겁니다. 읽어보면 굉장히 재밌는데, 지금 칠십 몇 호가 나왔으니까 칠십 몇 번 토론을 한 거죠. 그런데 딱 두 번 실패했습니다. 책에 도저히 싣기가 어려워서 두 번 다시 했어요. 둘 다 아주 부자들이 많이 사는 동네였는데 그중 하나 이야기입니다. 새벽 한 시가 넘어서 저희 편집장한테서 전화가 왔습니다. "선배, 이거 어떻게 해야 될지 모르겠어요. 토론 녹취를 풀었는데 실을 수가 없네요." "왜?" 그랬더니 "공부를 너무 많이 해서 놀 시간이 부족하다는 주제로 토론을 했는데, 여섯 명 중에 네 아이가 유약한 소리 하면 안된다, 경쟁을 해야 된다.(청중 탄식, 웃음) 경쟁에서 이겨야 내가 살고 싶은 삶을 살 수 있다, 그리고 심지어 사회에 영향을 미치기 위해서도 그렇게 되어야 된다, 이런 이야기를 막 하는데 어떻게 해야 합니까?"라고 하더군요. 저도 깜짝 놀랐죠. 그 동네 부모들이 아이들이 어릴 때부터 아주 교묘하게 그런 의식을 심어주고 있을 거라고는 생각했지만, 이미 그 어린 나이에 아이들이 벌써 이렇게 자기 인생관으로 설파할 거라고는 상상도 못했습니다. 할 수 없이 다음 날, 강북의 한 초등학교에서 다시 토론을 진행했습니다. 애들은 못 노는 것에 대한 불만들이 어찌나 많은지…….(일동 웃음) 토론 마치고 편집장과 둘이서 소주 마시는데 전날 아이들 때문에 마음이 너무 아팠습니다.

요즘 강남에서 공부 좀 시킨다는 집에서 특목고 가기 위해 공부하는 초등학교 6학년 아이의 학력 수준이 어떤지 아십니까? 초등학교 6학년 때 수학 정석 1을 뗍니다. 무슨 말인지 아시겠습니까?(웃음) 우리가 고등학교 때도 힘들었던 《수학의 정석》 말입니다.(청중 웃음) 그쪽 입시 전문가들은 "응시생 수를 봤을 때 그 정도는 공부해야 외고에 들어가서 상위권 대학을 들어갈 수 있다"고 하더라고요. 요즘은 부모가 돈을 얼마나 많이 가지고 있는지에 따라 교육 효율이 달라지니까, 평범한 집 아이들은 갈수록 부잣집 아이들을 따라잡기 어렵습니다. 그래서 다들 답답해하고 서럽기도 하고 그런데 그 앞선 아이들이 인생에서 앞서 가고 있는 건 아니라는 겁니다. 아니, 초등학교 5학년 아이가 경쟁을 해야 된다, 그리고 거기에서 이겨야만 내가 바라는 인생을 살 수 있다, 말한다면 그 아이가 스무살이 되면 어떤 모습일지 상상해보세요. 앞서가는 아이가 아니라 불쌍한 아이라고 하는게 맞을 겁니다.

꼴찌도 행복한 독일 아이들

《꼴찌도 행복한 교실》이라고, 얼마 전에 어머니 한 분이 독일 교육 체험기를 책으로 냈어요. 제가 거기에 추천사를 쓰느라고 책을 다 읽었는데 너무 재밌더라고요. 그 책 한번 읽어보십시오. 제가 그쪽과 무슨 관련이 있는 건 아닙니다.(청중 웃음) 거기에 그런 얘기가 나옵니다. 아이가 초등학교 들어갈 나이가 되니까, 각별한 교육열을 가진 한국 엄마로서 걱정이 되는 거예요. 우리 아이가 독일 아이들 사이에서 독일어를 따라갈 수 있을까 걱정이 되어서, 여섯 살 때부터 동화책을 전부 독일어 책으로 바꾸고, 그래서 독일어를 잘 읽을 수 있게 만들어서 입학을 시킨 겁니다. 그런데 막상 입학해놓고 보니까, 그 반에 책을 읽을 줄 아는 아이가 이 집 아이밖에 없는 겁니다.(일동 웃음) 독일은 월반이 있거든요. 계속 월반을 시키라고 권유하는 바람에 아주 곤혹스러웠데요. 아이를 일곱 살 때 넣었는데, 월반을 하면 동급생들하고 두 살 차이가 나니까 아이가 얼마나 힘들겠어요.

또 예습을 해오면 선생님한테 구박을 받아요. 그러니까 선생님이 뭐 물어보면 손 먼저 들고 또박또박 얘기하는 애 있죠. 그런 애는 아주 미움을 받는답니다.(청중 웃음) 심지어 위협을 당하기도 한답니다. "너 자꾸 이러면, 이렇게 분위기 해치면 월반시켜버린다."(청중 웃음) "월반되면 몇 달 못 돼서 다시 내려올 텐데, 그럼 창피하겠지?"

또 한번은 선생님이 자꾸 시험을 언제 보는지 말을 안 하고 시험을 봐서 이 한국 엄마가 스트레스를 받기 시작하는데, 독일 엄마들을 부추겨서 학교로 몰려간 겁니다. 선생님이 어떻게 말할지도 예측을 해서 갔답니다. "그렇게 해야만 정확한 평가가 되지 않겠습니까"라고 하겠지 생각을 했던 거죠. 그런데 선생님이 뭐라고 했냐면요. "시험을 언제 보는지 미리 알려주면 애들이 얼마나 스트레스를 받겠습니까? 지금 고작 초등학생인데, 시험 때문에 스트레스를 받으면 애 정신 건강에 얼마나 손상이 가겠습니까?" 엄마들이 아무 말도 못

하고 돌아왔답니다.(청중 웃음)

　그런 환경에서 자란 아이들과 지금 한국 같은 환경에서 자란 아이들이 스무살이 되었을 때 똑같이 건강하고 조화로운 사람이 될 수 있다면 지금처럼 해도 괜찮을 것입니다. 그러나 분명히 다르겠죠. 저는 한국의 현재 교육 환경 속에서 건강하고 좋은 사람이 또 시민이 자라날 가능성은 적다고 봅니다. 어떤 분들은 그래도 진보 진영에서 엘리트들을 계속 만들어내야 하지 않느냐, 일류 대학도 나오고, 사회에서 힘을 쓰는 사람도 만들어야하는 거 아니냐고 말씀도 하시는데요. 물론 그런 이야기는 지금 활동하고 있는 진보적인 인텔리들이 대학 나온 사람들이라는 사실에 근거하고 있지요. 하지만 지금 아이들이 과연 우리가 대학에서 진보적인 청년으로 바뀌었던 것처럼 바뀔 수 있을까요? 저는 어렵다고 봅니다. 그때 우리는 대학에 들어와서 '극우 독재 거짓말에 완전히 속았구나' 하면서 하루아침에 다 뒤집혀 학습도 하고 그랬습니다. 하지만 지금 아이들이 대학에 들어가서 하루아침에 '내가 자본의 체제에 속았구나' 하면서 뒤집힐 가능성은 전혀 없습니다. 왜냐하면 지금 아이들의 대학 입시 과정 자체가 자본의 가치관을 뼛속 깊이 새기는 과정이기 때문입니다. 경쟁심과 물질만능주의를 체화하지 않고는, 이기심을 무한 계발하지 않고서는 할 수 없는 과정이기 때문입니다.

　속았다는 걸 알면 한순간에 생각을 뒤집을 수 있지만 뼈에 새겨지고 몸에 체화된 건 좀처럼 바뀌지 않습니다. 우리 세대 역시 정치적으로는 하루 아침에 뒤집혔어도 성차별, 권위주의적 습속, 집단주의 같은 극우 독재 치하에서 자라면서 뼈에 새겨지고 몸에 체화된 부분들은 좀처럼 바뀌지 않았고, 바로 그게 진보운동 세력의 가장 치명적인 문제가 되었습니다. 지난번 민노총 사건과 그 처리과정에서 보듯이 30여년이 지난 지금까지도 그 문제가 여전히 말썽입니다. 지금 아이들이 대학에 가서 진보 엘리트로 성장한다는 건 가능성이 적으며, 설사 그쪽으로 간다고 해도 소액주주의 기득권을 보호하자 같은 주주자본주의적 주장을 자본주의 비판으로 생각하는 사람 정도에 머물거라고 생각합니다.

게다가 386세대나 80년대 학번들이 대학 강의나 대학 교육 체제에 의해서 진보적인 청년으로 양성된 것이 아니잖아요. 오히려 대학 문화를 통해서 세상을 깨쳤습니다. 저는 고등학교 후반부에는 정말 많이 빗나가서 공부는 작파하고 오토바이, 록 음악 등에만 관심을 가지고 지냈는데, 대학에 들어갔더니 너무 멋진 사람들이 있더라고요. 500미터 전방에서도 구별되는 무채색의 옷차림, 역사와 현실의 무게를 전부 혼자 짊어진 듯한 진지한 표정, 그다음 말 한 마디 한 마디가 천근만근인 지적인 사람들요.(청중 웃음) 지금 대학엔 신입생을 매료시키는 지적인 저항적인 대학문화도 없습니다.

저는 지금의 경쟁 교육이 부당하고, 자본의 가치에 입각한 교육이 나쁘다, 그러니까 아이가 인생에서 좀 손해를 보더라도 거부해야 한다는 말이 아닙니다. 그러한 교육이 아이한테 해롭고, 아이의 정신과 영혼에 손상을 준다는 것을 재고해보자는 겁니다. 엘리트로 키우지 말자는 말이 아닙니다. 진짜 엘리트를 원한다면, 주변 사람들의 존중을 받고, 리더십을 발휘하고, 사회에 훌륭한 영향을 미치는 생각과 행동을 가진 사람이 되기 바란다면, 오히려 대학에 대해 재고해볼 필요가 있다는 겁니다.

지금은 '대학을 꼭 가야 한다'는 생각을 버릴 때

얘기를 좀 정리하겠습니다. 단적으로 말씀드려서 저는 우리가 현재 교육 문제를 얘기할 때 실제적 의미가 있으려면 한 가지 결단이 필요하다고 생각합니다. '내 아이가 대학에 꼭 가야 한다'는 생각을 버려야 합니다. 이 생각을 버리지 못하는 한, 어떤 교육적 고민과 노력도 아무 의미가 없다는 것입니다.

물론 이것이 이명박이나 이건희 같은 사람의 성공 기준으로 볼 때는 아이를 희생하는 위험하고 어리석은 행동으로 비춰지겠죠. 하지만 우리의 기준으로 볼 때는 내 아이를 더 잘 살게 하고, 더 자유롭고 충만하게 생활할 줄 아는 엘리트로 키우는 기본적인 출발점일 수 있습니다. 대학에 보내지 말자, 대학에 보내자, 둘 다 아닙니다. 일단 대학에 꼭 가야 한다는 생각을 버리고 처음부터 다시 생각해봐야 합니다. 이렇게 말씀드려도 어떤 분들은 '수긍은 하지만 왠지 불안하다' 생각하실 겁니다. '저 사람이야, 좀 유별난 사람이고, 또 다른 뭔가가 있겠지' 하실 수도 있습니다.

그런데 여러분, 아이를 키운다는 건 말입니다, 사랑이 필요한데 사랑엔 용기가 필요한 법이죠. 특히 아이가 정신적으로 영적으로 이렇게 위험하고 뒤틀린 세상에서 자라나는 상황에서는 더 용기가 필요합니다. 용기를 잃지 마시기 바랍니다. 이명박이나 이건희나 이런 사람들이 뭐라고 하든 말든 10년 후, 20년 후에 내 새끼가 잘 되느냐, 너희들 새끼가 잘 되느냐, 한번 두고 보자,(청중 웃음) 용기를 가지고 우리 아이들을 이 죽음의 교육에서 살려내자, 아이들이 진정 자유롭고 충만한 삶을 살도록 돕자는 말씀을 드립니다. 혼자라면 내

행복은 스펙순이 아니잖아요　**217**

아이만 뒤처지는 것 같아 두렵지만 우리가 힘을 모은다면 함께 길을 만들어갈 수 있습니다. 용기를 내십시오. 고맙습니다.(청중 박수)

사회자 정말 탁자도 그렇지만, 맥주 한 잔 올려놓고 들었으면 참 좋지 않았을까, 그런 생각 안 드십니까? 네, 좋은 강의였습니다. 제가 아는 한 선생님에게서 들은 얘긴데요. 어떤 동네에 초등학교가 하나 있었는데, 거기에 자가 아파트와 임대 아파트가 있었답니다. 그래서 아이들이 자가파와 임대파로 갈렸답니다. 하루는 자가파 애들이 임대파 애들한테 "쟤네들 못 산다" 이렇게 놀리면서 따돌렸다고 합니다. 그런데 최근에 역전됐다고 합니다. 임대파 애들이 자가파 애들한테 "쟤네들, 다 빚 얻어서 집 산 거다" 이렇게 놀리고 있다는 얘기를 들었습니다.(청중 웃음)

김규항 본질을 흐릴 수 있는 유머였습니다.(일동 웃음)

사회자 교육 현장이 오염됐다는 얘기를 드리려고 한 건데.(웃음) 5454님이 이런 문자를 보내오셨어요. "노는 것이 우선이라는 생각에 예습 없이 학교에 보내고 나니까 아이는 자기가 공부를 못한다는 걸 너무나 당연하게 받아들이고 '나는 아는 게 없어서 대답 못 했어'라고 말하는데 눈빛이 너무 맑아서 미안했습니다." 근데 이런 문자 왜 보내셨죠?(웃음) 질문이 아닌데, 너무 가슴이 짠하네요. 감사하고요. 질문이 많이 왔는데요. 짧게 세 마디로 답을 해주시면 감사하겠습니다. 7507님, "자녀에게 가장 자주 해주시는 말은?" 3422님, "8개월 딸을 둔 엄마면서 고등학교 교사입니다. 자녀 교육의 첫 번째

© 정용일

지금의 경쟁 교육이 부당하고, 자본의 가치에 입각한
교육이 나쁘다, 그러니까 아이가 인생에서 좀 손해를
보더라도 거부해야 한다는 말이 아닙니다. 그러한 교
육이 아이한테 해롭고, 아이의 정신과 영혼에 손상을
준다는 것을 재고해보자는 겁니다.

가 무엇인가요?"

다른 사람을 배려하는 아이로 키우기

김규항　어떤 분들은 제가 아이한테 좋은 지식을 많이 주입할 거라 생각하는데요. 거의 그렇지 않고, 그냥 만날 장난하고 놀죠. 하지만 제가 한 가지 신경 써서 가르치는 것이 있어요. 그것은 제 아이가 다른 사람을 배려하지 않는 행동을 할 때, 이기적인 행동을 할 때는, 제가 생각해도 좀 심하다 싶을 정도로……. 그렇게 하는 이유는 이 세상이 24시간 아이들을 그렇게 가르치고 있기 때문에, 그걸 방어하기 위한 전투라고 생각하기 때문입니다. 좋은 사람이 뭐냐? 간단합니다. 다른 사람 생각하는 사람이 좋은 사람입니다. 사람이기 때문에 자기 생각을 먼저 하는 건 당연하지만, 다른 사람 생각도 같이 하는 것, 저는 이것을 아이들에게서 사수하고 싶습니다. 그 외 다른 것은 특별히 교육하는 것 없고, 그냥 같이 놉니다. 너무 길었나요?(청중 웃음)

사회자　스물일곱 마디였습니다.(청중 웃음) 1541님, "아이는 몇 살까지 엄마가 키워야 할까요?"(청중 웃음)

김규항　(웃음) 그건 부모 마음대로 안 되는 것 같고요. 아이들이 중학교를 졸업하면 대부분 엄마 아빠를 떠나버리더라고요. 사실 별로 아쉬울 게 없죠. 아까 말씀드렸지만 인간적인 소통도 별로 없고 실용적 관계로서의 가족만이 존재하니까요. 부모가 설사 스무 살 때까지 키워야겠다는 의무감을 갖고 있어도, 아이들은 육신만 여기 있지 정신과 영혼은 떠났다고 보이는 상황이 너무 많습니다. 그래서 한 번쯤 스스로를 비춰볼 필요가 있지 않나, 그런 생각이 듭니다.

사회자　2525님, "자녀들은 일반 공교육 학교를 다닙니까?"

김규항　일반 공교육 학교를 다녔고, 머지않아 학교를 그만 둘 가능성이 많아보입니다.(웃음)

사회자　2489님, "사실 교육 문제 이전에 아이를 낳아야 할지 고민입니다."(청중 웃음)

김규항　아이를 낳아야 할지를 생각하는 세대가 출현했죠. 저희 세대에는 결혼을 해야 하나, 아이를 낳아야 하나, 이런 생각을 못 하는 세대였습니다. 그런데 만약 지금 제가 20대여서 그런 고민을 한다면 아주 회의적이지 않을까 싶습니다. 그래도 한편으로는 우리 같은 사람들이 아이 낳는 걸 전부 포기해버려 저놈들의 자식들이 세상을 다 장악할거라 생각하면,(일동 웃음) 그런 생각을 하면, 쪽수에서 너무 밀려서…….(청중 웃음) 그런 두려움도 있지만, 아이의 인생은 그 자신의 인생인데, 태어나는 것은 스스로 선택하는 것이 아니라는 점이 중요합니다. 한 아이가 태어나게 한다는 것에 대해서 많이 고민하고 부담을 가져야 된다고 생각합니다.

사회자　지금 교육 시스템과 투쟁을 하려면 아이가 있어야겠죠. 8429님, "오바마 대통령이 한국 교육을 본받아야 한다, 이런 말을 했는데 어떻게 생각하시는지요?"

김규항　그 사람이 한 말의 행간을 가지고 너무 확대한 것이 아닐까, 생각이 듭니다. 그러니까 한국의 공교육이 이룬, 피사라고 하나요? 국제학력평가, 거기서 높은 수준이니까 그런 맥락에서 그분이 얘기하지 않았을까 싶은데요. 정확하게 말하자면, 그분이 한국 교육에 대해서 잘 모르는 겁니다. 들어와서 체험을 한번 해보면, 실수했다고 말하지 않을까, 최소한의 상식이 있는 사람이니까요.(청중 웃음) 잘 모르고 한 얘기다, 이렇게 말하지 않을까 생각합니다.

사회자　"교육과학기술부 장관으로 추천하고 싶은 사람이 있다면, 그리고 임명권이 있다면 어떤 사람 추천하고 싶으신지요" 어떤 분이 물어보셨습니다.

김규항　글쎄요, 얼핏 떠오르는 분으로는 김종철 선생님이 있습니다. 그분은 뭘 맡아도 우리한테 도움이 되지 않을까 싶습니다. 인간과 생태에 대해 좋은 관점을 가진 분이니까요. 저하고 다른 의견도 있지만 존경하는 분입니다. 녹색평론 발행인 김종철 선생님.

사회자　공감하는 바입니다. 교육과학기술부 장관이 된다 해도 대통령 눈치 안 보고 소신껏 할 수 있어야 합니다. 김종철 선생님, 빛나지 않겠습니까? 이명박 밑에 들어가시면 참, 며칠 계실지……(청중 웃음) 또 질문입니다. "고3 담임입니다. 7개월만 참자고 아이들을 달래지만, 제가 지쳐갑니다. 어떻게 7개월을 버틸까요?"(청중 웃음)

김규항　이건 교육이 아니다, 라고 선언하고 학교를 떠나는 수준 까지 달려가 보신 다음에, 그런 고충을 얘기하는 것이 아이들한테 도리가 아닐까 싶습니다. 저는 요즘 교사들이 너무 무력해져서 회사 원처럼 되어가고 있는데, 자신의 자존을 찾기 위해서는 좀 더 치열 해질 필요가 있지 않나, 싶습니다. 교직을 포기할 수도 있다는 수준 의 결단까지 하지 않으면, 답이 나오지 않을 거라고 생각합니다.

사회자　3134님, "홍세화 선생께서 하신 말씀 중에 서울대를 없애 버리면 대학 서열 문제와 입시 문제가 해결될 거라고 하신 적이 있 습니다. 어떻게 생각하시는지요?" 이외에도 대학 입시 제도를 고치 면 해법이 될 수 있겠느냐, 이렇게 물어보신 분들이 많습니다.

김규항　외람되지만 저는 그렇게 생각하지 않습니다. 서울대는 문 제의 근원이기 전에 문제의 반영이기도 합니다. 서울대가 없어지는 건 물론 찬성하지만(웃음) 그게 실현되려면 교육 문제가 상당 수준 추슬러진 다음일 수밖에 없습니다.

'근거리 엘리트'가 진짜 엘리트

사회자　스스로를 B급 좌파라고 하셨는데, A급 좌파는 국내에서

누가 있습니까?(청중 웃음)

김규항　　그렇게 말하는 경우가 많은데요. 저는 그렇게 자칭한 적이 한 번도 없습니다. 단지 제 책의 제목이었을 뿐이죠.

사회자　　그럼 B급 좌파가 아니십니까?

김규항　　자신이 설사 A급이라고 생각한다고 해서, "나는 A급 좌파입니다"라고 말한다면 그건 또라이겠죠.(일동 웃음) 사상이나 지성 이전에 자의식이 없는 사람입니다. 그런 사람을 우리가 존중할 이유는 없겠죠. 그렇다고 제가 그렇다는 건 아니고요.(청중 웃음) 여러분들, 혹시 제 책《B급 좌파》표지를 보신 분들은 아실 겁니다. 제 책을 안상수 선생님이 디자인해주셨는데, 표지 제목이 '이상체'라고 해서 해체된 글자라서, 아는 사람들은 'B급 좌파'로 읽지만, 모르는 사람들은 다 '8급 좌파'라고 읽습니다.(일동 웃음) 굳이 선택하자면, 저는 B급 좌파보다는 8급 좌파가 훨씬 편합니다.

사회자　　저는 '중도 실용 친서민 좌파'가 되고 싶습니다.(청중 웃음) 죄송합니다.(웃음) 7977님이 막 보내오셨는데요. 저도 한번 여쭤보고 싶은 거였습니다. "자녀가 엘리트가 되기를 바란다는 말씀을 하셨는데, 여기서 '엘리트'의 의미는 무엇인지 궁금합니다."

김규항　　'원거리 엘리트'가 있고 '근거리 엘리트'가 있다고 생각하는데요. 원거리 엘리트는 스펙입니다. 무슨 학교를 나오고 직업이 뭐고, 이런 껍데기죠. 왜냐하면 그 사람을 실제로 들여다볼 수가 없으니까요. 그런 엘리트들은 일상을 같이하는 친구나 동네 사람들이나 자식에게서 존중받지 못하는 경우도 많죠. 하지만 근거리 엘리트는 멀리서 보면 평범한데 실제로 같이 살아가는 사람들, 같이 호흡하는 사람들한테서 존중받고, 힘든 일이 있을 때, 뭔가 복잡한 문제가 있을 때, 얘기하면 실마리가 풀리고 위로받을 수 있는 사람, 복잡하고 사악한 후기 자본주의 체제를 훤히 꿰뚫어보는 통찰력을 가진 사람, 그러니까 옛날에 공동체 추장 같은 사람입니다. 이런 사람들이 진짜 엘리트가 아닌가 생각합니다.

저는 제 아이들이 어떤 직업을 갖는지를 떠나서, 이 아이들과 실제로 삶에서 호흡하는 잘 아는 사람들한테서 존중받고 사랑받는 사람이 되길 바랍니다. 비록 부모 자식 간이지만, 내 새끼라서가 아니라, 그래도 이 친구는 인간적으로 존중심이 든다는 생각이 드는 사람이 되기를 바랍니다. 만약에 그것이 안 된다면 그 아이가 사회적으로 대단한 성취를 하면 할수록 내가 힘들겠죠.

아이의 인생에서 대학이 얼마나 실용적일까

사회자 자, 이제부터는 일대일로 질문을 받도록 하겠습니다. 제일 먼저 드셨습니다. 검은 옷을 입으신 여성분.

청중 1 아까 아이들이 꼭 대학을 가야 한다는 생각을 버려야 한다고 말씀하셨잖아요. 그런데 사실 우리 사회에서 대학을 가지 않고 할 수 있는 일들이 얼마나 될 것이며, 대학을 안 가면 뭔가 자기가 원하는 것들을 할 수 없는 상황에서 그 말이 맞는지 궁금합니다.

또 대안학교에 대해서도 여쭤보고 싶은데요. 일반 서민들은 대안학교를 보낼 만한 생각이나 형편을 가진 분이 많지 않은 걸로 알고 있거든요. 이런 상황에서 일부 지식인들이 자기 아이들을 대안학교에 보내는 것이 자기 아이들만 기존 교육 체계에서 빼내서 다른 교육을 시키는 걸로 볼 수도 있지 않나요. 그렇게 교육에 대해서 많은 고민을 하시는 분들이 기존 교육 체제 아래서 뭔가 바꿀 수 있는 것들을 고민하는 게 맞지 않나, 생각이 드는데요.

김규항　네, 첫 번째 질문에 대해서는 실증적으로 말하자면 상당히 긴데요. 저희 세대가 대학에 들어갈 때는 진학율이 20퍼센트 좀 못됐습니다. 현재는 90퍼센트 정도인데, 독일의 경우는 40퍼센트가 좀 못됩니다. 대학을 안 가면 안 된다는 부모님들의 생각이나 수요 때문에 장사꾼들이 대학을 많이 만들어서 지금은 대학을 가려면 다 가거든요. 안전 지원만 하면 가능합니다. 지방에는 미달되는 학과도 있고요.

그런데 지금 아이가 대학을 갔을 때 그 실용적 가치는 즉, 아이가 대학에 가서 이후 경제적 안정성과 연결되는 비율을 따져보니까 상위 5퍼센트 정도였습니다. 그런데 현재 5퍼센트가 전국에서 다 나오는 게 아니잖아요. 일류대 신입생들은 해가 다르게 특목고·외고 아이들로 채워지고, 그 아이들은 대부분 부자의 아이들로 채워지고 있습니다. 그리고 상위 5퍼센트에 들어가는 것이 너무나도 비정상적인 학습을 요구하기 때문에, 이제는 서민 부모를 둔 아이들이 열심히 예습 복습 해서 서울대를 갈 수 있는 게 아닙니다. 부자들이 자기 새끼들 학력을 비정상적인 수준까지 끌어올려놨기 때문인데, 그 비결은 물론 돈을 많이 들이는 사교육이죠. 5퍼센트 중에 적게 잡아도 절반은 부자집 아이들이 선점한다고 볼 수 있습니다. 그렇다면, 결국 2.5퍼센트라고 할 수 있는데요. 김 선생님, 건강하시죠? 건강해 보이시는데…….

사회자   뭐, 썩 그렇지 않습니다.(청중 웃음)

김규항   만약에 몸이 안 좋아서 병원에 갔는데 의사가, "생존 확률이 2.5퍼센트입니다" 이렇게 말한다면, 어떤 기분이 드시겠습니까? 이게 질문이 좀 이상하네요.(청중 웃음)

사회자   일단 보험증서를 한 번 확인해볼 것 같습니다. 몇 개 들어놓은 게 있어서…….

김규항   만약 "사망 확률이 97.5퍼센트입니다"라고 얘기한다면 어떨까요? 그래도 2.5퍼센트의 가능성이 있으니 끝까지 해보자고 할까요? 제 말은 확률이 적으니까 포기하자는 뜻이 아니라, 부모들이 그래도 '현실이, 현실이' 하지만 사실 계산이 전혀 안 되고 있다는 겁니다. 무작정 가야 한다는 생각 때문에, 한 등이라도 더 올라가면 뭔가 안정성과 연결될 거라는 기대를 가지고 맹목적으로 보내려고 하는데 계산을 하려면 제대로 해봐야 한다는 겁니다.
    제가 2.5퍼센트 생존 확률 얘기를 어디서 했더니, 어떤 어머님들이 그러시더라고요. "아니, 일류대 나와도 그렇게 어려우니까 하는 데까지 해봐야죠."(청중 웃음) 논리가 파괴된 얘기입니다. 아이에 대해 생존 공포와 강박을 가지는 것은 이해가 되지만 그래서 진정한 교육 따위는 차치한다면 계산이라도 제대로 해야죠. 아이가 대학 마칠 즈음 되어서 헤매게 만드는 것보다는 아예 일찌감치 대학을 가지 않고도 소박하게 자존감 지키며 살 수 있는 길을 찾는게 현실적입니다. 길이 안 보인다고들 하지만 길을 찾은 적이 없으니 당연히 안 보이는겁니다. 대학 입시를 향한 길은 정보와 지식이 차고 넘치는데 반해 그걸 벗어난 길은 너무나 모르죠, 우리가. 대학 입시를 향해 19년 동안 이루어지는 엄청난 투자와 고생의 반에 반만 갖고도 충분히 길을 열 수 있습니다. 아까 말했듯이 한국은 절대빈곤국가가 아니며, 뭘해도 먹고는 삽니다. 그리고 대도시에서 회사원으로 사는 게 뭐 좋습니까? 쳇바퀴의 다람쥐 같은 삶 아닙니까? 아이가 그런 삶을 피하는 삶을 모색하도록 부모의 용기가 중요합니다. 두 번째 질문인 대안학교는, 지금 어머니라고 말씀드려도 될지 모르겠는데요, 어머니십니까?

청중 1   아니요, 저 결혼 안 했는데요.(청중 웃음)

김규항   죄송합니다. 결혼한 것처럼 보인다는 말씀은 전혀 아닙니다. 아이 교육에 대해서 매우 실질적으로 말씀하셨기 때문에 그런가보다 했는데⋯⋯.(웃음)
　　대안학교는 어떤 교육적 관점이고 선택이기도 하지만 그 이전에 계급적 권리에 속합니다. 동네에 있는 학교 보내기도 빠듯한 사람이 어떻게 한 달에 몇 십만 원씩 내고 대안학교를 보내겠습니까. 사실은 먹고살 만한, 그리고 어느 정도의 의식과 교양을 가진 진보적인 인텔리 부모들의 선택인 것이죠. 그래서 대안학교는 더 훌륭해져야 합니다. 대안학교가 대학입시에서 벗어나 대안적인 삶을 모색하는 교육을 한다면 학비가 좀 비싸다고 해서 귀족학교라고 욕하는 사람이 있겠습니까? 대안적인 삶이 아니라 대안적인 입시를 향해가니 그런 소리를 듣는 것이죠. 물론 대안학교 중에 그런 목적으로 설립된 학교는 하나도 없습니다. 다 부모들의 욕망이 학교를 그렇게 몰아가는 것이죠. 대안학교가 훌륭해져야 한다는 제 말은 결국 대안학교에 아이를 보내는 부모들이 훌륭해져야 한다는 것입니다. 많이 배우고 안정적으로 살기 때문에 대안적인 삶을 모색하는 교육도 해볼 여건이 되는 것 아닙니까? 그렇게 해서 그런 성취와 결실들이 공교육에 제공되고 여느 부모들의 생각을 바꾼다면 얼마나 좋겠습니까?

사회자   따끔한 말씀입니다. 자, 맨 앞에 계신 분께 기회를 드리겠습니다.

청중 2   저는 띠동갑 남동생이 하나 있는데요, 지금 고등학교 1학년입니다.

김규항   질문하는 분이 고등학생 같은데…….(청중 웃음) 죄송합니다, 말씀 계속하시죠.(청중 웃음)

청중 2   제가 최근에 제 삶에 대해서 고민을 많이 하다 보니, 이제야 동생하고 대화를 나누는 시간이 많아졌습니다. 대화를 나누다 보면 답답한 부분도 많고, 아무래도 저희 부모님들은 연세가 있으시다 보니 공부나 좋은 대학만을 강요하시는 부분이 있으세요. 제가 중간에서 제 동생을 위해서 해주고 싶은 일은 많은데, 마음은 앞서고, 어떻게 해야 할지는 잘 모르겠습니다. 제가 제 동생에게 뭔가를 제시해줄 수 있는 조언을 어디서 얻을 수 있을까요?

김규항　　동생이 고등학생이라고 하셨죠? 동생이 '나도 누나처럼 살면 좋겠구나' 하는 그런 삶을 사십시오.(일동 웃음) 그러니까 '누나가 나온 학교를 가면 좋겠구나, 누나가 갖는 직업을 가지면 좋겠구나' 이런 거 말고요. 가까이서 숨 쉬면서 보는 사람이니까 '누나처럼 저렇게 살면 참 좋겠구나, 멋지다' 이렇게 사시지 않으면 어떤 말도 소용이 없습니다.(웃음)

사회자　　카메라 뒤에 녹색 옷 입으신 여성분. 남성분들의 질문이 어제 오늘 뜸합니다.

청중 3　　안녕하세요. 저는 중학교 3학년 때까지 〈고래가 그랬어〉를 보고 자란, 지금 고3인데요. 우선은······

김규항　　한눈에, 참 잘 자란 것 같지 않습니까?(청중 웃음)

청중 3　　엄마가 여기 와 계시거든요. 저희 엄마는 굉장히 즐거운 얼굴로 저를 야간자율학습 대신에 이곳으로 데리고 오신 그런 부모님이셔서, 저는 굉장히 행복하고 충만한 삶을 살고 있다고 생각합니다.(청중 박수) 그런데 질문이 두 가지가 있어요.

하나는 제가 〈고래가 그랬어〉를 읽으면서, 제 동생이 세 살 터울 남동생인데요, 둘이서 읽으면서, 이걸 만들기로 작정한 사람은 굉장히 천재다, 너무 멋있다, 이런 생각을 하면서 봤거든요.(청중 웃음) 그래서 진짜로 〈고래가 그랬어〉를 처음 만드실 때, 아이들이 어떻게 읽었으면 좋겠는지, 혹은 막연하게라도 아이들이 이걸 어떻게 받아들였으면 좋겠다고 생각하신 게 있는지 궁금했고요.

두 번째는 고3으로서 드리고 싶은 질문인데요. 제가 중학교를 대안학교를 나왔는데요. 고등학교에 들어오자마자 굉장히 놀란 게 아이들이 남자친구를 사귈 때조차 스펙을 따질 만큼 굉장히 그런 가치에 물들어 있어요. 그리고 동시에 그게 나쁘다는 거, 이런 세상에 산다는 게 굉장히 불행한 거라는 것도 알고 있어요. 무조건 부모님들이 그런 의식을 주입해서가 아니라 정말 스스로 나쁘다고 생각하면서도 대학에 들어가봐야겠다고 생각하는 아이들이 많아요. 지금까지 강연은 부모님 영향을 굉장히 많이 받는 어린 아이들에 대해서 말씀하셨는데요. 고3까지도 부모님이 키워주셔야 한다고 생각하기 때문에, 자기 자신이 바뀌어야 한다는 걸 알면서도 이중적으로 바꾸지 못하고 있는 고3 학생들에게 해주실 말씀은 없는지 궁금합니다.

사회자　참 말 잘하네요.(청중 박수)

김규항　말을 잘할 뿐만 아니라, 질문 내용도 참, 역시 어릴 때부터 〈고래가 그랬어〉를 봐왔다는 게⋯⋯. 〈고래가 그랬어〉는 입만 살

게 하는 잡지가 아니라, 사람을 진짜 똑똑하게 만드는…….(청중 웃음)

그런데 〈고래가 그랬어〉를 만든 사람은 천재다라는 질문에 답변을 해버리면 제가 진짜 천재가 되어버리잖아요.(청중 웃음) 어떻게 말을 해야 할지 정말 면구스러운데, 대신 에피소드 하나 말씀드릴게요.

제가 창간 전에 이름만 대면 여러분이 다 아실 만한 어린이책 출판사 사장님과 술 한잔을 하는데, 그분이 이런 말씀을 하셨습니다. 출판사 이름을 확 말해버릴까?(일동 웃음)

"김 선생님, 대한민국에 저희 출판사책 진짜 좋아하는 애 한 명도 없거든요. 다 좋은 선생님과 부모들이 그래도 이런 책을 읽혀야 한다고 생각해서 애들 읽히는 거지, 요즘 애들이 책 보나요." 그분이 어떤 뜻에서 말씀하신 건지는 알았는데, 그 말이 제겐 굉장히 큰 약이 되었습니다.

어린이책의 주인은 어린이인데, 왜 어른들이 좋은 어린이책이라고 말하는 것을 좋은 어린이책이라고 할까? 그래서 어른들이 아이들한테 권하는 책은 애들이 재미없어 하고, 애들이 재미있어 하는 것들은 우리가 안 읽었으면 하는 것이지요. 그때 〈고래가 그랬어〉 준비호를 만든 상태였는데, 그걸 다 버렸습니다. 아주 좋은 글과 아주 좋은 일러스트, 누가 봐도 좋은 어린이잡지구나, 하는 게 물씬 풍겨지는 준비호였죠.

그러고는 애들이 이렇게 힘들게 살고 있는데, 교양잡지까지도 애들을 괴롭혀야 되겠느냐, 일단 재미있어야 된다, 애들이 재미있어 하는 잡지를 만들자, 해서 새롭게 만들었죠. 그리고 소위 여론 선도하는 어떤 분들, 아동문학 쪽이나 선생님들 몇 분한테 책을 드려서 리뷰를 받았는데, 대부분은 좋지 않았습니다. 제일 문제가 됐던 게 너무 어수선하다, 정신이 하나도 없다, 애들한테 정서적으로 안 좋은 것 같다, 애들이 이거 읽겠느냐 혼란스러워서, 그런 리뷰였습니다.

그중에 전교조 간부이던 어떤 선생님이 비슷한 리뷰를 내셨는데 3일쯤 후에 저한테 전화하셨더라고요. 자기 아이가 3일 동안 고래를 붙들고 살더니 오늘부터는 질문을 하기 시작하는데, 너무 행복하다는 거예요. 왜냐하면 그 분이 인문 사회 공부를 많이 하신, 운동권 70년대말 학번이신데, 아빠들이란 자기가 잘할 수 있는 걸 아이가 좋아해주면 신이 나잖아요. 그래서 아이와도 그런 대화를 많이 하고 싶은데 아이가 그런 이야기만 꺼내면 재미없다고 도망간 거죠. 그랬던 아이가 〈고래가 그랬어〉를 사흘 동안 붙들고 있더니 질문을 쏟아내기 시작한 거예요. 너무 신이 나고, 그렇게 해줄 수 있다는 자신이 행복했다고 그래서 고맙다고 전화를 하신 겁니다. 제가 웃으면서 장난스럽게, "선생님 사흘 전에는 너무 어수선해서 애들이 읽겠냐고 하시더니……" 그랬더니, "그러게 말이에요." 그래서 제가 "선생님, 아이들이 그런 거 아닙니까? 우리가 볼 때는 정신이 하나도 없고 혼란스러운데 그게 아이들인 거죠." 그랬습니다.

이런 생각으로 〈고래가 그랬어〉를 창간하게 되었습니다. 하지만 창간 직전에 투자자 분이 급서하셔서 창간을 포기해야 했는데, 억지로 밀어붙여서 창간했습니다. 저희는 그냥 폐간을 기정사실화했었어요.(웃음) 왜냐하면 당시가 벌써 〈소년중앙〉같은 어린이 종이잡지가 폐간된 지 20년이 넘었고, 발행인의 사상이 좀 의심스러운, 상업성이 상당히 배제된, 아이들 잡지가 자력으로 운영될 가능성은 거의 없었습니다. 그랬던 것이 1년을 채우고, 2년을 채우고, 탈도 많고 고

생도 많았지만 이제 7년이 되어가고 있죠. 중간에 힘든 일도 많이 겪었지만, 그래도 제일 자랑스럽고 기쁘게 생각하는 것은, 아이들이 재밌어하고 좋아하는 겁니다. 그리고 고래는 자기들 편이라고 생각해서 발행인이랍시고 저한테 엄마 아빠한테도 얘기하지 않는 비밀 편지를 보내오기도 합니다.

얘기가 너무 길었나요?(웃음) 질문이 또 하나 있었죠? 그 이야기를 들으니 제가 얼마 전에 본 사람이 생각납니다. 한국의 부자들이 선호하는 며느리감이자 신부감이라고 할 만한 스펙을 가진 여성인데요. 몇 달 전에 자신의 스펙에 완벽하게 맞는 남자친구가 생겼어요. 그런데 처음엔 기뻐하던 사람이 언젠가부터 굉장히 괴로워하는 겁니다. 그 남자도 자기를 스펙으로 선택했다는 걸 안거죠. 그런데 그렇게 괴로워하면서도 헤어지자고도 못해요. 완벽한 조건을 놓치기 싫은거죠. 결국 그 친구는 선택을 한 겁니다.

고등학교 3학년 교실에서 이미 보이는 이런 모습들을 보면 참 마음이 아프지만, 제게 해결책을 묻는다면 저는 해결책이 없습니다. 결국 자신의 선택인데요, 친구로서 근사하고 부러운 삶을 보여주는 수밖에 없지요. 자기는 남자친구를 이런 기준으로 선택하는데, 저 친구는 좀 찌질해 보이는 남자친구를 선택하더라. 그런데 나중에 보니까 훨씬 그 연애가 부럽고 풍성하다면 흔들릴 수 있죠. 그것은 바람직하지 않아, 너를 왜 상품 취급 하니, 우리가 올바르고 건강한 생각을 갖고 살아야지, 이런 말은 아무 소용이 없습니다.

교실에서 뒤집힌 세상을 경험할 순 없을까

청중 4 교육 문제가 입시 문제라고 하셨는데, 저는 더 나아가 직업의 문제인 것 같습니다. 직업, 아니 수입 문제라고 할까요. 부모라면 자식들이 잘 먹고 잘 살기를 바라는데, 이 판 자체가, 자본주의 사회가 자본을 최우선으로 두고 있는데, 그 속에서 우리가 할 수 있는 건 한계가 있지 않을까 합니다.

그리고 이건 제 생각인데 앞으로는 봉건주의 사회가 다시 돌아올 것 같습니다.(청중 웃음) 부모가 부자면 자식도 부자고, 부모가 가난하면 자식도 가난하고, 이런 굴레를 벗어나기가 힘들 것 같습니다. 그리고 어떤 분들은 절이 마음에 안 들면 중이 떠나면 되지 않느냐고 하시는데, 그렇다면 절에 계신 신도들은 내버려둬도 되는지 아니면 절을 불태워야 하는 건지 모르겠습니다. 아까 강남 부잣집 아이들은 이미 머릿속으로 그런 생각을 하고 있는데, 이쪽 분들이 자발적 가난이 더 가치가 있다고 해서 위안을 삼기는 어려울 것 같다고 봅니다. 그쪽에 있는 그들을 위해서 우리는 어떻게 행동해야 되는지 질문드리고 싶습니다.

김규항 그 질문은 제가 주제 발제를 해야 할 정도의 질문이라서 대답이 너무 길어질 것 같은데요.

먼저, 하신 말씀 중에 '잘 먹고 잘 산다'는 말의 기준이 달라져야 한다고 생각합니다. 그러니까 이건희가 생각하는, 이명박이 생각하는 '잘 먹고 잘 사는 것'과 우리가 생각하는 '잘 먹고 잘 사는 것'이 다르지 않으면 우리의 모든 고민은 필요치 않은 거라고 생각합니다.

그리고, 사실 이미 신분사회로 가고 있죠. 이를테면 부잣집 아이들은 공부도 잘하고 예의도 바르고 착하고 잘 생기고, 가난한 집 아이들은 공부도 못하고 인물도 떨어지고 성격도 나쁘고 예의도 없고, 이런 모습들이 보이고 있죠.

제일 끔찍한 것은 가난한 아이들이 정직하게 열심히 살아가는 자기 부모들을 부끄러워하도록 강요받는다는 것입니다. 이제는 가난한 아빠가 아이들 앞에 앉아서, "사줄 것도 못 사주고 미안하지만 사실은 인생이라는 게 돈이 다는 아니다"라고 얘기하면 요즘 아이들은 속으로 욕하죠. '난 당신처럼 안 산다'고요. 이것은 아이들의 문제가 아니라 아이들한테 그런 사고방식을 강요하는 교육의 정직한 결과입니다.

이를테면 저는 아이들이 공부 경쟁하느라고 힘들게 살아가고 있다는 말씀을 내내 드리고 있지만, 이와 함께 생각해야 할 문제는 경쟁도 못하는 아이들도 꽤 많다는 것입니다. 이를테면, 아까 들어오실 때 전단지 하나씩 받으셨잖아요. 고래 동무라고. 이게 뭐냐 하면, 〈고래가 그랬어〉도 부모가 사줘야만 볼 수 있는데, 하물며 수학이나 영어 참고서도 사주기 어려운 형편에서 교양잡지를 구독시켜주는 것이 사실 쉽지 않습니다. 이것은 창간 때부터 고민해온 문제입니다. 그래서 고래 동무라는 단체를 만들어서 학원도 갈 수 없는 아이들이 모이는 공부방에 〈고래가 그랬어〉를 보내주기로 했습니다. 지금 공부방이 3,000개인데, 1,500개 정도 보내고 있죠. 입시 교육이 아닌 부분조차도 가난한 집 아이들은 기회가 적은 세상인데 이거 하나라도 좀 바꿔보자, 부잣집이지만 아빠가 보수적이라 〈고래가 그랬어〉 못 보는 아이는 있어도 가난한 집 아이들은 〈고래가 그랬어〉를 다 볼 수 있게 하자, 오기라고 할까요. 〈고래가 그랬어〉 식구들이 자존심을 걸고 한번 해보자고 한 거죠.

저희가 고래 동무를 통해 3,000개 공부방에 〈고래가 그랬어〉 보내기 운동을 시작한 지 한 6개월 만에 공부방이 또 한 400개가 늘었어요. 양극화, 양극화, 하는 게 헛말이 아니라 그만큼 어려운 아이들이 많이 늘어나고 있다, 이것도 동시에 생각해야만 된다고 봅니다. 내 아이만 생각하는 사람들로 가득하면 모든 아이들이 불행한 세상을 맞을 수밖에 없죠. 그러니까 내 아이도 생각하고, 남의 아이도 생각할 때 문제가 해결된다는 걸 말씀을 드립니다. 질문하고는 좀 벗어났는데 이해해주시기 바랍니다.

청중 5　이번 인터뷰 특강 주제인 '1등만 기억하는 더러운 세상'을 조장하는 사람인 것 같고요. 고등학교에서 입시를 담당하고 있습니다.(청중 웃음) 입시를 담당하다 보니까 수업에 들어가면 대입에서 탐구가 주과목으로 바뀌었다더라 등의 이야기만 하게 됩니다. 그런데 저희 학교가 넉넉한 환경의 아이들만 오는 학교가 아니거든요. 학비 지원 이런 거 신청하면, 심한 반은 절반 이상이 신청할 정도로 어려운 아이들이 많아요. 저는 제가 지금 하는 일과 연관해서 이 아이들이 좋은 대학에 들어가서 스펙도 잘 쌓아서 취업 잘해서 지금 환경에서 벗어났으면 했는데요.

그리고 사실 이 아이들이 환경이 어렵다보니 공부도 잘 못해요. 아이들도 항상 그렇게 살아오다 보니까 기도 많이 죽어 있고요. 제가 이런 아이들에게 희망을 줄 수 있는 말이 선뜻 생각이 안 나더라고요. 항상 들어가서 하는 얘기가 같고, 다른 얘기도 못 하겠고, 어떤 얘기를 해줘야 할지 궁금합니다. 해답까지는 아니더라도, 조그마한 길이라도 보였으면 좋겠습니다.

김규항　고민이 많으시겠군요. 요즘 공고 같은 데 가보면 그보다 상황이 더 심각하기도 합니다. 세상이 바뀌기 전엔 만족스러운 해결이 없는 문제이긴 합니다만, 우리가 아이들에게 새로운 세상의 편린을 보여줄 순 있겠지요. 제 후배 중에도 비슷한 고민을 하는 교사가 있어서, 작년에 도움말을 준 적이 있는데요. "네가 담임을 맞는 1년 동안만이라도 아이들이 교실에서 뒤집힌 세상을 경험하게 할 수도 있지 않느냐." 그러니까 다른 반에서 대우받는 공부 잘하는 아이가 자신이 맡은 반에서는 공부는 잘하지만 재수 없는 아이가 될 수도 있는 것이지요. 다른 데서는 별로 평가를 받지 못하는 아이인데, 선생님이 그 아이의 장점이나 인간적인 면모를 부각시켜주고 자랑스러워한다면 그 아이의 인생에 작은 씨앗을 뿌리는 일이 될 수도 있을 겁니다. 선생님이 아이들을 절망하게 하는 세상의 가치관을 거슬러 살면서도 누구보다 근사하게 살아간다면 더욱 좋을 겁니다.

사회자　현장에서 고군분투하시는 분들이 정말 고생 많으십니다. 네, 딱 한 분만 더 받고 오늘 마무리하도록 하겠습니다. 뒤에 검은 옷 입으신 남성분, 아까도 드셨는데 마지막 질문으로 받겠습니다.

청중 6　안녕하세요. 저는 '환경정의'라는 시민사회단체에서 활동을 하고 있고요. 이명세라고 합니다. 다름이 아니고 '1등만 기억하는 더러운 세상'이라는 주제로 함께 여섯 파트까지 했는데요.

사실 저도 활동을 하면서 4대강 사업처럼 땅 파고 그런 일들을 보면서 참담함을 넘어 패배감을 느껴왔는데요. 그 속에서 어떤 희망과 용기를 줄 수 있는 메시지가 더욱 많이 필요한 시기라는 생각이 듭니다. 그래서 선생님께서 이 자리를 통해서, 여기 계신 분들과 1등만 기억하는 더러운 세상에 화를 내실 분들에게 용기를 줄 수 있는 멘트를 부탁드리고 싶고요.

더불어서 저를 오늘 이 자리로 이끌어준 한 사람이 있습니다. 그 사람을 통해 이 강좌를 알게 되었고요. 이 자리를 통해 힘을 많이 얻었어요. 그 사람에게 고맙다는 말 하고 싶은데요.(청중 웃음) 고맙고요, 더불어 사랑한다는 이야기……(옆의 여성을 바라보며) 정말 감사드리고요. 네, 사랑합니다.(일동 박수)

'행복'에 대한 생각을 뒤집어라

김규항　　마지막 질문에서 그 얘기를 해야겠다고 생각하신 거죠? 질문하시기 전에 사회자가 "이제 마치겠습니다" 했으면 큰일 날 뻔했네요.(일동 웃음) 잘하셨습니다. 그 사랑이 어떻게 열매 맺을지는 누구도 모르고,(청중 웃음) 우리는 어떤 부당한 압력도 행사해서는 안 됩니다, 여성분의 전적인 선택인데. 지금 질문하신 분 표정이 매우 안 좋으신데요……(일동 웃음)

살면서 이런 일들이 우리를 행복하게 하고 기쁘게 하고 즐겁게 하는 것입니다. 이런 일들이 많아지면 에너지가 나는 겁니다. 돈이 많고 자식도 스펙에 맞게 잘 키워서 성공했는데, 다들 부러워하는데,

어느 날 이 아빠가 생각하는 거죠. 이놈이 사람들에게서 칭찬받을 정도로 효자 노릇을 하는 것은 내 경제력과 관련이 좀 있겠지, 이런 생각을 하게 되면 그때부터 지옥에 입장하는 거죠. 그래서 아이 불러서 너 혹시 나한테 효자 노릇하는 게 내 돈 때문이니, 하면 개가 어떤 말을 하겠습니까? 말을 해도 사고고 안 해도 사고지요.(청중 웃음)

저한테 용기를 달라고 했는데, 저는 세상이 지금 바로 뒤집히지 않더라도, 내 안의 세상이 뒤집힘으로써 용기를 얻을 수 있다고 생각합니다. 여기 예수 믿는 분 계십니까?(청중 웃음) 사실 저는 교회는 다니지 않고요. 한국 교회들은 대부분 교회가 아니라고 생각하는 편입니다. 나쁜 교회가 아니라 교회가 아니라고 생각합니다. 예수가 사회적 활동을 시작하면서 한 첫 번째 말은 바로 "회개하라"였습니다. 세례 요한이 잡혀간 다음에 나타나서, "회개하라"고 했습니다. 저는 그 말씀을 드리고 싶습니다. 회개하라.

아니, 설명을 좀 들어보세요.(청중 웃음) 제가 이렇게 얘기하면 무슨 교회 나가라는 얘기 같죠.(일동 웃음) 한국에서는 일반인들이 회개라는 말을 못 쓰게 되어 있죠. 보수 개신교도들이 완전히 다 선점해서, 교회 안 가던 사람이 교회 다니는 것을 일컫는 말이 되어서, 더 이상 사용하기 어렵게 되었는데요.

사실은 예수가 말한 '회개'는 종교 체제에서의 회심을 말한 것이 아닙니다. 여러분, 예수의 종교는 무엇이었습니까. 기독교? 기독교는 아니겠죠, 적어도.(웃음) 우리 관점에서는 유대교라 할 수 있는데, 당시 유대교는 우리가 생각하는 종교가 아닙니다. 왜냐하면 종교라면 유대교도 있고 기독교도 있고 여러 개가 있어서 그중 하나를 선택할 수 있는 것을 종교라고 하는데, 2천 년 전에 이스라엘 사람들한테 유대교는 종교가 아니라, 유일한 정신 체계였습니다. 법이자 윤리이자 가치관이었죠. 예수의 '회개하라'는 말은, 원문이 그리스어로 '메타노이아'라는 단어입니다. 이 말은 어떤 종교적 뜻도 아니고 '돌아서라'는 뜻입니다. '뒤집혀라'라는 뜻입니다. 그러니까, 당신들이 진짜 좋은 삶을 살려면 뒤집혀라, 지금까지 살던 것과는 뒤집혀서 살아라, 하는 것입니다.

어제까지는 다른 사람보다 큰 집에 살고 돈 많이 벌고 좋은 차 몰고 다니면서 보통 사람들과의 격차를 벌이는 데서 즐거움을 찾았던 사람이 하루아침에 벼락 맞은 것처럼 변해서 그런 것들을 오히려 불편해하는 거예요. 힘든 사람을 보면 나 때문에 저렇게 된 것 같고, 정직하게 일하면서 자기 권리를 확보하지 못하는 사람을 보면 화가 나서 같이 싸우고 싶고, 그렇게 사는 것이 더 즐거워진 거죠. 회개란 결국 '즐거움의 전복'입니다.

이 자본의 체제가 우리에게 강요하는 즐거움과 우리의 즐거움이 근본적으로 달라야 합니다. 저놈들은 남과 격차를 벌려 즐겁지만 우린 남과 더불어 삶으로써 즐거운 것입니다. 그렇게 전복된 즐거움에서 진정한 용기가 나옵니다. 그렇지 않은 용기는 사실 다 빈말이며, 우리를 미혹케 하는 거짓말이며, 거짓 위로일 뿐입니다.(청중 박수)

사회자 '왜곡된 시스템과 맞서 싸워서 행복합니다'라는 말로 오늘 대미를 장식하면 어떨까요. 지난 여섯 번의 강연이 관통했던 논리도 이것이 아니었나 싶습니다. 피하기보다는 맞서서 대응하는 그런 강인함이 요구되는 것 같습니다.

내년에는 좀 더 희망적인 화두로 여러분들과 만나겠습니다. 올해로 창간 16돌을 맞이한 〈한겨레21〉의 7번째 인터뷰 특강, 여섯 번에 걸친 모든 여정을 마치겠습니다. 여러분, 수고하셨습니다. 고맙습니다.(청중 박수)

인터뷰 특강

1등만 기억하는 더러운 세상

초판 1쇄 발행 2010년 11월 15일
   2쇄 발행 2011년 1월 10일

지은이   노회찬, 앤디 비클바움, 공지영, 마쓰모토 하지메, 김규항
펴낸이   이기섭
편집주간   김수영
기획편집   박상준, 김윤정, 임윤희, 정회엽, 이길호
마케팅   조재성, 성기준, 한성진
관리   김미란, 장혜정
디자인   민진기디자인

펴낸곳   한겨레출판(주)
등록   2006년 1월 4일 제313-2006-00003호
주소   121-750 서울시 마포구 공덕동 116-25 한겨레신문사 4층
전화   영업관리 02)6383-1602~1604 기획편집 02)6383-1619
팩스   02)6383-1610
홈페이지   www.hanibook.co.kr
이메일   book@hanibook.co.kr